こぼれ落ちる欠片のために

PRAYING
FOR
THE SPILLED
PIECES

•

PRESENTED BY
HONDA
TAKAYOSHI

多孝好

集英社

目次

装画——げみ

装丁——太田規介（BALCOLONY.）

こぼれ落ちる欠片のために

イージー・ケース

PRAYING FOR THE SPILLED PIECES

HONDA TAKAYOSHI

1

部屋に入った途端、むせそうになった。マスクをしていても無駄だ。体が匂いを本能的に拒絶している。鼻呼吸をやめ、慎重に喉から空気を入れる。

「刻め」

いつの間にか俺の背後にいた宮地《みやじ》班長が短く命じた。

いつも嚙《か》み締めているようなごつい顎にぎょろりとした目玉。その風貌は、俺に深い海底で獲物を待ち構えるクラーケンを想像させる。少なくとも俺の頭の中では、現実のどんな生き物とも結びつかない。

すでに部屋にいる宮地班の何人かが、低く短く応じた。

「つす」と俺も口の中だけで返事をする。

通信指令室に入った一一〇番通報によれば、被害者は大量の血を流し、室内の中程に倒れていたという。運ばれた病院で、先ほど死亡が確認されていた。

俺が県警本部の刑事部捜査第一課強行犯二係に配属されて十ヶ月が経つ。が、こうして殺人事件現場に臨場するのは、これでまだ二度目だ。

こと殺人事件の場合、本部が動く前に被疑者が確保されるケースがほとんどだ。犯人がその場に留まっていることも多いし、近くの交番に出頭してくることもある。そうでなくとも、事件認知直後に現場付近を探索すれば、茫然《ぼうぜん》と立ち尽くしていたり、明らかに不審な体《てい》で歩き回っていたりする。殺人に手を染めてなお、普通の生活者の顔に戻れる人は多くない。

が、この事件の犯人は違うらしい。被疑者確保の知らせはまだない。

久しぶりにありついた自分たちの事件だと舌なめずりするか。憎き犯人を挙げてやると武者震いするか。

県警本部の捜査第一課までくるような警察官はだいたいそのどちらかの反応を示す。それくらい強い使命感や正義感がなければ、なかなかたどり着けない部署だ。ブラック企業も真っ青な職場環境を自ら希望し、かつそこで結果を出し続けた、ほんの一握りの刑事警察官が県内の各署から集ってくる。それが本部の捜一だ。

その中では俺は異質なのだろう。凶悪事件を前にしても、舌なめずりも武者震いもしない。俺はただ怖くなる。凶悪な事件を起こせる誰かが怖くなり、そういう人がいることが怖くなる。

室内を見回した。床に飛び散った血痕に嫌な寒気がわき起こる。

室内にいるのは、本部の機動鑑識だ。室内の鑑識作業は終わっているはずだが、迷惑そうな目つきを隠そうともしない。

ああ、宮地班かよ。

そう言いたそうだ。

出動要請を受けても、捜一の捜査班が丸ごと殺人事件の現場に乗り込んでくることは、通常、ない。人数が入っても現場を混乱させるだけだし、そもそも強行犯係の捜査員が現場でやれることなどほとんどない。が、宮地班長の方針は違う。まず現場にくる。きて、遺《のこ》された凶行の跡を胸に刻む。被害者の痛み、怒り、絶望。殺人事件となればなおさらだ。被害者はもう二度と声を上げることはできない。

床にはあちこちに血の痕があった。まるで床自体から流れ出したかのようだ。一人の人間から流れた量だと考えると、改めてぞっとする。鑑識作業は手間取っただろう。歩いていいところだけシートが敷かれているが、シートだけでは通路が作れず、血痕をまたぐための踏み台も何ヶ所か置かれていた。

気が逸《そ》れて鼻で呼吸をしてしまい、また息が詰まる。

いったいどんな心理状態になれば、人はこんなことができるのか。熊や虎の仕業ではないのだ。やった誰かを憎むより先に、この行為が人から生まれたことに俺は怖《お》じ気《け》づく。

「ひどいな」

呟《つぶや》いた同じ宮地班の早川《はやかわ》さんと目が合う。

「そうっすね」

少し意外な思いで俺はうなずいた。

いつもなら人一倍の正義感で、犯人への怒りをあらわにする人だ。が、今の声に怒りはなく、どこか投げやりな響きがあった。あるいはあまりの怒りで、かえってそんな声になったのかもしれない。

一度、強く息を吐いて体から嫌な寒気を追い出し、俺は改めて室内を見回した。

八階建ての長細いマンションの五階。外から見た限り、個々の部屋はどれも大きくない。この部屋も明らかに単身者用の造りだ。部屋には、半年前、近くの交番の巡査が巡回連絡で訪問していた。記載してもらったカードによれば、部屋の住人の名前は城山雅春《しろやままさはる》、年齢は三十四歳。県内の介護事業所に勤めていて、同居人はいない。緊急連絡先は茨城県水戸市の城山亮《りょう》。実家の父親だろう。まさしく緊急事態だ。すでに連絡は管轄署である中山《なかやま》署の刑事課がしているはずだ。息子さんの部屋で、人が刺され、死亡した。遺体の身元確認をしてほしい。真夜中近くにかかってきたその電話を城山亮さんはいったいどんな気持ちで聞いたか。

匂いには徐々に慣れてきた。生々しい血痕を頭の中で消し、つい先ほどまでここで営まれていた自分と同年代の男の暮らしを思い浮かべる。

三十代前半で独り身は同じ境遇。部屋に格闘の跡は残るが、その他の箇所はきちんと整頓されている。そんなところにも親近感を覚える。けれど、室内の様相は俺の部屋とはだいぶ違う。目立つのはアイドルのポスター。壁に四枚貼られている。特定のグループの、特定の女の子がお気に入りだったようだ。少し下ぶくれの、素朴な感じがする顔立ちだが、詳しくない俺はグループ名もその子の名前も知らなかった。

「わかるか？」

宮地班で一番年上の喜多《きた》さんが同じポスターを見上げていた。知っているかという意味だろうが、その目つきは、こんな子を愛《め》でる気持ちがわかるか、と聞きたそうだ。

「すんません。わからんです」

どっちの意味も含めて答える。

部屋にあるいくつかの写真立てには、プリントアウトされたその子の写真が様々なポーズと表情で収まっていた。孫娘の写真を飾るおじいちゃんのようだ。愛を感じる。

格闘のせいで倒れたのだろう。横倒しになった木製の棚から、写真集やファンブックが溢《あふ》れていた。周囲に散らばるアイドルのDVDは、おそらく棚の上に並べてあったものだ。部屋に不相応な大きなテレビは、これを見るためか。

俺はキッチンに目を移した。一通りの調理用具がそろっている。食器棚も、冷蔵庫も、単身者にしては少し大ぶりだ。外食より自炊を好む人だったのか。アルコール類は見当たらない。DVDを流し、アイドルの歌声に合わせて鼻歌を歌いながら、一人、手の込んだ夕食を作る同年代の男を思い浮かべた。

入り口付近の血だまりが目に留まって、ほころびかけていた表情が自然と引き締まる。最初に刺されたのは、そのドア付近。応対に出てきた被害者に犯人が襲いかかった。傷口を押さえながら中に逃げ込んだ被害者を犯人は追いかけ、ベッド脇でひと突き。床に転がったところを、さらにもうひと突き。あとで詳しい報告が入るだろうが、血痕の位置関係からしてそう遠く外れてはいないはずだ。強い殺意が見て取れる。部屋に格闘した痕跡はあるが、物色された形跡はない。

「相変わらず多いな。仲良しかよ」

戸口からぼやくような声が上がり、俺は振り返った。

白髪の目立つ髪を短く刈り込んでいる。頬がこけた顔は修行僧のように見える。長島《ながしま》管理官だ。

「遅くに、お疲れ様です」と宮地班長が頭を下げる。

「誰のせいだよ」と長島管理官が本気で苦い顔をする。

宮地班長が班を率いて現場にきてしまうので、長島管理官もそれに付き合う羽目になる。

宮地班長を手招きで呼び寄せ、二人は外に出た。これまでの初動捜査の成果と、これからの手順の確認だろう。すでに中山署の刑事課を中心とした捜査員と本部の機動捜査隊の隊員が周囲に散り、遺留品の捜索や聞き込み、防犯カメラの所在確認を始めている。

宮地班長だけがすぐに戻ってきた。

「都倉《とくら》と早川、病院に行って機捜と代わってくれ。今夜中にご家族がくるらしい。喜多と仲上《なかがみ》は地取りに合流しろ」

時間も遅い。普通なら、今夜の捜査は所轄と機捜に任せ、明日の捜査本部設置を待って、本格的に捜査に合流するだろう。が、これが宮地班長のやり方だ。

命じられた四人が現場の様子を胸に刻んで、部屋を出ていく。

俺は四人を見送った。いつもなら、地取りには俺とナナさんのペアが真っ先に指名されていたはずだ。

警察官を続けていると、次第に得意分野というものができあがっていく。

今、部屋を出ていった四人のうち、都倉さんのペアは取調室で力を見せつける。上がってきた証拠と証言を頭に叩き込み、狭い密室の中で被疑者を落とす話術と駆け引きは捜一のみならず県警で随一だ。喜多さんと仲上さんのペアは粘り強さと丁寧さを信条とする。どんな小さな違和でもしつこく追及し、どんな些細《ささい》な証拠でもとことん検証する。その根気強さで複雑な事件を解きほぐしていくのが二人の真骨頂だ。

得意分野があるのは捜一の捜査員だけではない。

俺の警察学校の同期には、鑑識作業が得意で、思いもつかないような場所から犯人の指紋を採ってくるやつがいる。犯行現場から、犯人の動きをイメージする力が秀でているのだろう。所轄の刑事課にいたときの同僚には、あらゆる物《ブツ》に詳しい先輩がいた。その物がそこにある意味と違和を察知する能力には、いつも驚かされた。どこかの署には、ひと月の間に職務質問で違法薬物所持者と窃盗常習犯と銃器不法所持者を立て続けに捕まえた交番巡査がいるという。華やかな歓楽街も大きな繁華街もなく、職質で挙がるのはせいぜい自転車泥棒が常の地域だと聞いた。たぶん、その巡査には人を見抜く特別な目が備わっているのだろう。

警察という巨大組織に、一人で何でもできる天才は必要ない。何か一つができる駒であればいい。堅牢な指揮系統のもと、一つ一つの駒が協力し、助け合って、犯人の検挙を目指す。

俺とナナさんの得意分野は、初対面の人から必要な情報を聞き出すことだ。現場近辺で聞き込みをする地取りでは、班で無類の強さを発揮してきた。が、ナナさんがいない今、俺には現場のパートナーがいない。じきに捜査本部が立つし、そうなれば所轄署の誰かと組んで捜査に当たることになるだろうが、それまでの間は、俺は一人で動かざるを得ない。二人ひと組が基本となる捜査現場では使いづらい駒だ。俺のせいでないとはいえ、歯がゆい思いはある。

その思いを汲《く》んでくれたのか、宮地班長が俺に目を向けた。

「和泉《いずみ》。お前は通報者に話を聞いてこい。隣の部屋だ。今、中山署の誰かがついているはずだ」

第一発見者。すぐに犯人に迫れるわけではないが、もちろん大事な参考人だ。

「わかりました」

「ナナちゃんいないが、やれんな？」

撤収作業をしていた鑑識の係員から苦笑が漏れる。けれど、宮地班長にからかったつもりはないだろう。現場で軽口を叩く人ではない。一人でしっかりやれと発破をかけられたのだ。宮地班長にしてみれば、班で一番新米の俺は、いまだに半人前か。

「もちろんです」

俺は被害者の部屋を出た。

一人で動くことに不安などないが、違和感はあった。この十ヶ月、俺の前にはだいたいナナさんの飄々《ひょうひょう》とした笑顔があった。

本部の捜一は過酷な職場だ。ひとたび事件を担当すれば、昼も夜もない。家に帰れない日も当たり前にある、というより、帰れないのが普通だ。寝られるときに寝て、食べられるときに食べて、あとはひたすら犯人を追いかける。男性主体の意識が強い警察という組織は、女性にそういう仕事をさせることを嫌う。が、被害者にも、加害者にも、女性がいる以上、女性捜査員は不可欠だ。結果、総勢百五十人ほどの県警捜査第一課に、常時、十名ほどの女性捜査員が配属されることになる。もっとも、その配属先の多くは性犯罪捜査係か、児童虐待係で、強行犯係に配属される女性は多くて二、三人だ。俺とペアを組んでいた桜井奈那《さくらいなな》巡査部長は異常に狭いその門をくぐり抜けてきた。聞き込みで初対面の相手に取り入り、情報を引き出す能力は、捜一にくる前から一目置かれていたという。この十ヶ月、俺はナナさんとペアを組んで、その仕事ぶりを間近に見てきた。ナナさんの妊娠がわかり、強行犯係から離れることになったのは、つい先週のことだ。残念ではあったが、学ぶべきことはすべて学んだつもりでもあった。ナナさんは異動先が決まるまで、強行犯係に所属はしているが、現場からは外されていた。

廊下に出た。冬の外気は冷たかったが、血の匂いからは解放され、ほっと息をつく。手すりの向こうを見ると、マンション前の道には規制線が張られ、その外側には大勢の人がいた。報道陣らしき人たちの姿も見える。その先に家があるのか、制服警察官が規制線を挟んで苦情を言う人に対応していた。賑《にぎ》やかな街ではないが、マンションが多く、住人も多い。大方は東京に通勤する会社員とその家族の街だ。深夜だからこの程度の混乱で済んでいるが、通勤時だったら大変な騒ぎになっていただろう。

廊下では鑑識作業が続いていた。止められたエレベーターのカゴ内に特に人が集まっている。隣の部屋の前には制服姿の若い警察官がいた。

「お疲れさん。通報した人、ここかな？」

「あ、はい。署に行くのは気持ちが落ち着いてからにしたいということで、今はうちの刑事課がついています。それ、よかったら」

俺は現場でしていたヘアキャップと手袋とマスクを外して手に持っていた。彼はそれを指していた。

「ありがとう」

外し忘れていた腕カバーも取って、ヘアキャップに丸め込んだ一式を彼に手渡す。

「外山《そとやま》と言います。公園口の交番にいます」

「外山さんね。よろしくお願いします」

これほど大きな事件はそうはない。外山くんは興奮でやや顔を赤らめていた。おそらく刑事部門志望なのだろう。隙あらばまだ俺に絡もうとしている様子の外山くんから視線を外し、俺は部屋のインターホンを鳴らした。通話もなくドアが開く。開けてくれたのは、顔見知りの野上《のがみ》という男だった。一時期、同じ所轄署にいたことがある。確か二つ年下、まだぎりぎり二十代のはずだ。

「ああ、和泉さん。お疲れ様です」

少し緊張した面持ちで野上は言った。俺が知っていたころは、今の外山くんと同様、地域課所属の交番勤務で、俺がいた刑事課によく顔を出していた。その後、若手のお決まりで機動隊に行ったと聞いたが、無事に刑事部門に引っ張ってもらえたらしい。

「ご苦労様です」と返して、俺は彼の背後をうかがった。「どんな様子？」

「最初はだいぶ動揺していましたが、今はしっかりしてます」

話は聞けるということだろう。

「県警の捜査第一課のものです。お邪魔してもよろしいでしょうか」

たたきから声をかけると中から返事があった。

「どうぞ」

俺は室内に入った。いずれ署にきてもらって話を聞き直すことにはなるが、今は記憶に変なノイズが入る前に話を聞いておきたかった。人の記憶は本人が思うほど当てになるものではない。

隣室と似たような造りだった。八畳ほどの居室にキッチン。ほどよく暖められた室内には、二人の人がいた。小さなソファに並んで腰を下ろしている。二人ともが女性だったことに軽く面食らった。しかも一人は驚くほどの美形だ。

「あ、お疲れ様です」

少しタヌキっぽい愛嬌《あいきよう》のある顔をした女性がいったん立ち上がって、俺に頭を下げた。三十代後半か、四十代に乗っているか。中山署の警察官だろう。

「お疲れ様です」と俺も軽く頭を下げる。

部屋主に入る許可をもらったつもりだったのだが、声からすると招き入れてくれたのはこちらだったようだ。部屋着と見まがうような、ずいぶんとラフな格好をしている。通報者が女性だったので、サポートとして刑事課以外から緊急に動員されたのかもしれない。

一方でシックなパンツスーツを着た美女は、ソファに座ったまま、俺におずおずと頭を下げた。二十代半ばか。顔立ちが整いすぎていて、年齢がわかりにくい。座っていても、すらりとした体型が見て取れる。脚が長いせいで、膝の位置が高い。身長は俺よりあるかもしれない。プロのモデルだろうか。目は合わせず、俺の胸の辺りを見ている。ひどく居心地が悪そうだ。事件に怯《おび》えているというより、この状況を息苦しく感じているように見えた。できれば一人になりたい。そんな張り詰めた表情だった。

「すみません」と言いながら、俺は二人の前に回った。「繰り返しになるかもしれませんが、お話、うかがえますか?」

ソファの前にはローテーブルがあるだけで、椅子やクッションはない。俺の背後にはテレビ。ベランダ側にはベッドがある。一人暮らしの美女の生活をぼんやりと想像してしまいそうになり、慌てて打ち消す。俺はつま先を立てたまま正座した。野上も似たような姿勢で俺の隣についた。

「何度も話すのはいいんですけど」とタヌキ顔が言った。「びっくりしちゃったのもあって、いろいろ記憶が飛んでるっていうか、頭に残ってないみたいで」

本人が前にいるのだ。もう少し違う言い方をするべきだろう。現場に慣れていないのかもしれないが、無神経すぎる。

「無理もないと思います」

押し黙ったまま、こちらに目を合わせもしない美女に俺は柔らかく言った。

「無理に思い出そうとしたりしないで、覚えているものだけを話してください」

大丈夫ですか、という眼差《まなざ》しを送った。が、やはり美女は俺に目を合わせず、返事をしてきたのはタヌキ顔のほうだった。

「わかりました」

さすがに違和感を覚えてタヌキ顔に目を向けたときだ。先ほどから何か言いたそうにしていた野上が俺の肩に手を置いた。

「和泉さん、一応」

「一応？」

「確認です。こちら、一一〇番通報をしてくださった小林《こばやし》さんです」

野上はタヌキ顔を手で示して言った。

動揺をとっさに誤魔化す。

「すみません。自己紹介がまだでした。県警本部、捜査第一課の和泉です。和泉光輝《こうき》と言います。通報、ありがとうございました。夜中に申し訳ありませんが、ご協力、お願いします」

名刺を取り出し、膝立ちになって、タヌキ顔の女性に渡す。

では、こちらは何者なのか。

答えを求めて、野上の顔を見た。

「うちの署の、セラです」

美女が小さく頭を下げる。やはり俺に目を合わせない。まだ一刻も早くこの場を去りたそうな顔をしている。

お前、そりゃないだろ。

出かかった非難をどうにか呑み込んだ。

本部の捜一だと威張るつもりは毛頭ないが、どう見たって俺のほうが年上だ。通報者のフォローという与えられた役割から考えれば、彼女の階級はおそらく巡査。巡査部長の俺より下だ。年も階級も上の人間に対して、ろくに挨拶もしなかった彼女の態度は、警察という組織の基準で考えれば、相当、非常識な部類に入る。とはいえ、黙り込む美女に感情移入して勝手に役を割り当てた俺も悪い。服装と態度からすれば、当然、そちらが部屋の主で、当然、通報者だ。

気を取り直して、俺はタヌキ顔の小林さんから話を聞いた。

隣からドスンという大きな音が聞こえたのは、夜の十一時すぎ。そのとき小林さんはイヤホンをしてスマホで動画サイトを見ていたという。

「最初は何か大きなもの、ベッドとかを移動させて床に置いた音かと思ったんです」

が、しばらくしてまた大きな音がした。不審に思ってイヤホンを外し、隣の様子をうかがっていると、今度は短く声が上がった。

「どんな声でした？」

「でやっ、ていう感じです。ぎゃーとか、うわーとかならわかるけど、そんな声、人の悲鳴だと思わないじゃないですか。最初は大型犬の鳴き声だったかな、って考えたんですけど、でも、やっぱり人間の声だったよなって」

普段は音が漏れてくるような造りのマンションではない。ぎょっとしてさらに耳をそばだてていると、ドアが乱暴に開く音がして、誰かが廊下を走り去っていった。

何か非常事態が起きた連絡が入って、驚きの声を上げた隣人が、どこかへ駆けつけるために、急いで部屋を飛び出していった。

そう考え、またイヤホンをしてしばらくすごしたが、どうしても隣の様子が気になった。何事もないのを確認するつもりで、廊下に顔だけを出して、隣の部屋を見ると、玄関ドアが中途半端に開いている。

「そこまでやって、確認しないのも、何か落ち着かないじゃないですか」

「それはそうですよね」

小林さんは、意を決して廊下に出て、隣室のドアに近づく。サンダルが間違って蹴り飛ばされたようなかっこうでドアの隙間に挟まっている。隣の住人とは挨拶を交わす程度で、会話をしたことはない。が、ややぽっちゃりとした体型の、優しげな笑顔の人で、悪い印象はなかった。小林さんは隙間に顔を近づけて、中の様子をうかがった。すぐ先に血だまりがあった。

「いえ、すぐに血だとわかったわけじゃないんです。ただ……」

ただ異様な気配を感じた。少しドアを引き開けると、こちらに頭を向けて倒れている人が見えて、フローリングにはあちこちに血痕があった。そこで初めてすぐ先にあるのが血だまりだとわかった。悲鳴を上げて部屋に逃げ帰り、一一〇番通報をした。

「一一九番ではなく？」

「そうですね。今、思えば、一一九番ですよね。でも、ああ、何でしょうね。あんなに血が流れていたので」

小林さんは顔を曇らせて、首を振った。到底、生きているとは思えなかったということか、その禍々《まがまが》しさは犯罪現場にしか見えなかったということか。

一一〇番したものの、小林さんは頭が混乱して、状況をうまく説明できなかった。ただ部屋が血だらけで人が倒れていることだけは何とか伝えた。受理した担当官は、まずは人命をと考えたのだろう。その倒れているという人は意識があるのか、小林さんに確認した。小林さんはスマホを通話状態にしたまま隣の部屋に戻る。ドアを開け、倒れているのがおそらく隣人であろうことは確認した。その場から声をかけたが、返事はなかった。

「でも、生死の確認のために中に入る勇気まではなくて」

「当然です。話していた担当官は、状況を把握できていなかったんでしょう。そこまでさせてしまって、申し訳ないです」

もしその時点で小林さんが中に入り、もしその時点ではまだ被害者に息があったとしたところで、あれだけの出血だ。救命処置などとてもできなかっただろう。

しばらくして、近くの交番から警察官がやってきた。ほとんど同時に通信指令室から要請を受けた救急車も到着した。

「その後のことは」と小林さんは言って、俺に目配せをした。

そっちでわかるはずだ、という意味だろう。

「そうですね。ありがとうございます」

うなずき返しながら、俺は素早く小林さんの証言をチェックした。不審な点はないし、事実関係に破綻もない。そもそも警察官を前にして、人はそう簡単に嘘をつけるものではない。ついたところで顔に出る。俺が見る限り、小林さんは事件とは無関係な第三者で、だからこそその証言は大事にしたい。

今、話してくれたのは、見たものの表層だけだ。もう少し詳しい話が聞きたかった。俺は切り口を考えた。

いつも思う。これで俺が絶世の美男なら聴取はもっと楽だ。偏見だと文句を言われようが、差別だと非難されようが、人は見た目のいい人を前にすると、無意識に優遇しようとするし、無意識に好かれようとする。小さいころからわかってはいたが、初対面の人から重要な話を聞かなければならない、しかも証言者には何の利益もないにもかかわらず協力を仰がなければいけない、こういう仕事についてみると、人間のその習性を改めて恨めしく思う。俺の顔が、ある意味、その対極にあるからだ。

生まれて初めてついたあだ名は『モブモブ』。命名者は三つ年上の姉だ。イラストまで描いてくれた。大きな丸の中に小さな丸が二つと点々と線。目と鼻の穴と口だそうだ。

「これ以上、つまんなくできない顔。モブの中のモブ。モブモブ」

もう少し大きくなって「モブ」の意味がわかったときには、傷ついたけれど、納得もした。俺は我ながら驚くほど特徴のない顔をしている。二、三人ならともかく、集合写真では、俺自身が俺を探すのに苦労する。待ち合わせの時間に待ち合わせた場所にいても、家族ですら俺の前を通りすぎる。

そんな顔だ。他人から無闇に協力が得られるとは思っていない。

ふと期待して、小林さんの隣にいる美形に目を向けたが、セラという中山署の警察官は、俺を見ていなかった。じっと自分の手元を眺めている。まるでそうあることを芸術家に定められた彫像のようだ。これほどの美形なら、俺がやるよりはるかにすんなりと話を聞き出せると思うのだが、どうやら期待できそうにない。聞き込みなどない、内勤部署にいるのだろう。

「それにしても驚いたでしょうね」

俺は小林さんに目線を戻して微笑《ほほえ》みかけた。

「あんな血だらけの現場。自分ならきっとその場で腰を抜かしてますよ」

ちょっと大げさなくらいに後ろによろけて見せる。情けない顔になっていることは百も承知だ。それでいい。頼りないが悪いやつじゃない後輩。そのくらいのポジションを演じる。

この十ヶ月、俺はナナさんからいろいろ学んだ。天性の人なつっこさ、と思っていたナナさんが、実は計算して人と向き合っていることを知った。

『嘆くな坊主。君のその顔は、むしろ武器。何者でもないなら、何者にでもなれる』

ナナさんに励まされながら、俺なりに聴取術は磨いてきたつもりだ。

「あ、私もほとんど腰、抜けてました」と小林さんは乗ってきてくれた。「部屋に帰るときなんて、もう、こんなです。ほとんど四つん這いで」

小林さんが両手で空《くう》を掻《か》く。

聴取のときにリズムが合う人と合わない人というのはいる。性格の問題ではないし、俺に向けた感情も関係ない。たぶん言語パターンか、そのもととなる思考パターンかが似ている人なのではないかと俺は考えている。リズムが合わない人には、こちらから合わせにいく必要があるのだが、小林さんには不要のようだ。

「それはこうなりますよねえ」

小林さんより無様に両手で空を掻きながら、俺は大きくうなずいた。

「なります、なります」と小林さんもうなずく。

「だって、最初に様子を見に行くときだって、勇気が要ったでしょう？」

大きな音が続いて、隣室から誰かが駆け出していった。とっさに見に行ったのならわかる。が、小林さんは少し時間をおいてから隣の様子を見に行っている。そこに理由があるなら、知りたかった。なぜ一度は落ち着けた腰を、あえて上げたのか。けれど、直接、尋ねれば、小林さんはその理由を探してしまう。探して、なければ、作ってしまうだろう。人の証言は往々にしてそうして歪《ゆが》んでいく。それは避けたかった。だから、その部分を無意識にもう一度説明するよう水を向けた。

「すぐ隣とはいえ、時間も遅いし、よく知らない人だし。怖いですよねえ」

「そうですね。どきどきでしたよ。こう、廊下の様子をうかがって、後ろも気をつけながら、そっと隣のドアに近づいて」

「後ろって？」

「走っていった人が、思い直して、戻ってきたら、びっくりするじゃないですか」

俺はマンションの造りを思い浮かべた。

被害者の部屋からエレベーターに向かうなら、小林さんの部屋とは逆に進むことになる。

「小林さんの聞いた足音は、あっちのほうへ？」

俺が現場とは逆の方向を指すと、小林さんは「え？」と小さく声を上げた。小林さんの部屋の前を通った先には外階段があるが、あまり使われているようには見えなかった。明かりも少なかったから、特に夜には使いたくないだろう。

「そういえば、そうですね。でも、うん。足音はあっちの方向だったと思います。あのとき、私、背後を気にしたんですから」

無意識に抱いたその違和感が、小林さんがあえて腰を上げた理由だ。

「隣の城山さん、いつもはエレベーターでしたか？　階段を使うようなことは？」

「城山さんに限らず、だいたいみんなエレベーターを使います」

「そうですよね。五階ですもんね」

「それもありますし、駅に向かうなら、エレベーターを使って普通にエントランスから出たほうが早いんですよ。階段を下りると、裏口から出ることになりますから」

走っていったのは、ほぼ間違いなく犯人だろう。犯人はエレベーターを目指さずに、階段を目指した。急いだのではなく、エレベーター内の防犯カメラを避けるためか。ということは、当然、くるときも犯人はエレベーターを使っていない。マンションの他の防犯カメラも避けているはずだ。犯人は最初から城山さんを殺すつもりでこのマンションに侵入した。とするなら、犯人は城山さんを知っている可能性が高い。

「これ、聞いてた？」

野上に小声で聞いた。

「いいえ」と野上が申し訳なさそうに首を振る。

野上が聴取に慣れていなかったということもあるだろうし、小林さんがまだ落ち着いてはいなかったということもあるのだろう。

「うちの班長に知らせてきて」

鑑識はエレベーターのカゴ内の作業に力を入れているように見えた。今、外を回っている地取り捜査も、捜索範囲の比重を変えるべきかもしれない。

野上が立ち上がり、部屋を出ていった。

いずれはわかったことだ。が、今、わかるのが大事なこともある。こういう小さな一つ一つが捜査の進展を大きく変えていく。

「お話、すっごく助かります」

俺は軽い笑顔で明るく言った。自分の証言で人が動いた。それを重く受け止められると聴取がしにくくなる。軽い調子で続ける。

「それで、城山さんの暮らしぶりはどうでしたか？　わかる範囲で結構ですので」

「暮らしぶりですか」

「たとえば、どこかへ出勤していた様子は？」

「あ、それは、はい。普通に。朝、出かけて、夜、帰ってくる生活だったと思います。ああ、よくスーパーの袋を持ってましたから、自分でご飯を作る人なんだなって」

「客が訪ねてくるようなことは？　友達がやってきて、騒いでて、うるさいなあ、とか」

「全然、ないです。人がきてるのも見たことないですね。うちで女子会して、騒いじゃったことは何度かありますけど。それで文句を言われたこともないですし」

「いい人だったんですね」

「そうですね。穏やかそうな人でした」

「特定の、恋人みたいな人がくるような様子もなかったですか？」

「なかったと思います。窓を開けているとき、ごくたまに隣から女の子の声が聞こえてくることがありましたけど、よくよく聞いてみると、テレビの音でした。そういう番組はよく見てたと思います。テレビの音が聞こえてくると、だいたい若い女の子が喋《しゃべ》ったり歌ったりしている音でしたから」

アイドル好きは、親しくない隣人にもだだ漏れだったということだ。そんな三十代の男性をいったい誰が、なぜ殺したのか。

2

翌朝、俺たちは中山署に設置された捜査本部に集合した。宮地班は、捜査が終結するまで、県警本部ではなく、捜査本部となった中山署の会議室に通うことになる。とはいえ、どの道、家に帰れる夜はほとんどないはずだ。同じフロアにある道場が当面の寝床になる。

最初こそ、県警本部の刑事部長も、捜査第一課長も、中山署の署長も顔を出した。が、型どおりの決意表明が終われば、すぐに引きあげていく。それはそうだ。事件はこれだけではない。実際に捜査の指揮を執るのは長島管理官であり、実際に現場を仕切るのは宮地班長だ。

雲の上の人とも言える上層部が去ると、会議室の雰囲気が変わる。儀式から実戦へ。緊張感が違う色に塗り変わっていく。

捜査本部の作り方にセオリーはない。今回は広い会議室の前方に幹部用のひな壇が作られ、それと相対する形で捜査員用の長机がずらりと並べられていた。

「須々木《すずき》課長も、こちらに」

宮地班長に請われて、中山署の須々木刑事課長もひな壇に加わる。カーネル・サンダースをはげにしたような、笑顔が怖い、黒縁眼鏡の大男だ。かつては本部の捜一で班を率いていたと聞いたことがある。二つ離れた席には、中山署の副署長。その隣でやや場の空気から浮いているように見えるのは、本部係検事の野間《のま》検事だ。捜査に口を出したがる検事もいる中で、法律的助言に徹してくれる検事として、警察内での評判はいい。

相対する捜査員たちの中で前方に座るのは、俺たち、県警捜査第一課強行犯二係、宮地班のメンバー六人だ。今朝から合流したナナさん以外は、誰も家に帰っていない。喜多、仲上ペアはできる限り地取りを続けた。病院で被害者のご家族から聞き取りをした都倉、早川ペアは、その後、事件当時付近を走っていた車の割り出しに当たっていた。ドライブレコーダーから情報が取れる可能性を考えてのことだ。俺は通報者である小林さんの聴取を終えたあと、中山署の捜査員とともにマンションに住む他の部屋の住人たちを当たれる限り当たった。さすがに深夜だったので、すべての部屋のインターホンは押せないが、明かりがついていて人の気配がする部屋はすべて当たった。その報告書をまとめたときにはとっくに朝になっていた。道場で軽く仮眠しただけだが、殺人事件が起きたのだ。今、働かなければ、俺も捜一も存在する意味がない。

俺たちの後ろに、所轄署の人たちがざっと四十人ほど並ぶ。

事件に関わるモノや情報は、時間の経過とともに加速度的に失われていく。そうなる前に、大量に人員を投入し、一気に事件の解決を目指す。そのための捜査本部だ。中山署からは刑事課だけではなく、生活安全課、交通課、地域課、あらゆる部署から人が供出されている。当直明けの人も、休日が飛んだ人もいるだろう。近隣署からの応援も入っているはずだ。

居並ぶ捜査員に向けて、昨夜からの捜査で収集された情報が共有される。話を聞きながら、俺は中山署の人が配ってくれた捜査資料をめくった。

そこの写真で、初めて被害者、城山雅春さんの顔を見る。丸っこい顔にくりっとした目をしていた。この童顔で、ぽっちゃり体型だったというなら、あだ名はプーさんかマシュマロマンか。いずれスマートなあだ名がついたことなどなかっただろう。そんなことにも親近感を抱く。

被害者の身元と、現場や発見時の様子とに俺にとっての新しい情報はなかった。

連絡を受けて、夜の間に水戸から車でやってきた両親が、遺体を城山雅春さんだと確認していた。

死因は失血死。司法解剖鑑定書はまだきていないが、凶器は片刃の刃物、たとえば小型の包丁のようなものだと推定されていた。現場から凶器は見つかっていない。

室内から検出された足跡は、二十六センチのスニーカー。が、有名メーカーの大量生産品で、そこから犯人の身元を割り出すのは難しいとのことだった。

被害者である城山さんの爪からは綿の黒い繊維が、歯からはポリエステルや綿やアクリルの糸が混ざった白い繊維が採取されていた。黒い繊維は衣服のもの、白い繊維は軍手のものと思われた。おそらく犯人ともみ合ったときのものだ。その情報が知らされると、会議室が瞬時、しんとした。

　城山さんは襲いかかってきた刃に必死の思いで抗《あらが》った。あれだけの血を流しながらも、犯人の服をつかみ、軍手の上から手に嚙みついた。その無念さが捜査員たちに静かに染み渡る。多くの捜査員たちはしっかりと怒りを刻んだだろう。俺は違う。城山さんの目に映った犯人はどんな形相だったか。それを想像して、震える。

　案の定、マンション内の防犯カメラには、犯行時に不審な人物の出入りは確認されていなかった。

「うちの和泉が聞いたところでは」と宮地班長が前置きして、隣にいたナナさんが俺の腕を肘で小突いた。にやっとしたナナさんに小さく頭を下げる。

　その様子を瞬時、横目で捉えながら、宮地班長が第一発見者の小林さんの証言から推測される犯人の逃走経路を紹介した。

　五階から外階段を下り、一階の手前で手すりを乗り越えれば、マンション内の防犯カメラには映らずに建物を出られる。廊下と階段、それに手すりからは被害者のものと思われる血痕がわずかながら採取されていた。犯人の靴か衣服についていたものが付着したのだろう。血痕はさらに、外階段の下の外壁やコンクリート地にも付着していた。

　手すりを乗り越えた犯人は、しばらく外階段の下に息を潜めた。そこで衣服についた血痕を何らかの手段で目立たないようにしたあと、フェンスを乗り越え、隣のマンションとの間にある細い道に出て、左右のどちらかに向かったと思われた。が、昨夜の地取りでは、不審人物の目撃証言は得られていない。深夜のことだ。無理もない。

犯人は日常に戻った。自首もせず、自分を失いもせず、殺人前の日常に戻っていった。今、このときも一市民として暮らしている。いったいどんなやつなのか。俺はその顔を見たくなる。怖いからだ。わからないからなお怖い。せめて捕まえて、目の前で見ないことには落ち着かない。

他の誇り高き捜査員たちとは違う。情けない話だが、この恐怖こそが俺にとって犯人を追いかける力の源泉だ。

その後、宮地班長が捜査員を二人ひと組にして、それぞれの組に仕事を割り振っていく。現場に出られないナナさんは、早々に現場から上がってくる報告書をまとめる役割を仰せつかっていた。

「和泉」

やがて宮地班長が俺の名前を呼んだ。

「中山署のセラとシキ鑑。仕事関係な」

「はい」

またナナさんに肘で小突かれた。激励と、たぶん嫉妬だ。

犯行前後の動きからすれば、犯人は被害者の城山さんと顔見知りである可能性が高い。つまりは被害者の関係者から聴取をするシキ鑑が、一番早く犯人にたどり着く可能性があるということだ。

宮地班長が、そのシキ鑑に俺を入れてくれたのは、通報者から話を聞き出したご褒美とともに、やはり適性もあるだろう。人から話を聞き出すのは、宮地班では俺とナナさんの仕事だ。

仕事を割り振られた捜査員たちが動き出す。ナナさんも俺から離れていった。

俺も立ち上がり、周囲を見回した。あてがわれたパートナーを探してのことだ。中山署に知り合いは多くないはずだが、セラという名前には聞き覚えがあった。どんなやつだったかと見渡した視線が、こちらのほうを見ている人を捉えた。

思わず声が漏れた。

んぐ、というような変な声になった。

すでに指示を出し終えた宮地班長のもとに足早に近づく。

「班長。それはないっす」

片膝をつき、床に向けて小さく囁《ささや》いた。

「何が？」

「ペアです。あんまりです」

「知り合いか？」

「昨日、通報者に聞き取りしたとき、そこにいました」

「じゃ、いいじゃねえか。自己紹介の手間が省ける。何が問題だ？」

「何もしないんですよ、彼女。戦力としてゼロどころか、いるだけ邪魔です。昨日だって、俺と一言も喋ってないです」

何を言っているかわからない、というように班長が俺を見据える。そこには、単純に俺の言う意味がわからないという疑問の他に、文句を言われていること自体への苛立《いらだ》ちもあった。上意下《じょういか》達《たつ》が警察という組織の基本だ。それはどのレベルにおいても変わらない。警部である班長のペア割りに文句を言う資格なんて当然、巡査部長の俺にはない。が、昨夜のことを思えば、ここで引くわけにいかない。あんなのが一緒では仕事にならない。

「文字通り、一言も口をきかないんです。警察官としての力量云々《うんぬん》以前の問題です。人間としておかしいです、あの子」

「今日日《きょうび》、女性警察官に対して『あの子』発言は、問題あるな」

「じゃあ、あの人でも、あのお方でも、何でもいいです。一言もないんですよ。挨拶すらない。こんばんはも、初めましても、お疲れ様もないんですよ」

「お前から声をかけてもか？」

「俺から声をかけても、です」

通報者の小林さんの聴取を終えたあとだ。部屋を出て、「お疲れ様」と声をかけた。野上は普通に「お疲れ様でした」と返してきたが、セラは軽くうなずいただけだった。それも注意して見ていたからわかった程度のわずかな動きでしかなかった。シキ鑑どころか、市民の前に出すべきではない。警察署の地下のさらに奥のほうにしまっておくべき人材だ。

「そりゃまた、変わってんな」と宮地班長は笑った。「まあ、喋んないならちょうどいいじゃねえか。お前の邪魔にならない」

「そんな……」

渾身《こんしん》の情けない顔を作ったが、そんなものが効く相手ではない。宮地班長は俺の肩をぐっと押さえた。いつの間にか、笑顔は消えている。

「なあ、俺が期待してんのは誰だ？　所轄のお手伝いさんか？」

低くドスのきいた声だった。犯人逮捕以外はすべて些末なこと。そういう人だ。

「すんませんでした」と俺は頭を下げた。

宮地班長が俺の肩から手を離した。

「犯人、捕まえてこい」

「つす」

顔を上げ、立ち上がる。

俺のパートナーは会議室の隅でうつむいていた。

どうせ今回だけだ。

自分に言い聞かせながら、そちらに近づく。

こんな場所にいることが不自然に見える立ち姿だった。身長は俺より少し高い。百七十くらいだろう。地味なパンツスーツが、かえってスタイルのよさを際立たせている。

近づいてきた俺に視線を向けはしたが、セラは何も言わなかった。目ではなく、俺の胸の辺りを見て、固まっている。

俺は呆《あき》れてその顔を見た。やはり感心するくらい綺麗な顔立ちをしている。俺の半分くらいではないかと思うほどの小さな顔に、少し吊り気味の大きな目。すっとした尖《とが》った鼻筋。薄い唇。人並みの男なら、声をかけるのもためらうだろう。俺はそこまでは動じない。昔からそうだ。人並み外れた美人には、かえって物怖じしないで話ができる。『モブ』の自分が、相手にとって明らかに埒外《らちがい》だとわかるからだ。普通の女性にになら、俺だってある程度は男性としての自意識を持つし、そのせいで気後れもする。ここまで飛び抜けた美人だと、異性として緊張を強いられることがない。そう思えば、セラは組みやすいパートナーと言える。と考えるしか、納得のしようがない。

「下の名前」

俺が口を開くと、彼女はびくりとした。内心、馬鹿馬鹿しいと思いながらも、「言えるんだよな」というきつめの言葉を呑み込んで、もう少し優しく言い直す。

「下の名前、教えてもらっていいかな?」

彼女はジャケットのポケットを探り、何かを差し出した。名刺だった。

名刺? ああ、名刺か。

呆れるのにも疲れて、それに目を落とす。

中山署刑事課、瀬良《せら》朝陽巡査。

『朝陽』は、あさひ、だろう。明るい希望に満ちた名前だ。『光輝』と名付けたうちの親に似た、楽天的な親御さんなのかもしれない。その親御さんは、こんな風に育った朝陽ちゃんを、今となっては、はたしてどう見ているのか。って、待て。

「刑事課?」

瀬良がうなずく。

採用そのものが間違いだったろうが、せめて表に出ない部署に配属するべきだ。これが刑事課とは、何の手違いなのか。最近はその激務を理由に人気を落としているとはいえ、総じて言うなら刑事部門は決して希望者が少ない部署ではない。むしろ多くの若手警察官は何とかアピールをして、刑事部門へ引っ張ってもらおうとしている。昨日の外山くんだってそうだ。瀬良はどうやってその狭い門をこじ開けたのか。もはや意味不明だ。中山署の刑事課長であるカーネル・サンダースに聞いてみたかったが、その姿はもう会議室にはなかった。

「仕事関係者から聞き取り。行くよ」

言い捨てるように言って、俺はさっさと歩き出した。


被害者の城山さんは訪問介護員として、ＪＲ駅近くにある『ヘルパーステーションひだまり』という介護事業所で働いていた。

俺たちは事前連絡なくその事業所を訪ねた。

被害者の人間関係を把握できていないこの段階では、どこに犯人がいるのかわからない。アポを取ろうとしたその相手が犯人で、訪問を告げたことで逃げられたり、最悪、自殺されたりする可能性だって十分にある。だから警察の訪問はだいたいにおいて不意打ちになる。こういうことが、世間の警察への評価を落とす一因になっているとは思うのだが、かといって有効な別の手段もありそうにない。俺としては、鍛え上げた愛想笑いを精一杯浮かべるしかない。

対応に当たってくれたのは、『ヘルパーステーションひだまり』の所長と事務を担当している中年女性だった。俺たちの訪問を驚きはしたが、二人とも意外そうな顔はしなかった。事件については、認知直後から逐次、メディアに情報を流している。城山さんの名前も、朝のニュースで報じられていた。俺たちの訪問は予期できたのだろう。

話を聞ける対象が二人いる。これでペアがナナさんなら、別々に話を聞いていたところだ。二人の証言のギャップから何かが浮かんでくる可能性もある。が、ペアが瀬良ではそうするわけにもいかない。

俺が二人に質問し、二人は交互に譲るようにしながら城山さんについて話してくれた。

城山さんは五年前に別の介護施設から転職してきた。仕事ぶりは真面目でそつがない。顧客とトラブルはない。この事業所の訪問介護員の中では若手のほうで、みんなからかわいがられていた。食事会や飲み会などの付き合いはあったが、プライベートな付き合いはほとんどなかった。

「基本は利用者さんのお宅にうかがう仕事ですから」と六十代と思《おぼ》しき小太りの所長は言った。

「朝、出かけると、昼前に報告とランチ休憩を兼ねて戻ってくるだけで、午後にはまた介護に回って、夕方まで戻りません。戻ってきたら、一日の報告書を出して上がりですので」

訪問介護員同士が親しく付き合う時間はないと言いたいのだろう。

確かに、今も二人以外に人はおらず、事業所内はがらんとしていた。

「なるほど」

俺はうなずいて、時間を確認した。十一時を回っている。もう少し待てば、訪問介護員さんたちが戻ってくる。

「他の方からもお話を聞きたいんですが、少し待たせていただいても？」

露骨ではないが、それなりに迷惑そうな顔はされた。何せことが殺人事件だ。関わりたくないと思うのは人情だし、そうでなくともネットであれこれ言われる時代でもある。介護事業所としては変に噂《うわさ》にでもなったら困るのだろう。とはいえ、こちらにもそんな事情をくんでいる余裕はない。何せことは殺人事件なのだ。

瀬良が笑顔で頼んでくれれば話は早いのだろうが、瀬良は部外者のような顔で俺の後ろにいるだけだ。俺は愛想笑いを『親しみ』から『卑屈』に変えてお願いし、半ば強引に事業所に居座った。一人、また一人と帰ってきた訪問介護員さんたちから話を聞いていく。

ニュースで見た、という第一声はほとんどの人に共通していた。その後も、好奇心を隠さない人、無関心を装う人、関わり合いになるのを嫌がる人、いろいろいたが、城山さんが殺されたことについて思い当たることは何もない、という最後の答えに違いはなかった。

所長が俺の隣で、ほらね、と言わんばかりの顔をしている。瀬良は几帳面《きちようめん》な背後霊のように俺の背後をついて回るだけだった。

当たりは柔らかいが口数は多くなく、黙々と仕事をこなし、自己主張はあまりしない。城山さんはそういう人だったようだ。

五十代以上に見える訪問介護員さんが多い中で、一人、城山さんと年の近そうな女性がいた。所長によれば、彼女が一番、城山さんと親しかったという。何となくニワトリを想像したのは、つぶらな瞳ととりわけ忙《せわ》しなく働いていたせいだろう。デスクに戻ってもせかせかと仕事を続ける彼女に、恐縮しながら話を聞いてみたのだが、彼女も城山さんのプライベートのことはほとんど知らず、事件について思い当たることはない、とのことだった。

聴取を終え、事業所が入っているビルを出たところで、宮地班長に電話をかけた。当然、不機嫌な声が返ってくる。

「つまり成果はなしだな？」

「他はどうです？　家族関係とか、友達関係とか」

「何も出てこないな。家族はご両親と妹。ご両親には署で改めて話を聞かせてもらったが、家族間のトラブルはなさそうだ」

被害者は高校まで実家のある水戸で暮らしていたが、専門学校に進学してからはずっとこちらで暮らしていた。実家には、盆と正月に顔を見せる程度だったが、小まめに連絡をくれる親思いの子だったという。

妹は結婚して水戸市内で暮らしていて、被害者と特別に仲がいいわけでも悪いわけでもなく、盆と正月に親と一緒に顔を合わせる程度の関係だった。

「家族が知る限りでは、親しく付き合っている異性はいなかったようだ」

隣人の小林さんの証言とも一致する。

「友人関係は？」

「専門学校時代の友人と、水戸時代からの友人と、それぞれ二、三人はつながりがあったようだが、年に一、二回、会う程度の仲だ。深い付き合いはないし、怪しいやつは出てきてない。何とかってアイドルのファン仲間との交流もあったらしいから、当たらせてはいるが、オンラインの交流がメインで望みは薄そうだ」

発生後に間もなく認知された殺人事件の場合、ほとんどが初動捜査で被疑者が確保される。が、そうならなかったときには、誰かが事件を読まなければいけない。これはどんな事件なのか。怨恨か、物取りか、通り魔か。それを筋読みという。そして宮地班長は捜一で誰よりも筋読みに長《た》けた刑事だった。

その宮地班長が苛立っている。

強い殺意に裏付けられた、計画的犯行。犯人は当然、被害者の近辺にいる。

宮地班長でなくとも、そう『読める』事件だ。なのに被害者の近辺からそれらしい人物が出てこない。

「地取りからは何か上がってきてないですか？」と俺は聞いた。

仕事関係にも、家族、友人にも不審な者がいないなら、今住んでいるマンション近辺でトラブルがあった可能性もある。たとえば騒音。たとえばゴミ出し。あれだけの強い殺意だ。トラブルがあれば、表面化しているはずだ。

が、返ってきたのはシンプルな罵声だった。

「あれば言ってるよ、馬鹿野郎」

それはそうだ。あれば言っている。俺は馬鹿野郎だ。

「すんません」

みんなが派手な事件を扱いたがる。そして手柄を競いたがる。警察はそういう組織だ。特に捜一はその傾向が強い。が、その功名心を支えているのはエゴではないと俺は思う。少なくとも、エゴだけではない。悪いやつを捕まえたい。みんなが少しでも安心して暮らせる街を守りたい。個々の警察官を支えているのは、何だかんだいってもその強烈な使命感だ。恐怖にさいなまれて犯人を追いかける俺なんかとは根本的に違う。

宮地班長の怒りの源もそこにある。わかるからこそ、その怒りの前で俺は畏縮してしまう。

「端末の履歴がわかりそうだ。何か出るかもしれない。取りあえず、引きあげてこい」

城山さんが使っていたスマホの通信会社へは通話記録の照会をしている。が、対応の早い会社でも返答には数日かかる。今時は通話アプリを使う機会のほうが多いだろうが、アプリが海外企業のものだと、返答にはさらに時間がかかることになる。当面は端末の履歴をもとに捜査するしかない。

「わかりました。いったん戻ります」

俺がそう言ったときだ。

「あ」

声が聞こえた。俺はスマホを耳から離して、瀬良を見た。

「何？」

聞いたが、瀬良はうつむいている。

「どうした？」

班長の声がして、俺はまたスマホを耳に当てた。

「ああ、いえ。何でもないです」

俺が応じたとき、また声が聞こえた。

「あの……」

目をやると、瀬良が控えめに何かを指さしていた。

『ヘルパーステーションひだまり』が入っていたビルから、一人の女性が出てくるところだった。先ほど話を聞いた城山さんの同僚だ。城山さんと一番親しいと言われていた、城山さんと年の近い女性。俺が思わずニワトリを連想した人だ。貴島友理奈《きじまゆりな》、ともらった名刺にはあった。

歩き去る貴島さんを追いかけるように、瀬良が歩き出した。思わず追いかける。

「あの、今から引きあげますが、あと少しだけいいですか？」

「少し、何だ？」

「いや、何もないかもしれませんが、もう一度、ああ、ちょっと確認しておきたくて」

「わかった。期待してんぞ」

いや、そういうのではないです、と俺が逃げを打つ前に通話は切れていた。舌打ちしたい気分で目をやると、貴島さんに追いついた瀬良がその背中をつつくところだった。

貴島さんが瀬良を見て、驚いた顔になる。

「まだ何か？」

俺もまったく同じことを思って瀬良を見た。

まだ何かあるというのか。

が、瀬良は貴島さんの背中をつついたきり、やったのはこいつだと言うように俺の胸の辺りを見ている。小学生の悪戯《いたずら》のようだ。貴島さんとしては俺に話しかけるしかなくなる。

「あの、何でしょう？」

「あーっとですね」

そして俺も応じるしかない。

何なんだ、この状況は。

「もう少しだけ、お話、聞けませんか？」

呼び止めてしまった以上、そう言うしかない。俺まで黙ってしまえば、警察官が二人そろって不審者だ。

「話って、いえ、でも、もうお話しするようなことは何も……」

「ああ、そうですか」という俺の答えにも、『まあ、そうですよね』という思いがにじみ出る。

「はい。先ほど、お話ししたこと以外は特に」という貴島さんの言葉にも、『じゃあ、なぜ呼び止めたのでしょう?』という当然の疑念がにじむ。

行かせてもいいのか、行ってもいいのか、困り果てた俺と困り果てた貴島さんが見合ったときだ。くうう、という音がした。俺と貴島さんが目をやる。うつむいて、顔を真っ赤にした瀬良がいた。

「かわいい」

貴島さんがぽそっと呟いた。

思わず出てしまったらしい。貴島さんが慌てて口をつぐむ。

「あの、お昼、まだですよね」と俺はすかさず言った。「ランチは、予定ありますか?」

「予定は、いえ、別にないですけど」

「じゃ、ご一緒にどうです? 話って、特別に聞きたいことがあるわけじゃないんです。雑談みたいな感じで、普段の城山さんのことを聞けると助かるんですが」

期待している、と宮地班長にはっきり言われた。手ぶらでは帰りづらい。瀬良がどんなつもりなのかは知らないが、城山さんについて何か情報を聞けるとしたら、仕事関係では貴島さんだろう。他も手詰まりだと知った今、わずかでも可能性があるなら話は聞いておきたい。

「はあ。まあ、それなら」と貴島さんがうなずいた。「どうせお昼は食べますし」

午後の訪問介護の予定も詰まっているということで、俺たちは目についた近くの中華料理屋に入った。

当てずっぽうで入った割には、そこそこ人気の店らしい。大勢の客がいた。一つだけ空いていた四人掛けのテーブルを示され、そこに向かう。背後の瀬良に客の視線が集まるのを感じる。瀬良がいつも顔を伏せている理由はこれなのかもしれない。

俺と瀬良が並んで座り、貴島さんが向かいに腰を下ろした。

「お忙しいところ、すみません。お時間、どのくらいありますか？」

貴島さんは背もたれにかけたジャンパーからスマホを取り出し、テーブルに置いた。ディスプレイをオンにして時間を確認する。

「そうですね。三、四十分くらいなら」

話の流れからすれば、こちらが払うことになるだろう。思い切って高いものも勧めてみたのだが、貴島さんは礼儀正しく、お得なランチセットの中から酢豚定食を選んだ。高いものを選んでくれたほうが、話を聞き出しやすい。が、ほっとしたのも事実だ。班長や管理官は、この昼食代を捜査協力費とも捜査活動経費とも認めてはくれないだろう。

「あ、追加で餃子もどうです？」

ほっとしたついでに、安めに恩を売れないかと勧めてみる。

「いえ。これから仕事がありますから」

貴島さんに言われて、自分のうかつさを悟った。これから貴島さんは担当する家を訪ねて、生活の補助や身の回りの世話をするのだ。トイレや入浴や着替えの介助もあるだろう。匂いのする食べ物はふさわしくない。

「そうですよね。失礼しました」

俺は麻婆豆腐定食を頼んだ。瀬良はメニューのチャーハンを指し示す。

「しょしょお待ちー」

えくぼが目立つ、やたらと愛想のいい店員が去ってから、俺は貴島さんに向き直った。

「城山さんとは、貴島さんが一番親しかったんですよね」

先ほど聞いた話を確認する。

「親しいというか、うちの事業所は、年齢いった人が多いですから。三十代は私と城山さんだけで」

その程度の意味です、という顔で貴島さんが俺を見る。拒絶まではしていないが、警察官に対して、相応の距離は取っている話し方だ。リズムも合わない。

「でも、少しくらいは個人的なやり取りもあったんじゃないですか？」

言い方に失敗したのが自分でもわかる。押しつけがましい。

貴島さんの眉間辺りに警戒心が漂う。

「いえ、ですから、それはほとんど。同じ事業所と言っても、お互い、外に出ている仕事なわけですし、顔を合わせている時間そのものが短いですから」

そして仕事終わりに飲みに行くような職場ではなかった。それは先ほど聞いた。八方ふさがりだ。食事がくる前に話が終わってしまった。

「でも……」

不意に瀬良が呟いた。

俺は隣の瀬良を見た。貴島さんも瀬良を見た。が、瀬良は誰も見ていなかった。自分の手元にけれど、フォローしようとした俺が口を開く前に、貴島さんが応じていた。

「ああ、そうですね。アイドルの話とかは少しはしました。でも、お互い、推しのグループが全然違いますし」

城山さんと話すなら、その話題だろうとカマをかけたのか。だったら、かけ方が雑だ。

アイドル？

何かの言い訳のように弱々しく呟く。

「アイドルとか」

視線を落としている。

貴島さんがわずかに緩んだのを感じる。

「あ、貴島さんもアイドル、好きなんですか？」

「いいえ、好きってほどでも」

それで答え終えたつもりらしかったが、俺は気づかぬふりで続きを待つ顔をした。

「城山さんに比べれば、全然です。でも、話題にできるくらいには」

「へえ。貴島さんが推しているのは、どんなアイドルなんです？」

リズムはまだ合わない。が、人は、自分が好きなことについてなら話す。

「興味あるな。俺もその昔、追っかけてたんで」

無礼にならない程度に言い方を崩す。

「誰をですか？」

貴島さんが食いついてきた。

高校時代に人気のあったアイドルグループを挙げる。俺はまったく興味がなかった。が、同級生の間ではよく話題に上っていた。その中で、よく聞いたメンバーの名前をどうにか思い出した。

「ちょー好きでした。もうあのきらっきらの笑顔だけで、ご飯、三杯は食べられましたから。名古屋にも、大阪にも遠征して」

と言っていた同級生がいた。

「めっちゃ王道ですね。うわー、話しにくいなあ」

照れながらも、貴島さんが推しているアイドルグループについて話し出した。

それは男装をした女性のグループで、メンバーはみんなすらりと背が高くて、運動神経が抜群で、ファンのほとんどは女性で、日常生活の中で男性に目を奪われたとき、ファンはファンサイトに自分の心の弱さを懺悔《ざんげ》するのだという。

なかなか屈折した興味深い話ではあるが、調子を合わせていると結構長くなりそうだった。貴島さんが話すリズムに合わせながら、流れを押すように口を挟む。

「そういう話も城山さんとしたんですね。さっきの事業所でですか？」

「いえいえ。こうして、ランチのときに。うちの事業所、手作り弁当派が多くて、外で食べるのは私と城山くんくらいでした。週に一度もなかったですけど、たまに一緒にランチを食べました」

リズムが少しずつ合ってきたのを感じる。『城山さん』も『城山くん』になった。

「そういうときって、他にはどんな話をするもんですか？」

「あとは愚痴ですね。やっぱり同じ仕事をしてる人にしかわかってもらえないってこともあるし」

貴島さんの表情が少し曇る。アイドルのことを話していたときには見せなかった表情だ。『告白ゾーン』とナナさんは呼んだ。

表層よりも一枚、奥。普段なら口にはしない何かを話すかもしれない可能性をはらんだ、ごく限られた時間のことだ。そのとき、対応を間違えると、出かけた話は引っ込んでしまい、だいたいの場合、二度と出てこない。手を伸ばしてつかむのか、無言で待つのか、笑顔で招き寄せるのか。それはこれまでの流れや、相手の性格、こちらとの関係性で変わってくる。今回、俺は隣に並んで肩を組むことにした。他業種だが気の置けない仲間。そんな役を演じる。

「ああ、それ、すっごくわかります」と俺は何度もうなずいた。「僕らの仕事も、そういうところ、あるんで」

な、と瀬良を見たのだが、瀬良は俺を見ていなかった。授業中に反省を強要された中学生のように、テーブルの上をじとっと見ている。やはりゼロどころかマイナスだ。この先、まかり間違ってその権力を手にするようなことがあったなら、こいつは田舎の所轄署の地下に押し込んでやると心に誓う。

「あ、確かにありそうですよね」と貴島さんが流れに乗り続けてくれたので助かった。「守秘義務とかもあるんでしょうし」

「あー、ありますね。署の外には出せない話も」と俺はうなずき、努めて何気ない風に聞いてみる。「顧客とのトラブルはなかったって、所長さんは言ってましたけど、現場では、そういうもんでもないですよね」

「トラブル」と言って、貴島さんは少し笑った。「うーん、トラブルがないはずないだろって、私は思いますけど、トラブルはないっていう所長の言い分もわかります」

「管理職的隠蔽体質みたいな？」

「いえいえ、そんな大げさな話じゃないです」

「大げさな話じゃないって？」

「うーん。どう言えばいいんだろう。ああ、困ったな」

少し首を傾《かし》げてから、貴島さんは袖のボタンを外して、シャツをめくった。肘の下から手首にかけて濃い青あざがある。

「うわっ。痛そうですね」

それを作った衝撃を想像して、俺は思わず顔をしかめた。

「ぶつけたんですか？　交通事故？」

「昨日、利用者のおばあさんに杖《つえ》で叩かれたんです」

意外な答えに、素であ然としてしまう。

「え？」

「介護の仕事をしてるって言うと、下の世話が大変だろうとか、入浴の手伝いが重労働だろうとか言われますけど」と貴島さんは袖を戻しながら言った。「そんなの、たいしたことではないです。すぐに慣れます。一番大変なのは利用者さんからの暴力や暴言です。体の痛みもありますけど、それより何より心が折れそうになります」

「何で、そんな……」

「このおばあさんの暴力は、認知症による不安症状の現れです。ただ、そうでなくても、私たちがお相手するのは、事故や病気や加齢で今まで当然にできていたことができなくなった方々ですから。できない自分を責めているし、どこかで恥じています。その手伝いにきた人のやることなすことは気に障るんですよ。自分のできなさを指摘されているように感じるんだと思います」

「だって、感謝するべき相手でしょう？」

「私たちはボランティアじゃないですよ。仕事としてそこにいるんです。お金のためにそこにいるんです。そう思えば、利用者さんの要求は高くなる。自分が望むようにできなければ腹も立つんでしょう」

「いや、でも、だからって……」

理不尽な暴力に本気で腹が立って俺が声を荒らげかけたとき、店員がやってきた。瀬良が小さく手を上げる。

「ごゆっくりどぞー」と瀬良の前にチャーハンを置いて、店員が去っていく。

レンゲを取って短く手を合わせた瀬良は、俺たちを気にせずチャーハンを食べ始めた。お先に、の一言さえない。よどみなく流れた一連の動きは洗練された何かの所作に見えたほどだ。かつて文豪が『ひらりひらり』と表現したスプーンの動きはこういうことかと、瀬良のレンゲの動きを見て思う。育ちがいいのだか、悪いのだか。

「でも、本当にやっかいなのは」

チャーハンを食べる瀬良をどこか微笑ましそうに見てから、貴島さんは俺に視線を戻した。

「利用者さん本人より、そのご家族です」

「家族ですか？」

「ええ」

さっきと同じ店員が、俺の前に酢豚定食が載った盆を、貴島さんの前に麻婆豆腐定食が載った盆を置いて、また「ごゆっくりどぞー」と言い残して去っていく。貴島さんと黙って苦笑を交わした。他が同じなので、メイン料理の皿だけ貴島さんと交換する。

「たとえば」

酢豚を正面に据えた貴島さんは、箸を取って、話を続けた。

「今、目の前で利用者さんがつまずいて倒れようとしている。もう手を伸ばしても引き上げられそうにない。そんな状況があったら、私は迷いなく利用者さんの体の下に自分の体を投げ出します」

「すごい自己犠牲ですね」

「いえ、いえ。自己保身ですよ」

豚肉を頰張って、貴島さんは笑った。

「だって、自己犠牲に走るほどの給料、もらってないですよ、私たち」

「いや、給料は、まあ、あれでしょうけど、でも、自己保身ですか？」

「私たちが怪我をしても問題はありません。ただ、利用者さんが怪我するようなことがあれば大問題です。利用者さんのご家族は、どこかで介護者を疑ってるんです。いえ、疑っているは言いすぎかな。でも、信用しきってはいない。自分が大事に思うその人を雑に扱ってるんじゃないか、意地悪をしてるんじゃないか、暴力を振るってるんじゃないか。利用者さんのほうが圧倒的に弱者だという先入観もあるんでしょう。実はそうでもないんですけどね。お年寄りでも、力の強い男性に突かれたら、私なんて吹っ飛んじゃいます。でも、利用者さんの体に擦り傷一つ、あざ一つあったら、そら見たことかって言わんばかりの、猛烈なクレームがくる。もちろんこちらとしては十分に注意を払っています。それでも、どうしようもないときってあるんですよ。利用者さんは動くわけですし、私たちも完璧に目を離さずにいることはできないし」

「それはそうですよね」

「利用者さんにあざができるくらいなら、自分が骨折したほうが楽なんです。その後の対応の手間と心の負担を考えると」

絶句したあと、深々とため息が出てしまった。

「骨折より、心が折れるほうが痛いですもんね」

「ああ、わかりますか」

「わかります」と俺はうなずいた。「そうっすか。体を投げ出しますか」

「半ば冗談ですけど」

「ああ、冗談っすか。よかった」

「残りの半分は本気です」

茶目っ気のある笑顔が初めて見せてくれた素の表情に見えた。テーブルの上のスマホに手をやって時間を確認した貴島さんが食べるスピードを上げた。もりもりとご飯を食べる人は見ていて気持ちいい。午後からのタフな仕事もある。できるなら、そのままもりもり食べさせてあげたかったけれど、そういうわけにもいかない。俺は捜査にきているのだ。

「城山さんにもそういう人がいたんでしょうね」

貴島さんが箸を止めた。俺と目が合う。

「もちろん、いたでしょう？」と俺は聞いた。

自分は喋りすぎたのか。そんな後悔に似た表情が貴島さんの顔を瞬時、よぎった。これまで聞き込みで何度も見てきた表情だ。そのたびに相手を裏切ったような気分になる。今回も申し訳ないとは思ったが、ここは押し切る場面だ。ここを逃せば、貴島さんは『告白ゾーン』から離れてしまう。

「誰にだっていた。城山さんにもいた。ですよね？」

「そうですね」

貴島さんはうなずいた。

「ええ。そうです。城山くんが担当する利用者さんの中にも、ちょっとうるさいご家族の方がいたようです」

「その話、さっきは出なかったですけど」

「事業所には報告してないと思います。たまたま私とランチをしているときに、電話がかかってきて。私のほうまで声が漏れてくるくらい強い語調だったので、気になって聞いてみたら、利用者さんのご家族からのクレームだって」

「いつごろの話です？」

「先月の半ばくらいだったかな」

「クレームの内容は聞こえました？」

「いえ、そこまでは」

「どんなクレームだったか、城山さんは何か言ってませんでしたか？」

「聞いたんですけど、よくあるやつですってはぐらかされました。ああ、よくあるやつなんだなって、私も納得しちゃいました。小さな怪我をさせたとか、ものかお金かがなくなったっていう利用者さんの言い分をご家族が信じちゃってるとか」

「よくあるんですね、そういうのが」

その仕事の大変さに思いを馳《は》せながら、俺は言った。

「その人の名前は？」

「それも聞きませんでした」

それは二人にとっては日常で、特別に取り上げて話題にするほどの話ではなかったということだろう。嫌な話だとわかるからこそ、何でもない顔で苦笑を交わしてやりすごす。そういう場の雰囲気はわかる気がした。

「どうぞ、召し上がってください」と俺は言った。

促されて箸を動かしてはいたけれど、貴島さんに前ほどの食欲は戻らなかった。俺が食事を終えるのを待っていたように「もう時間ですから」と貴島さんは席を立った。おかずとご飯と副菜のすべてが少しずつ残っていた。

「ありがとましたー」と店員に送り出される貴島さんの後ろ姿を見送る。その足取りは入ってきたときより重くなっている気がした。

「なあ」と俺は隣の瀬良に聞いた。「それ、最後まで食う？」

最初に食べ始め、俺と貴島さんが会話をしている間も一人、ひらりひらりと食べていたはずなのに、チャーハンはまだ半分以上残っていた。瀬良は困った顔で俺の胸の辺りを見ている。

いや、知らんがな。

「店、混んできたから、俺は先に出るわ。向かいのコンビニにいるから、終わったら、きな」

店の入り口には席を待っている人が列を作っていた。相席をさせる店のようなので、俺が出れば、待っている人が入れるだろう。俺は伝票を持って席を立ち、レジで会計をした。お釣りを財布にしまいながら振り返ったら、すぐそこに瀬良がいてぎょっとした。目をやると、俺たちがいた席には、すでに他の客が通されている。そのときになって、相席が嫌だったのだろうと気がついた。とっさに悪いことをしたと思い、そう思った自分が腹立たしくなった。どう考えても俺は悪くない。俺も無意識にこの美形に好かれたいと思っているのだろうか。

何かを言いたそうに瀬良が俺の首辺りを見る。

その手に財布があるのに気がついた。

「いいよ。チャーハン代くらい」

中華料理屋を出て、向かいのコンビニに入った。そうするつもりだったので、コーヒーが飲みたくなっていた。ドリップコーヒーを二つ買い、五分だけのつもりでイートインコーナーに腰を下ろす。

「座ったら？」

また几帳面な背後霊のようにずっと俺の後ろをついてきた瀬良に言う。

瀬良が少し迷ってから、一つ空けた椅子に腰を下ろした。

軽くイラッとする。座るなら隣に座ればいい。そんなつもりはなかったのに、自分がひどくいやらしいことを後輩に命じたような気持ちになる。

が、そんなことに腹を立ててもしょうがないのだろう。存在そのものが少しずれているのだ。一つ一つの行動に怒るほうが損をする。

俺は瀬良の前にコーヒーを置いた。瀬良がちらりと見て、また目を伏せる。

「いいよ。おごりだ。ペアの記念に」

俺は自分のカップを手にして、瀬良のほうへ掲げた。瀬良もカップを手に取った。が、掲げはせずに、両手で俺に向けて差し出す。

「飲まない……ので」

その答えに虚をつかれた。

「あ、飲まない。コーヒーは飲まないのな」

瀬良がうなずいたようだ。

「ああ、何がいいか、聞けばよかったな」

俺の作り笑いが白々と漂う。

飲めないのではなく、飲まないらしい。たとえ、今日初めてペアを組んだ先輩が気を利かせておごってくれたコーヒーでも、飲まないらしい。

段々、自分のほうがおかしい気がしてくる。コンビニのドリップコーヒーをおごることも、昨今ではパワハラとかセクハラとかの類いになるのだろうか。

さらに押し出され、俺はカップを受け取った。

「少しは喋るんだな。まったく喋らないのかと思ったよ」

嫌みに響かないよう気をつけながら、渾身の嫌みを込めて言ってみる。

「仕事です、から」

仕事でなければ口もきかない？

「いやいや。仕事になってないよ。城山さんの関係者に話を聞くのが俺たちの仕事。お前、今日、仕事した？」

瀬良の反応はわかりにくかった。正論に恥じ入って、うなずいたきり顔を伏せたようにも見えるし、その答えを自分なりに考えて、首をひねったようにも見える。

「いや、してないよ。してないだろ？　してないからな？」

こくんと、今度はどうやらうなずいたらしい。とするなら、さっきのは本当に首をひねったのか。

呆れた気分でコーヒーをすすり、少しばかり思い直す。

確かに、ほとんど喋ってはいないが、まったく仕事をしていないわけでもない。

「どうしてわかった？」と俺は聞いた。「貴島さんが隠し事、っていうか、全部は喋っていなかったこと」

呟いた言葉はよく聞き取れない。

「職務中はしっかり喋ろう。な？」

「忙しそうで」とそれが精一杯の声量であるような力み方で瀬良が言った。

「忙しそう？」

俺は貴島さんが事業所に戻ってきたときの様子を思い出した。所長に刑事が話を聞きたがってると言われても、貴島さんは自分のデスクで忙しそうにしていた。ひどく恐縮しながら、俺は質問をさせてもらった。俺の話を聞いているときも、貴島さんはデスクを見回して様々な書類を手に取り、そのチェックをしていた。事業所の中でも一際忙しい人なのだろうと思った。

「確かに忙しそうだったけど、それが？」

「和泉さん、見ないで」

「ん？」

「不自然な……でした」

少し考え、瀬良の言わんとする意味をようやく理解した。

あのとき、貴島さんは忙しそうにしていた。それは聴取にきた刑事と目を合わせたくなかったから、そうしていたように見えた。瀬良はそう言いたいのだろう。

自分が持っている情報は話したほうがいいようにも思える。けれど、事業所長は事件に関わるのを嫌がっているように見えるし、自分だって関わりたくはない。そう思えば、自分の情報は訪問介護員にはよくあることでしかなくて、警察にわざわざ言うほどでもないように思える。

そう考えた貴島さんは無意識のうちに俺の視線を避けた。俺にはさほど不自然には見えなかったが、瀬良は気がついた。

「アイドルのことは？　貴島さんがアイドル好きだってわかってて聞いたよな？」

「スマホの、壁紙。写真」

貴島さんはテーブルに置いたスマホで時間を確認した。時刻の背景がどんなものだったか、俺は覚えていなかったが、露骨にアイドルの顔がばーんと出てきたわけではないと思う。それなら俺も気づいている。

「どんな写真だった？」

「ステージ……遠くから」

ステージにいるアイドルを遠くからとらえた写真。そういう意味だろう。それなら俺の目には何かよくわからない写真にしか見えなかったかもしれない。

「すごいな。よく気づいたな」と感心して、俺は言った。

驚いた目で瀬良が俺を見た。瀬良と目が合うのは初めてだった。ガラス玉のように透き通った目をしていた。純真な幼児のような目だ。だからわかった。瀬良は俺に褒められたことに驚いているのではなかった。貴島さんの不自然さやスマホ画面のアイドルに俺が気づかなかったことを驚いていた。

むかっ腹は立ったが、現に瀬良が気づいたことに俺は気づかなかったのだ。どう思われても仕方がない。

やけになってコーヒーを一口、飲み下したところで、スマホに着信がきた。宮地班長からだった。

「戻れ。犯人の面、拝ませてやる」

その言い方だと、顔しかわかってないのだろう。ということは……。

「防カメですか？」

「ああ」

耳にはイヤホン。目はスマホ。周囲に関心を持たない都市生活の中で、警察が頼りにするのは、街中に散らばっている防犯カメラだ。以前は、現場周辺の防犯カメラから収集した映像を所轄署の捜査員がチェックした。俺も何度かやったことがある。神経を使う、しんどい作業だ。が、今では県警本部に情報分析を専門とする部署がある。さすがに仕事が早い。

「すぐ戻ります」

3

現場となったマンションと隣のマンションとの間に通路のような細い道がある。階段の手すりを乗り越え、しばらく階段下で時間をすごした犯人は、その道を左右どちらかに向かっているはずだった。そして、もし右に向かったのなら、犯人はT字路にぶつかる。右に向かえばコンビニ。左に向かえばドラッグストア。

「コンビニか、ドラッグストア。どちらかにしか映っていない人を洗い出しました」

刑事部刑事総務課捜査支援分析室の西田《にしだ》という若い係員が報告した。専門だから作業効率は違うのだろうが、やること自体は俺たちとさほど変わらないらしい。優しげな垂れ気味の目がかわいそうなくらい充血している。

歩行者と一口に言っても、人の動きは不規則だし、ドラッグストアとコンビニの間で、別の建物や道に入った人もいる。その逆もある。おそらく該当するすべての人の前後の足取りまで他の防犯カメラ映像で追いかけたのだろう。

「その中で一人、怪しいのがいました」

こられるものは、全員、捜査本部である中山署の会議室に戻ってきている。前にはモニターが据えられていた。

そこに一人の男が映し出された。後ろの席にいた人たちが立ち上がり、前のほうにやってきて腰を落とす。俺も思わず席から身を乗り出した。映像の端にある時刻が正しいなら、男がドラッグストア前の道を通ったのは、二十三時十六分。小林さんが一一〇番通報した五分ほどあとだ。

「ノイズの除去と補正をかけて、画像としてならもう少し明確なものにできると思います」

古い防犯カメラなのか。目の粗い白黒の映像だった。ニット帽と眼鏡のせいで、顔立ちがよくわからない。小柄だ。年齢は四十代から五十代。動きと併せて考えても、若々しさはないが、年老いてもいない、という以上の特定は難しい。背中にバックパック。普通のスラックスに無地のシャツ。季節から考えれば、薄着すぎる。返り血がついてしまった上着はバックパックにしまったのか。足下がスニーカーかどうかまでは確認できない。一一〇番通報受理後に周囲には緊急配備が敷かれたし、この薄着なら警察官の目に留まるはずだが、どうにかしてうまくすり抜けられたようだ。

「こいつがホンボシかどうかは別として」と映像を一時停止にして宮地班長は言った。「是非、一度、こちらにお越し願ってお話しさせていただきたいと思っている」

宮地班長がこういう話し方をするときは、捜査が煮詰まってきたと感じたときだ。わざと持って回った言い方をすることで、自分自身の入れ込む気持ちをそらそうとしている。

「さて、このデート、アレンジできそうなやつはいるか？」

一瞬の間を置いて、俺は手を上げた。宮地班長がうなずき返すのを待って、立ち上がる。

「被害者の城山さんは、訪問介護の利用者家族ともめたことがあったそうです」

その情報をどう判ずるべきか。捜査員たちが思考し始めたのを感じる。

それだけか、と聞くように、一度視線を下げてから、宮地班長がまた俺を見る。

「先月半ば、電話で強いクレームがきたのを同僚が聞いています。相手が誰かはまだわかっていませんが」

宮地班長がわずかに目を細めた。

訪問介護。利用者の家族。クレーム。

それらのワードが事件にしっくりくるか、瞬時、吟味したのだろう。

包丁。強い殺意。計画性。

「当たる価値はあるな」


夜にも捜査会議が行われ、防犯カメラ映像から鮮明化された画像が共有された。ノイズが消え、ぼんやりとだが人相もわかる。知り合いなら、見分けられるだろう。

捜査会議では、他にめぼしい情報は出てこなかった。その穴を埋めるように、捜査資料には城山さんのパソコンにあったデータについて報告が載っていた。そこにも、これといって目立つものはない。だから、サイトの閲覧履歴として、叩いたり縛ったりする動画が多かったことが悪目立ちする。離れた席で上がった「うわあ」という呟きは、ナナさんのものだ。そのページを見たのだろう。事件で死ぬのだけは嫌だと強く思う。そのページを見ても、隣の瀬良は表情一つ変えなかった。寛容なのか、無関心なのか。

翌日、プリントアウトした画像を『ヘルパーステーションひだまり』に持っていって、所長に見てもらった。所長はしばらく画像を眺めたあと、首を振った。

「いやあ、今現在の城山くんの担当に、こういう人はいなかったと思うなあ」

『今現在の』『担当に』という勝手な限定。『思うなあ』というぼやかし。昨日きたとき、こんな言い方はしなかった。この所長に警察官の前で嘘をつく度胸はない。だから、こういう言い方になる。ここで怒っても仕方がない。

「今現在の、ということではなく、それでは過去に担当した方ではどうでしょう？　直接の利用者さんだけではなく、そのご家族まで含めて」

所長の言い方に乗って話を進める。

「お忘れになっているかもしれませんが、頑張って、思い出してみてください。どなたか、思い当たりませんか？」

所長の目線が揺れる。もう揺さぶるまでもない。勝手に落ちてくる。

「ああ、そういえば」といかにも今思い出したように所長は手をぱちんと叩いた。「以前の利用者さんで、ああ、名前は何とおっしゃったかな。カワムラさんか。そうだ。カワムラサトエさんという方がいらっしゃって。その方の息子さんに似ているような気もしますね。私も利用開始当初の面談で一、二度お会いしただけなので、はっきりとは言えませんけど」

「以前の、というと、いつくらい？」

「先月、おやめになっています。他のところに切り替えたいということで」

極めて直近のトラブルということになる。

「昨日、うかがったときには、城山さんと利用者さんとの間にトラブルはなかったとおっしゃっていましたが」

つい口をついてしまったが、我ながら無駄な一言だった。今、所長を責めても意味がない。所長は、一瞬、逃げるような視線を俺の背後に向けたが、俺の背後霊の視線はきっと所長には向いていなかったのだろう。諦めたように視線を俺に戻す。

「事業所の切り替えは、トラブルというほどのものでは。人と人とのことですから、合う、合わないはありますので」

実際にそうなのかもしれないし、事業所の評判を気にして隠したのかもしれない。どちらにしろ、そこを問い詰めても仕方がない。

「その方についての記録を見せてくれませんか」

近ごろでは、そう言って見せてくれる情報管理者はまずいない。所長が尻込みする暇を与えず、言い添える。

「警察捜査は個人情報保護法の適用除外規定に該当します。法令違反に問われることはありませんので」

法に抵触することはないが、逆に警察が情報提供を強制することも実はできない。あくまで任意の捜査協力をお願いしているにすぎないのだが、そこはぼかした言い方をする。

「カワムラさんのものだけで構いませんので、ご提出願います」

川村里江《かわむらさとえ》は八十二歳。過去の脳出血による半身の軽い麻痺《まひ》と、中程度の認知症の症状があり、城山さんは平日の五日間、介護に通っていた。

映像の男に似ているという長男の名前は川村純一《じゅんいち》。五十歳。市役所に勤める公務員で、母親である里江の家に妻と娘とともに暮らしている。

純一は、長らく家族とともに母親である里江の介護に当たっていたが、里江の認知症は徐々に進行し、一人ですごすことが難しくなっていった。夫婦は共働きで、娘には学校がある。去年の夏、ついに家族のみでの介護を諦めて、介護保険サービスを受けることにする。

要介護3と認定された里江は、ケアマネージャーの紹介で『ヘルパーステーションひだまり』による訪問介護の利用を始めた。そのとき担当についたのが城山さんだ。それから一年あまり、利用者の川村里江や息子の純一からも、介護者である城山さんからも、トラブルの報告はなかった。ところが先月、ケアマネージャーを通じて介護事業所を変更したいという申し出があった。そう言われてしまえば、事業所としては引き留める術《すべ》はない。理由だけでも、と問いただしたところ、やはりケアマネージャーを通じて、利用者と担当者との性格が合わないから、という返事がきたという。

「一年も担当して今更、とは思いましたが、引き留める権利はこちらにはないですから」と所長は不満を隠さずに話した。

「その後、このケアマネージャーに確認を取りました」と俺は話を続けた。「三井優子《みついゆうこ》さんというベテランのケアマネです。三井さんによると、城山さんが自分の母親に暴力を振るっていると川村純一から申告があったそうです。確認のために自宅に行くと、利用者である里江には何ヶ所かにあざがあった。ただ、里江自身は中程度の認知症で、証言が非常に曖昧だったようです。三井さんとしては、里江自身の過失による怪我なのか、城山さんに傷つけられたものなのかは判断がつかなかった。ですが、川村純一は執拗《しつよう》に城山さんの暴力であることを主張したらしいです。ただ川村純一も城山さんの処罰を望んでいたわけではなく、事業所を替えたいという申し出だったので、だったら、別の理由をつけて解約しましょう、ということで話を進めたそうです。その後、里江は別の介護事業所の訪問介護を受けていましたが、申し込んでいた特別養護老人ホームに空きが出たので、先週、そこに入所しています」

以上です、と言って、俺は着席した。

夜の捜査会議だ。事業所長とケアマネージャーへの聞き取りをまとめた俺の報告書から顔を上げ、宮地班長は言った。

「里江の怪我の程度は？」

「その三井さんというケアマネージャーによれば、強い打撲痕には見えなかったようです。意図的に打ちつけたというより、階段から何段かずり落ちたとか、何かを巻き込みながら転んだというようなあざに見えたそうです」

「それで、殺すか？」

宮地班長が呟いた。俺もそれについては考えた。一見、殺害の動機としては弱いようにも思える。

「介護事業所の同僚によると」と前置きして、俺は貴島さんから聞き取ったことを話した。

利用者家族による先入観。介護者に対する漠然たる不信感。それが、利用者の何気ない言葉に結びつけば、強い思い込みを生み出しうる。

「里江が漏らした言葉で、純一がひどい虐待と思い込んでしまったということはありえると思います」

「そうか」

完全に納得したわけではなさそうだったが、宮地班長は取りあえず流した。

すぐに川村純一にマークがついた。が、最初に視認した捜査員から報告が入ると、捜査態勢は一変した。川村は完全に俺たちの監視下に置かれることとなった。俺たちは交代で川村の家の前に張り込み、川村が出かけるときには必ず尾行についた。宮地班を始めとする多くの捜査員が実際の川村純一を視認した。

ああ、こいつだ。

最初に視認した捜査員からの報告と同様に、俺もそう思った。他の捜査員も同じだろう。鮮明化された画像の人相に合致していた。それもあるが、それ以上に、防犯カメラの短い、不鮮明な映像のほうにぴんときた。

小男だ。身を屈《かが》めるようにして、せかせか歩く。一方で赤信号に立ち止まれば、途端に茫とする。どこを見るでもなく、何をするでもなく、ただそこにいる。

体格、たたずまい、身のこなし、歩き方、ちょっとした仕草。総じて言うなら、醸し出す雰囲気が防犯カメラの男と同じだった。

出勤する川村純一の写真を撮って、分析室に回した。二つの画像に写った顔の同一性はすぐに科学的にも証明された。

最近、被害者にクレームをつけた男が事件直後の現場付近にいた。それを偶然と思う捜査員はいない。城山さんが殺されたマンションと川村純一の家とは、路線も違うし、距離も十キロ以上離れている。が、警察としては、それだけで犯人だと決めつけるわけにはいかない。逮捕令状請求もできない。野間検事にしても、本部係検事として事件認知当初から捜査に関与している立場上、逮捕すれば起訴することが鉄則となる。この程度での逮捕令状請求には同意しにくい。となると、選択肢は二つしかない。

一つは、任意に同行を求めて話を聞く。取調室で取調官と向き合うプレッシャーは、一般市民が想像する以上のものがある。任意で取調室に連れてこられるなら、都倉さんと早川さんのペアが何とかしてくれる可能性は高い。が、それは下策だ。できることなら、取調室に川村純一がやってきたとき、もう逃げ道がない状態にしておきたい。確固たる証拠のもとに逮捕状を取り、川村純一の前に示した上で、逮捕したい。これは、決して難しい事件ではない。簡単な事件だ。捜査員の誰もがそう思っていた。だったら、はっきりとした証拠を探すしかない。


「そういえば」と俺は呟いた。

助手席に座る瀬良がわずかに反応する。決して俺の目は見ないが、話は聞いていますよ、という気配は発する。ようやく俺にもその感じがわかるようになった。

が、言いかけた言葉の無意味さに、俺は続きを呑み込んだ。普通なら、「何ですか」と声に出して聞かれるところだろうが、瀬良はそうはしない。しばらくすると、聞いていますよ、という気配がふっと消えるだけだ。

　自分の匂いが気になった。署で洗濯もしているし、シャワーも浴びているのだが、すぐに匂いが気になるようになる。逆に瀬良からは何の匂いもしない。良くも悪くも瀬良は無臭だ。香水を使っていないのはいいとしても、シャンプーやボディソープの匂いもしない。が、そういえば、お前、何の匂いもしないな、などと張り込みの車の中で聞いてもしょうがない。悪く取られればセクハラだ。

　川村純一を監視下において、丸二日が経っていた。他のセンの捜査も進めてはいる。が、捜査本部のエネルギーの多くは川村純一に向けられていた。今、捜査の中心は、事件当夜の川村の足取りを追うことだった。目撃証言と遺留物を求めて、多くの捜査員がしらみつぶしに現場周辺を当たっている。はっきりした証拠が出てくる前に、逃亡されるわけにはいかない。張り込みも気を抜けない。

「まだ半分か」

　時間を確認して、俺は呟いた。

　川村純一の自宅前を見通せる小さな公園脇だ。張り込めるような場所があればよかったのだが、住宅街の中だ。適切な場所はなく、一時的に使わせてもらえそうな空き物件もなかった。仕方なく車両での張り込みとなった。もちろん川村の自宅から距離は取ってあるが、長時間居続ければ、不審車両として近所の人に見とがめられるおそれがある。二、三時間おきに別の車に乗った捜査員が別の場所で待機することになっていた。

　いかにもなグレーのセダンでは張り込みがすぐばれる。俺たちが使っているのは、捜査車両ではなく、三年前、所轄の刑事課にいたときに買った俺個人の車だった。こうして張り込みに使うこともあるだろうと予想して、捜査車両には絶対に見えない、淡いアースカラーの軽自動車にしたのだが、こうして女性と二人で張り込むことはあまり想定していなかった。助手席との距離が近く、否応なく瀬良の存在が気になる。

俺たちの受け持ちはあと一時間三十分ほど。朝八時の川村の出勤時には、他のチームが尾行につくことになっていた。

「今日は見られるかな」

言わずもがなの独り言は、瀬良があまりに無口なせいだ。

昨日、一昨日《おととい》と川村純一は普通に市役所に出勤していた。が、一緒に暮らしているはずの妻と娘が家から出てくることはなかった。どこにいるのか調べたかったが、今は捜査していることを川村純一に気取《けど》られたくない。職場や近所の人に話を聞くわけにはいかなかった。捜査本部では、妻や娘まで殺してないだろうな、という物騒な疑いを口にする人も出てきていた。

監視を始めてから、川村純一の姿は何度となく視認していた。何度見ても印象は変わらない。覇気がなく、エネルギーを感じさせない男だ。こんな男があの惨状を作り上げたのかと思うと、心底ぞっとする。

服の上から肉を貫き、血管を切り裂いた感触。『でやっ』。人のものとは思えぬ悲鳴。相手はつかみかかり、かみついてくる。ほとばしる血しぶき。つかんでいた手がずるりとほどける。弱っていく呼吸。

その惨状の中で、川村純一はいったいどんな顔をしていたのか。実際の川村の顔から想像しようとしたが、うまくいかなかった。

「そういえば」と俺はまた言った。

意味はなかった。頭に思い浮かべた惨状を消したかっただけだ。

聞いてますよ、という気配がした。

また黙り込んだら、俺が変人だ。他の誰に変人扱いされても構わないが、瀬良にだけはされたくない。

「いくつですか？」と俺は言った。

穏やかに、丁寧語で話すと、瀬良は応対がしやすくなる。それもここしばらくで学んだことだ。

瀬良が、きょとんとした。

相変わらず、俺の首の辺りを見ているだけだが、これも気配でわかる。

「瀬良さんの年齢です」と俺は続けた。

「二十八、です」

「結構、いってるんですね」と俺は言った。「もっと若く見えました。ああ、これもセクハラですかね。すみません。っていうか、そもそも年齢を聞いた時点でアウトでしたかね」

とにかく応答が少ないのだ。会話はほとんど独り言になる。

「大卒ですか？」

首が横に小さく振られる。高卒か。意外な気がした。どこかお嬢様向けの女子大でも出ているかと思っていた。

そこから十年、と俺は思った。いまだ巡査というのは、どういうことか。

「昇任試験は受けないんですか？」

「受けて、ます」

うつむいて、赤くなる。

悪いことを聞いた。

受かっていないだけだ。それはそうだ。昇任試験は筆記だけではない。面接はまともなやり取りにならないだろうし、拳銃の扱いや逮捕術に優れているようにも見えない。後輩の指導にも不向きだろうから、昇任試験の要らない『巡査長』に推すことも難しいだろう。

誰の目にも明らかなその短所をあげつらったつもりではなかったのだが、自分の質問のすべてがセクハラとパワハラにまみれているように思えて、俺は黙ることにした。

ふと隣の瀬良が緊張する気配がした。

目をやると、川村が玄関から出てくるところだった。

「早《はえ》えだろ」

見とがめられる距離ではないが、運転席で思わず身を屈める。

まだ朝の六時半だ。川村が着ているのは部屋着だった。出勤ではない。手にしているものと向かった方向に気づいて、一気に心臓の鼓動が速くなる。

手にしているのはポリ袋。向かった先にあるのはこの辺りのゴミ集積所だ。

「あれ、取ります」と瀬良に告げる。

刑訴法二二一条。被疑者が出したゴミを領置するのに令状はいらない。厳密に言うのなら、ゴミ集積所を管理する自治会なり、町内会なりに許可を求める必要があるが、それのない領置が適法とされた判例がある。一方で、捨てようとしているゴミを川村純一から奪うことはできない。ゴミが捨てられ、川村純一の所持から離れた時点で領置する必要がある。

息を詰めて待っていると、川村純一が戻ってきた。手ぶらだ。ゴミは捨てた。家に入る前、川村純一が周囲を気にするようなそぶりを見せた。

何かある。

一気に緊張が高まる。

川村純一が家に入るのを待って、車を出す。川村の家の前は通らず、遠回りをしてゴミ集積所へ向かう。まだ早いせいだ。ゴミ集積所に出ているポリ袋は、一つだけだった。はやる気持ちを抑えながら、ゴミを回収して、車に戻った。

ゴミ袋からは生活ゴミに混じって、紙に包まれた黒いコートが出てきた。酸素系漂白剤に漬けられていたらしく血痕は落とされていたが、繊維が被害者の城山さんの爪から採取されたものと一致した。

「フダ、取るぞ」

班長が言い、捜査本部が色めき立つ。

上のゴーサインはすぐに出た。野間検事の許可も下りた。

逮捕は翌早朝と決まった。気持ちとしては、すぐに捕まえたい。が、被疑者の身柄を拘束した瞬間から四十八時間以内に、警察は検察に事件を送致しなければならない。昔ならば、夜を通しての取り調べもあり得たが、今は無理だ。取り調べが許されるのは、原則として夜の十時まで。

無理な取り調べをすれば、公判で供述調書が証拠として採用されないおそれもある。四十八時間を最大限、有効に使うための早朝逮捕だ。

照会をかけていた川村の戸籍と住民票がようやく届き、川村が最近、離婚していたことが判明していた。妻子は家にいない。逮捕の支障となる恐れはない。

今夜の張り込みのチームを確認し、宮地班長が翌朝川村純一宅へ向かうメンバーを指名する。期待していたのだが、俺の名前は呼ばれなかった。

それなりの働きはしたつもりだったが思い上がりだったか。それともここは年功序列ということか。

呼ばれたメンバーが班長の近くに集まり、手順や装備の確認が始まる。

「おい。ちょっと顔貸せ」

同様に名前を呼ばれなかった都倉さんが俺の肩を叩いて、頭を振った。

会議室の外へ出ろという意味だろう。

「あの、でも、俺、たぶんレイセイに……」

逮捕令状請求は、実際に書類を裁判所に持ち込まなければならない。不明な点があれば、裁判官がその場で直接問いただせるよう、令状請求は実際に捜査に携わった者が行くことになっている。それは下っ端である俺の役割のはずだ。

「地裁へは仲上が行く」

都倉さんの言った通り、明日の手順を確認したあと、俺の次に若手である仲上さんが裁判所に行くよう命じられていた。

「ほら、こいよ」

都倉さんに従って、沸き立つ会議室をあとにする。

都倉さんが、明日の早朝、川村宅に向かうメンバーに選ばれなかった理由はわかっている。都倉さんは宮地班の取調官だ。今まで積み上げてきた証拠と証言を武器に、狭い取調室で被疑者と向き合い、自白を引き出す。刑事事件捜査の最大の山場を一身に背負う。それが都倉さんという駒の役目だ。

明日の朝、川村純一は署に連れてこられる。都倉さんはその川村を署で待ち構え、圧倒し、屈服させる。迎えに行くなんてことはさせない。

何十人という人間が積み上げた捜査の集大成を担う。とてつもない責任と重圧だ。こういうとき、長身瘦軀《そうく》のその体が抜き身の刀のように見える。

都倉さんは廊下を進み、階段を下り始めた。

「ああ、どこへ？」

「煙草《たばこ》」

「やめたって言いませんでした？」

「言ったよ。それがどうした」

「敷地内、禁煙ですよ」

「お上にはお目こぼしっていう慈悲がある」

「それ、お巡りさんが言っちゃダメなやつです」

裏口から出て、建物を回り込む。塀沿いにスチール製の物置がいくつか置かれている。その物置と物置の間に体を潜ませると、都倉さんは本当に電子煙草を取り出した。電源を入れて、俺を見る。物置の間隔が狭いせいで、間近に向き合うことになる。

「早川が体調崩したって話は聞いてるな？」

普段、都倉さんとペアを組んでいる早川さんは、昨日から体調を崩して休んでいた。被疑者が確保されていない捜査の最中に捜一の捜査員が休むなど、尋常なことではない。

「聞いてます。どうなんですか？」

都倉さんの表情が曇る。

「そんなに悪いんですか？」

「悪い」と都倉さんはうなずいた。「体じゃなくて、心だけどな」

都倉さんは電子煙草に口をつけて吸い込み、ゆっくりと煙を吐き出した。

「心？」と聞き返して、ようやく呑み込めた。

まさか早川さんが、とは思う。四十すぎ。刑事警察官として、一番、脂ののった年齢だ。が、捜一にくるまでいったいどんなものを見聞きしてきたか。捜一でさらにどんなものを見聞きしたか。想像はできても、本当のところは誰にもわからない。同じ死体を目にしても、同じ凶悪犯を前にしても、それぞれの受け止め方は違う。

一人の刑事であれば、否応なく事件に向き合わなくてはならない。そして、向き合った事件は、否応なく刑事としてではない、一人の人間の中にも流れ込んでくる。

早川さんという人の中に、長い間、事件が流れ込み続けた。そして溢れてしまった。

『ひどいな』

城山さんの部屋での呟きを思い出した。考えてみれば、早川さんらしくない言葉だった。

「川村純一の調べ。お前、補助につけ」

一瞬、返答に詰まった。

「管理官と班長の許可はもらってる」

「でも……」

「俺もいつまでもここにいるわけじゃない」

「え？」

「次は勘弁してもらったが、その次、今年の秋で異動だ」

「異動、ですか？」

「デスクにいなくていい主任なんてやり方を認めてもらって、班長には感謝してる。その班長から出てけと言われたんじゃ、仕方がない」

署のデスクにいて、班の動きを差配するのが、本来の主任の仕事だ。が、スマホがあるこの時代、デスクにいたって仕方がない。都倉さんはそう言って現場に出続け、宮地班長はそのやり方を認めていた。捜査員としての能力を最大限評価している宮地班長が、都倉さんを班から追い出すなら、意味は一つしかない。

「じゃ、ついに警部ですか」と俺は言った。

宮地班長の下について六年。主任として警部補のままずごしたが、県警一の取調官とうたわれる人だ。上層部は、当然、先を考えているだろう。

警察では、階級が上がる際には、例外なく異動になる。警部補として捜一を経験したのなら、一度、外に出て、警部に昇任して戻ってこい。それが刑事部での階段の上り方だ。もちろん、なろうと思ってなれるものではない。警部と言えば、間違いなく警察組織の幹部だ。実際、巡査部長から警部補になるのと違って、警部補から警部になれるのはほんの一握りの人だけだ。その上、警部になったからといって、捜一に戻れるとは限らない。が、都倉さんなら戻ってくるだろう。警部となって、捜一に戻ってきて、都倉班を率いる。当然すぎるほどの話だ。

「でも、あ、え？」

「まさかって顔すんなよ。俺がいなくなったら、取り調べ、誰がやんだよ。お前しかいないだろ。どう考えても」

本来なら、早川さんだったはずだ。刑事経験も、被疑者と向き合ったときの胆力も、俺なんかより数段上だ。そもそも人としての器が違う。事件現場を見て怖じ気づく俺なんかに、取調官が務まるわけがない。

「でも、俺、巡査部長ですよ」

とっさに逃げを打つ。

うちの県警本部では、取り調べは警部補以上の人がするのが習わしだ。

「安心しろ。お上にはお目こぼしっていう慈悲がある」

「でも……」

それ以上の断りの言葉は出てこない。怖いからできない。やれそうにないからやりたくない。そんなことを口にしたら、都倉さんの前に俺が捜一から飛ばされる。刑事部門からも出されるだろう。取調官を任される。刑事なら誰もが誇ることだ。刑事を辞める気がないなら、断れる話ではなかった。

「すぐにじゃない。勉強させてやるよ」

にやりとして、都倉さんは俺の肩を叩いた。

4

捜査本部がある会議室と同じフロアの道場で、眠れない夜をすごした。宮地班長からは、英気を養え、と帰宅を許されていた。が、今は自分の部屋に戻って気が緩んでしまうことのほうが怖かった。

翌朝、宮地班の喜多さん、仲上さんに率いられた捜査員が川村純一の家に向かった。

「入ります」

捜査本部の警察無線に報告が届く。長島管理官も、宮地班長も、須々木刑事課長も、他の捜査員たちも固唾《かたず》を呑んで警察無線を睨《にら》んでいる。

しばらく間があったあと、次の報告がきた。

「マルヒ、ニンドウに応じました」

会議室がざわめく。

川村が少しでも抵抗すれば、もしくは躊躇《ちゅうちょ》すれば、即座に逮捕状が執行されていただろう。が、そうするまでもなく、川村は素直に同行に応じたことになる。川村はいったいどういうつもりなのか。

都倉さんに肩を叩かれた。行くぞ、と言うように都倉さんは首を傾けた。俺はノートパソコンと捜査資料が挟まったファイルを抱え、席を立った。

俺と都倉さんは、捜査本部のある会議室を出て、二階下の刑事課室に向かった。フロアの三分の一ほどを占める部屋には、初動捜査で補助をしてくれた捜査員の顔もあった。すでに通常職務に戻っている彼らにも、事件終結を前にした高揚感がある。期待を込めて向けられた熱い視線の中を都倉さんは悠々と進む。

都倉さんは奥にある事情聴取室に入った。応接や被害者との面談にも使う部屋には、明るい窓があり、白い化粧板のテーブルと、座面がモスグリーンのミーティングチェアが置かれていた。腰を下ろした都倉さんとテーブルを挟んで、俺も椅子に座る。横手のドアは開け放したままだ。そこで川村の到着を待つ。

川村純一は、いったいどんな顔をして現れるのか。

ふて腐れ、拗《す》ねた顔か。

猛々《たけだけ》しく、興奮した表情か。

どちらにも対応できるよう胸の内で身構えていた俺は、その三十分後に現れた川村の様子に拍子抜けした。

喜多さんと仲上さんに連れられて刑事課室に入ってきた川村純一は、ひどく泰然としていた。赤信号を待つときの、茫とした態度を思い出した。ここに連れてこられた意味がわかってないわけがない。それでも川村純一は、自然体というよりなお無感情に、ただ突っ立っていた。

「こりゃ」と都倉さんが小さく呟いて、椅子から立ち上がった。

こりゃ、何なのか。聞き返す暇はなかった。事情聴取室を出て、川村純一のほうへ歩き出した都倉さんの後を追う。

都倉さんが川村の前に立つ。小柄な川村が長身の都倉さんを見上げた。目に敵意はない。無論、親密さもない。まるで自分とは関わりのないものを見ているようだ。

刑事課室にいるすべての人の視線が二人に集まっていた。その視線の中、都倉さんは川村純一に頭を下げた。

「お話を聞かせていただきます、私、県警捜査第一課の都倉と申します」

川村純一が軽く礼を返した。

都倉さんが歩き出し、川村が後に続く。二人が背を向けるのを待って、仲上さんが俺に畳んだ紙を渡す。まだ提示していない逮捕状だ。受け取り、みんなの視線を感じながら、俺は川村の背中を追った。

中山署の刑事課室には取調室が四つある。そのうちの一つの扉を都倉さんが開ける。

「殺風景なところですが」

川村がどう反応するか、気になった。

狭い密室だ。話を聞くという目的が同じでも、先ほどまで俺と都倉さんがいた事情聴取室とは趣が違う。窓もない。簡素なスチールデスクが見える。客を入れる部屋でないことは明らかだ。何より扉の上にそう書いてある。『二号取調室』。

川村の背中が緊張したのがわかった。入ることを拒むか。

一瞬、そう予想した。

が、すぐに川村の背中から緊張が滑り落ちた。

都倉さんに促されるまま、川村は取調室に入った。俺も中に入る。

狭い部屋の真ん中に小さなデスク。向かい合わせた二脚の椅子のうち、奥のほうに川村が座り、手前に都倉さんが腰を下ろす。

もう一つ、入り口付近の壁につけたデスクがある。端にプリンターが置いてある。

俺はそのデスクにノートパソコンと資料ファイルを置き、椅子に腰を下ろした。

俺のほぼ真上には天井にはめ込まれたカメラがある。殺人のような裁判員裁判対象事件の取り調べは録画が義務づけられている。カメラの脇の小さなランプが赤になっていた。室内の様子はすでに録画されている。もちろん別室でモニターできるし、声も聞ける。

三人ともがいるべき場所に落ち着いても、取調室に緊張は訪れなかった。むしろ弛緩《しかん》している。まったりとしたその空気を変えないまま、都倉さんが口を開いた。

「川村さん。ここにきた理由を話していただけますか？」

俺はノートパソコンを開け、文字を打てる状態にした。そちらを見なくても、川村が戸惑ったのはわかる。

「話を聞きたいからきてくれと、刑事さんたちが家に」

「何の話か、おわかりでしょうね？」

都倉さんの声はあくまで柔らかい。が、その目つきは変わったのだろう。弛緩した空気がゆっくりと張り詰めていくのを感じた。

川村は答えなかった。都倉さんは急《せ》かさない。

「城山の……」

やがて川村が言った。が、すぐに口をつぐんだ。励ますように都倉さんが口を開く。

「そうです。城山雅春さんが殺害された事件についてです。この事件について、川村さんは何かご存じのことがないでしょうか？」

川村は答えない。都倉さんは動じない。防音が施された取調室に入ってくるのは、何かに包まれたようなくぐもった音だけだ。鈍く、重い静けさの中では、うまく呼吸をすることもできない。被疑者である川村より先に、ただの補助官である俺のほうが緊張に押しつぶされそうになる。

音が出ないよう、慎重に息を吸い込み、吐き出しながら、俺は苛立ちを募らせる。捨てたコートについて、どうして都倉さんは何も言わないのか。

おそらく別室では宮地班長が取り調べの様子を見ている。宮地班長は、何を思っているだろう。

「城山は、母を」

はっとして、思わずそちらに目を向けた。

川村は肩を怒らせ、うつむいていた。膝に置いた両手はおそらく、強く握られているだろう。

「私の母を……介護中に、暴力を」

川村が苦しげに言葉を継いだ。

「許せますか、そんなこと……母の記憶がもたないのをわかっていて、まるでなぶるように……

そんなこと、許せるわけない」

「だから」

「ええ。そうです。だから、殺しました。私が、殺しました」

肩を怒らせ、うつむいたまま、川村は一気に言い切り、口をつぐんだ。

都倉さんが俺を見た。何のことかと一瞬、その視線を見返してから、俺は慌てて先ほど受け取った逮捕状を都倉さんに手渡した。仮に川村が否認していても、このタイミングだっただろう。たたまれていた紙を広げ、都倉さんが川村に提示する。

「午前七時五十五分。川村純一さん。あなたを逮捕します」

川村はうなだれたままだ。都倉さんが淡々と告げる。

「あなたは本年二月十五日午後十一時ごろ、県内樫木《かしき》市中山町四丁目二番『スカイハイツ』五〇三号室に侵入し、住人である城山雅春さんを刃物で複数回刺し、死に至らしめた。該当法条は刑法一三〇条、住居侵入罪、ならびに刑法一九九条、殺人罪となります。川村さんには弁護人を選任できる権利があります。弁護人がいなければ、弁護士、弁護士法人や弁護士会を指定して弁護人選任の依頼ができます。どうしますか？」

俺は川村を見た。川村が首を振った。

不要だ、とも見えたし、そんなことはどうでもいい、と言っているようにも見えた。

「では、この件についてうかがいます。被疑事実に間違いはないですか？」

弁解録取書、通称『弁録』。被疑者を逮捕した際に、まずやるべき手続きだ。何の罪で逮捕されたのかを被疑者に明示し、弁護人選任権を告知した上で、被疑事実に対する弁明を聞く。

「間違いありません。私が城山を……私が城山を殺しました」

都倉さんが俺にうなずき、俺はパソコンで『私が』で始まる文章を書く。『私が城山雅春さんを殺したことに間違いはありません』。

弁録は逮捕直後の被疑者の言い分を記すだけだ。時間をかける手続きではない。

俺はプリンターに用紙をセットし、その場でプリントアウトした。決まった様式に打ち出された文書を都倉さんに手渡す。都倉さんが確認して、川村に提示した。短い弁録を読んだ川村が、都倉さんに促されるまま署名し、指紋を押す。

「では、このまま取り調べに入ります。川村さんには供述を拒否する権利があります。話したくないことは話さなくて構いません。わかりましたね？」

川村がうなずいた。

本来なら、このあと身上調書を取ることになるが、弁録で自白が取れたのだ。流れを切る場面ではない。

「城山さんを殺したと先ほどおっしゃいましたが」

自白したことへの興奮をまだ残している川村をなだめるように、都倉さんはゆっくりと柔らかく問いかけた。

「それは、城山さんの部屋に侵入して、城山さんを刺したということですね？」

聞きたいことは、被害者を殺したか否かではない。警察が求めるのは、客観的証拠を集めうる事実だ。刃物で複数回、被害者を刺したかどうか。今、都倉さんが尋ねているのはそれだ。

「そうです」

同じことをなぜ言い換えるのか、理解が追いつかないのだろう。やや戸惑いながらも川村はうなずく。

「何で刺しましたか？」

「何で……家にあった包丁です」

「川村さんの自宅にあった包丁ですね。それはどのくらいの大きさですか？」

川村がその大きさを両手の人差し指で示す。

「とするなら、刃渡りは……」

「このくらいです」

川村が人差し指の距離を縮めた。十五センチほどだ。

「どこを刺しましたか？」

「腰のこの辺り」

川村は後ろ側を手で示す。

「それから腹と」と前に手を回し、その手を少し上に上げた。「あと、この辺りです」

胸のやや下だ。この傷が実質的には致命傷となった。

「他には？」

「刺したかもしれませんが、覚えていません」

「わかりました」

二人の話を聞きながら、俺はパソコンでその内容を記していく。

家にあった包丁。刃渡り十五センチ。腰、腹、胸の下、それ以外の記憶は不明瞭。

都倉さんは淡々と質問を重ね、川村は、時折、言葉に迷いながらも、誤魔化そうとする様子もなく素直に供述していく。

この男が、どう人を殺したのか。その詳細が明らかになっていく。

先月、母親の体に複数のあざがあるのを見つけた。どうしたのかと尋ねると、母親は城山にやられたと答えた。城山に何度も事実関係を問いただしたが、埒があかなかった。

妻子の説得もあって、介護事業所を替え、母親から城山を引き離すことで、いったんはよしとした。が、日が経つにつれて怒りが湧き上がってきた。

家に通ってくる城山のことは、家族みんなが気に入っていたし、感謝もしていたし、信頼していた。それを裏切ったことは、どうしても許せない。母親だけでなく、自分も、家族も馬鹿にされたと感じた。

何度か電話でやり取りしたが、城山はのらりくらりと言い逃れをするだけだった。

勤め先である介護事業所から城山雅春を尾行して、住居を突き止めた。乗り込んで抗議しようとしたが、オートロックのエントランスで、文字通り門前払いを食らった。

ずっと怒りが収まらないことで、妻子が自分に怯えるようになった。それがまた腹立たしく、妻子に当たるようになり、妻からは離婚を切り出された。怒りにまかせて離婚届に署名すると、妻は娘を連れて、家を出てしまった。

やがて、希望していた特別養護老人ホームに母親が入所できることになり、家に一人になった。一人になってみると、湧き上がってくるのは城山に対する怒りだけだった。

あっという間に家族が崩壊した。それもこれも、城山のせいだ。

あの日は、仕事から家に戻り、一人、酒を飲み、コンビニ弁当を食べていると、そのわびしさに怒りが湧いてきた。怒りに任せて、家の包丁をバックパックに入れて、電車に乗った。目指す駅で降りたとき、やはりやめようかという気持ちにはなった。コンビニで酒を買い、あてどもなく道を歩きながら飲んだ。飲んでいるうちに、やはり許せない気持ちになり、城山のマンションに向かった。

以前、きたときに、エントランスに防犯カメラがあるのを気に留めていた。やけに目立つ場所にあったせいだ。そのカメラを避けるために、裏口に回った。フェンスに足をかけ、外階段に途中から忍び込んだ。五階に上がり、城山の部屋を訪ねた。オートロックをどうやって解除してきたのか、これは不法侵入ではないかと、城山にとがめ立てされた。警察に電話する、ときびすを返そうとしたので、バックパックから包丁を取り出し、城山の腰の辺りに突き刺した。部屋の中に押し込んで、さらに何度か刺した。

そこまで訥々《とつとつ》と話していた川村の口調が変わった。絞り出すように言う。

「人を傷つけるのは苦しいものですね。覚悟を決めたつもりでいても、苦しいものです。いつの間にか、私、泣いてました。泣きながら、泣き声を殺しながら、腕を振り下ろしていました。何度も」

川村が初めて見せた感情だった。

「堪《こら》えきれずに幾度か叫び声を上げた気がします。あれは、ええ、とても苦しいものです。苦しかったです」

けれど、感情がこもったのは、そのときだけだった。あとはまた他人事《ひとごと》のような口調で供述が続く。

城山さんが動かなくなったので、包丁をバックパックに放り込んで、部屋から逃げ出した。廊下を走って、外階段を下り、手すりを乗り越えて、建物の外に出たところで、コートに返り血がついていることに気がついた。スニーカーにも血がついていた。階段の下で、コートを脱ぎ、血がついていない部分でスニーカーを拭った。コートと軍手をバックパックに入れて、フェンスを乗り越え、道に出た。そこからどう歩いたのかは覚えていない。なるべく細い道を歩いていたら、隣の駅の近くに出た。駅から電車に乗り、いつもの路線に乗り換えたが、それは最終電車で、途中駅で停まってしまい、自宅のある駅までは行き着けなかった。仕方なく終点で降り、そこから一時間半歩いて、家に帰った。

「凶器の包丁は？」

「台所の床下収納を外して、その下に隠しました」

「コートは洗って捨てたのに、包丁は隠したんですか？」

「そもそも包丁って、どうやって捨てるのかわからなかったんです。市役所職員なのに笑われるかもしれませんが、あれ、燃えるゴミなんですか？」

「不燃ゴミでしょう。紙に包んで、危険物とわかるように明示して捨てるはずです」

「よくご存じですね」

「家事はゴミ捨てくらいしかしないものですから」

とぼけたやり取りを、笑いもせず、二人は淡々と交わしていた。

はめていた軍手は、包丁と一緒に床下にある。特に指紋のことを気にしたわけではなく、寒くなると手がかじかむたちなので、いつも手袋代わりに使っていた軍手だった。履いていたスニーカーは洗って、ベランダに干して、今もそのままになっている。使ったバックパックは自宅二階の自分の部屋にある。

供述に不審な点はなかった。

捜索差押許可状を取って、証言通りの場所から包丁と軍手とスニーカーとバックパックが出てくれば、問題なく有罪にできるはずだ。自白があり、完璧な物証と、犯人しか知り得ない秘密の暴露もある。野間検事の満面の笑みが思い浮かぶ。

二人に気づかれないよう、俺はそっと息を吐《つ》いた。

殺人犯が姿を見せた。母親を傷つけられた怒り。そこから生まれた憤怒《ふんぬ》が川村から妻子を遠ざけた。川村は孤独になり、孤独が憤怒を増幅させ、殺意に火をつけた。

許しがたいことだ。仮に城山さんが母親に暴力を振るったのだとしても、殺すことはないだろうと思う。が、その心情は理解できないものではない。現場の惨状は、おそらく酒に酔っていたからこそなしえたことだろう。

事件があった世界と俺の住んでいる世界がつながった。

時間が経てば、恐怖は嫌悪に変わり、いずれゆるやかに消えていくだろう。今まで経験してきた凶悪事犯の大方と同じように。

俺はほっとして都倉さんを見た。が、都倉さんの背中に充実感はなかった。被疑者を落としたという喜びや安堵《あんど》とはまったく違うものを発している。それが何か、俺にはわからなかった。

「これで休憩しましょうか。午後に、また話を聞かせてもらいます」

午前十時五十分。取調室に入ってから、三時間ほどが経っていた。

俺は椅子から立ち上がった。何気なく見上げた録画カメラの脇のランプが緑になっていた。取り調べが終わり、録画を止めたのだろう。

「川村さん」

不意に都倉さんが口を開いた。先ほどと同じ静かな口調だった。

「この取り調べは、映像と音声ですべて記録されています。警察の無理な取り調べを抑制するためのものですが、記録されるのは警察官の振る舞いだけではありません」

川村が顔を上げる。何を言っているのかは理解できるが、何を言いたいのかはわからない。そういう顔だ。俺も同じ思いだった。

「この先、何を言うのか。しっかり考えておくことをお勧めします。あとになって、そんなこと言わなかった、は通じないですよ。供述が二転三転すると、裁判で、あなたの供述は信用をなくします」

川村がわずかにたじろぐのを見た。

が、それは本当にわずかな表情の変化でしかなく、それが何を意味するのかまでは俺にはわからなかった。

俺は都倉さんに目を移した。

都倉さんは目を閉じていた。川村の反応を確認もしていない。

都倉さんとの距離に恐れを覚える。

今年の秋、都倉さんが捜一を離れたとして、その後釜が自分に務まるとは、到底、思えなかった。

ふと背後霊のようなパートナーの顔が浮かんだ。

仮に瀬良がここにいれば、今の川村の反応を読み解けたのか。あのガラス玉のような目なら、川村の心情を見抜くことができたのか。

目を開いた都倉さんに合図され、俺は取調室を出た。待っていたように宮地班の仲上さんと中山署の若い刑事が近づいてくる。若い刑事は手錠と腰縄を手にしていた。

「お疲れさん。留置手続きはやっておく」

仲上さんが俺の肩を叩いた。

「ありがとうございます」

仲上さんは取調室に入った。

やがて若い刑事と仲上さんに挟まれて川村が出てきた。手錠をかけられ、腰縄を打たれている。任意同行から取調室で逮捕に移行してしまったので、本来、真っ先にやるべき写真撮影や指紋採取は済んでいない。二人はそれを済ませた上で、川村を同じフロアにある留置場へ連れていき、留置手続きを取ることになる。

三人が刑事課室を出ていってしばらくすると、都倉さんが取調室から出てきた。俺の前で大きなあくびをする。

「午後、また頼むぞ」

最後の言葉について聞きたかったが、聞ける雰囲気ではなかった。都倉さんは刑事課室を出ていってしまった。

別の部屋から宮地班長が出てきた。そこで取調室の映像を見ていたのだろう。

「午後は一時からか？」

宮地班長が俺に聞く。

「あ、あとで確認しておきます」

「頼む」

歩き出した宮地班長を俺は呼び止めた。

「班長。最後の、聞いてましたか？」

録画はされていなくても、映像と音声は届いているはずだ。

「ああ」と宮地班長はうなずいた。

「都倉さんの、最後のあの言葉はいったい……」

「気にするな。あれは、都倉の……」

言いかけた宮地班長が、次の言葉に迷った。

「まあ、おまじないみたいなもんだ」


午後は俺が中山署の巡査とともに川村を留置事務室まで迎えに行った。

手錠をかけられ、腰縄をつけられた川村を都倉さんが待つ取調室まで連れていく。

まずは午前中に取り損ねた身上調書のための聴取だ。都倉さんは丁寧に淡々と川村純一という人間の人生を丸裸にしていく。

幼いときに父親が病死し、母子家庭で育ったこと。恵まれた環境ではなかったが、必死に勉強して、国立大学を出て、市役所に職を得たこと。母親の友人の娘と半ば見合いのような形で出会って、結婚したこと。結婚当初から母親とともに実家で暮らしていたこと。結婚四年で、ようやく子供を授かったこと。母親が脳出血で倒れ、半身に麻痺が残ったこと。やがて母親に認知症の症状が現れたこと。それでも家族で支え合いながら暮らしていたこと。認知症の症状が進んで麻痺のリハビリも満足にできなくなり、プロの介護者の力を借りることにしたこと。

留置場ではネクタイやベルトなど、首つりに使われそうなものはもちろん、ボタンのついたものも着用を認められていない。川村も、朝に着用していたスーツは脱がされ、貸し出されたグレーのスウェットの上下を着ていた。

取調室の空気は午前中と変わっていない。都倉さんは淡々と質問を投げかけ、川村はそれに訥々と答えている。けれど、着ているものがスーツからスウェットに替わっただけで、そこで行われているのは、いかにも捜査員による被疑者の取り調べという雰囲気になる。

実際のところ、ネクタイやベルトはともかく、被疑者からワイシャツやスラックスまで取り上げる理由は希薄だと思う。それは被疑者に、自分がもう一般市民ではないのだと思わせるための演出ではないかと俺は考えている。

手錠や腰縄もそうだ。警察署内の、ましてや同じフロアを移動するのに、本当に必要かと問われると、はなはだ疑問だ。並み居る警察官たちを押しのけて警察署から逃亡しようとする被疑者が、はたしてどれくらいいるものか。用心するにしたって、腰縄までは不要だろう。

俺たちは装置の一つなのだ、とこういうときに強く思う。

逮捕、取り調べという過程の中で、市民は被疑者になり、送致、勾留、起訴という過程を経て、被疑者は被告人となって、裁判所に送り込まれる。警察も、検察も、その過程を推し進めるための装置でしかない。すべてが手順であり、様式なのだ。

午後の取り調べは二時間ほどで終わった。

また中山署の巡査に手伝ってもらい、川村を留置事務室まで連れていく。

巡査に先導され、川村は小さな背を更に丸めて歩いていく。

あんたなんか怖くない、と俺は胸の内で川村に言う。あんたも、あんたがしたことも、もう怖くない。

犯罪者としてのあんたは、警察が、俺たちが解体した。あんたの思い込みも、憤りも、殺意も、すべて語らせた。どれもが陳腐で愚かだ。それを吐き出した今、あんたはただの被疑者だ。被告人になって裁かれ、受刑者となって刑務所で暮らす。

あんたがしたことも同じだ。『殺人』という禍々しい行為は、『刃渡り十五センチほどの包丁を右手で握り、左手を柄に添えて、腰の高さに構え、体ごとぶつかるようにして被害者の臀部《でんぶ》の上五センチの辺りに突き刺した』というように、単なる事実へと分解されていく。その一つ一つは誰にだってできる単純な動作でしかない。

留置事務室で手続きを済ませ、川村を担当官に引き渡した。事務室の先の扉を越えて、留置場へ引き連れられていく川村を俺は見送った。扉が閉まってしまえば、川村にはもう何の感情も湧かなかった。


川村の供述通り、凶器の包丁と軍手は自宅台所の床下収納のさらに下から、スニーカーはベランダから、バックパックは二階の部屋から押収された。

翌日も取り調べをして、四十八時間がすぎる前に事件は検察に送致された。

川村は野間検事の前でも供述を翻すことはなかった。

型通りに十日間の勾留請求がされ、型通りに請求は認められた。十日がすぎる前に、更に十日の勾留延長が請求されるだろうし、認められるだろう。この先、二十日間、俺たちは裁判で有無を言わせないだけの証拠と証言を集めることになる。

とはいえ、今回の場合、犯行にまつわる証拠はほぼ集められている。現場で犯行時の川村の行為の一つ一つをつまびらかにするのは難しい作業ではないだろう。

あとは犯行前後の川村の言動を調べ、犯行との一貫性を示せばいい。

5

勾留が認められた日の夜、俺は久しぶりに自分の部屋に帰り、ベッドで眠った。

翌日、中山署の会議室に行くと、捜査本部の人員が縮小されていた。

残っているのは宮地班と、中山署の刑事課。それに地域課からの応援組が何人かだけだった。

瀬良が相変わらず目を合わせずに、会議室に入った俺のほうに顔を向けた。が、すぐに視線を落とす。俺が見ているのを知りながら、スマホを取り出していじり始めた。人が減って、部屋ががらんとしただけに、そのわざとらしい仕草が目につく。

年齢も階級もおいておくにしても、ついこの前まではペアを組んで捜査に当たっていたのだ。普通に挨拶くらいできないものか。

と、スマホが震えた。

メッセージが入っていた。相手は、瀬良。

呆れながらメッセージを確認する。

『喜多さんと話してください』

近づいて声をかけようかと思った。が、当の本人はスマホを片手にうつむいている。

『何でですか？』と俺はメッセージを打った。ついメッセージまで丁寧語にしてしまった。いまいましくなって、文字を三つ消す。

『何で？』

瀬良がスマホを操作した。

『アイドルのファン仲間から新しい情報があったそうです』

メッセージなら多弁になるということではないようだ。要領を得ない。

面倒になり、会議室の中に喜多さんの姿を探した。隅のほうで仲上さんと話している。

俺は二人に近づいた。

筋肉質でがっしりとした仲上さんと、小柄な喜多さんが並んでいる様は、何かの競技に打ち込んでいるアスリートとベテラントレーナーのように見える。

「おう。お疲れさん」と仲上さんが俺に気づいて、言った。「今日の調べは？」

「いつも通り。九時からです」と仲上さんに答え、喜多さんに聞いた。「何か新情報ですって？」

「ああ、アサヒちゃんが何か言ってたの？」

アサヒちゃん？

そういえば、桜井さんを『ナナちゃん』と呼び始めたのは喜多さんだった。

「いや、言ってたっていうか、読みました」

「読んだ？」

「メッセージで。今し方」

俺は手にしていたスマホを振って見せた。喜多さんは同じ部屋にいる瀬良のほうを見て笑った。

「本当に風変わりな子だね」

「アイドルファンの仲間から、城山さんの新しい情報が入ったって」

喜多さんと仲上さんが目配せを交わす。ちょっと困ったような顔だ。瀬良を見ると、距離をおいてこちらを見ていた。酔っ払いの喧嘩《けんか》を遠巻きに見ている冷ややかな野次馬のようだ。

お前がきっかけだろうが。

俺は瀬良に手招きした。瀬良がおずおずと近づいてくる。

「俺とガミは、アイドルのファン仲間から話を聞いてたんだけど」

瀬良が近くまでくるのを待たずに喜多さんは話し始めた。

「そのうちの一人が、出張で九州に行っていて、ずっと会えなかったんだ。昨日の夜、ようやく話を聞けた」

ファン仲間に情報を求めていたのは、まだすべてが手探りだった捜査の初期の段階だ。その関係からは、これまで意味のある情報は聞けていない。犯人も、動機も明らかになった今、有用な情報が得られるとも思えない。それでも面倒臭がらずに話を聞きに行く辺りが、この二人が周囲から信頼される所以《ゆえん》だ。

「何か情報、あったんですか？」

瀬良がまた背後霊よろしく、俺の後ろについた気配を感じる。

「それがな」と言って、喜多さんは渋い顔になり、仲上さんに目をやった。

「恋人がいたはずだと言うんだ」とそれを受けて仲上さんが言う。

「城山さんに？　いや、ないでしょ」と俺は言った。「そんな気配、一つもないし。城山さんが見栄を張ったんじゃないんですか？」

「被害者がそのファン仲間に送った写真があった」

喜多さんがスマホをいじってから、画面を俺に見せる。

城山さんに頰を寄せるようにして、一人の少女が写っていた。二人に寄りすぎていて、室内であることはわかるが撮られた場所はわからない。

その少女をどこかで見たことがある気がした。しばらく考え、少し下ぶくれ気味の素朴な顔立ちが、城山さんが推していたアイドルに似ているのだと気づいた。それにしても……。

「若いっすね。高校生？　いや、中学生ですかね」

「何かの条例には引っかかりそうな相手だわなあ」と喜多さんが応じる。

「だから秘密にしてた？」

「そういう話じゃねえんだわ」と喜多さんが仲上さんを見る。

「これ、川村純一の娘だ」と仲上さんが言って、頭をがりがりと指先で掻いた。「家宅捜索に行ったとき、家に娘の写真があったんだ」

一瞬、思考が止まった。あまりに意外な情報だったからだ。が、次の瞬間には俺は笑い出していた。

「じゃ、やっぱり城山さんが見栄を張ったんじゃないですか」

城山さんは川村里江の介護のため、川村家に通っていた。川村自身、『家族の信頼を裏切った』と供述するほど、城山さんと川村純一の家族は近しい付き合いがあった。だったら城山さんと川村純一の娘とだって交流はあっただろうし、親しげな写真の一枚くらいあってもおかしくはない。その写真を『恋人』と称してファン仲間に送ったのは、恋人なんていなかった城山さんの見栄だろう。川村純一の娘が、そのアイドルの面影を宿していることも、城山さんの虚栄心をくすぐった。

俺がそう言うと、喜多さんもうなずいた。

「うん。俺もそう思うよ」

喜多さんが、俺も、と言うなら、じゃあ、誰が違うと思っているのか。

俺は仲上さんの顔を見た。

「俺もそう思う」と仲上さんもうなずく。「だから、急いで報告書をあげようとはしなかった。今更、重要な意味があるとも思えないし」

二人の視線が向かった先は、瀬良だった。

「え？」と俺は背後の瀬良を指した。

「そう。二人で写真を見てたら、アサヒちゃんが声をかけてきて」

瀬良が声をかけた？　自分から？

「それ、放っておくんですかって」

意味のない言葉でも、何気ない言葉でもあるはずがない。瀬良が自分から言ったというのなら、そこには必死の思いがあったはずだ。

「あー、どういうことだろう？」と俺は背後にいた瀬良に聞いた。

目が合った。瀬良のガラス玉の目が見開かれた。

貴島さんにどうして声をかけたのか。貴島さんがどうしてアイドルのファンだとわかったのか。

その訳を聞いて、俺が感心したときと同じ反応だった。

わからないんですか？

そう言っている。

「すんません。ちょっと貸してください」

俺は喜多さんのスマホを手にした。その写真をまじまじと見つめる。瀬良は気づいて、俺が気づかない何かがそこにある。あるはずなのだが、俺にはわからない。

この間の取調室での焦りを思い出した。

都倉さんが川村にかけた言葉の意味はいまだに聞いていない。

あの場に瀬良がいれば、都倉さんと川村とのやり取りの意味に気づけたのか。瀬良ならば、都倉さんの背中はさほどに遠くはないのか。あるいは……。

同じところに立っているのか。

「城山さんと川村の娘は、親しかった。こういう写真の一枚くらいあってもおかしくない。それが違うのか？」

言い方がまずいと思ったが、直している余裕はなかった。俺の厳しい視線を瀬良は必死の形相で受け止め、首を横に振った。

「それは、いえ、違わない、です。でも」

「でも？」

「変です」

「何が？」

言葉がさらにきつくなるのはどうしようもなかった。俺には見えていないものが、瀬良には見えている。

「何が変なんだ？　川村の娘が変なのか？」

瀬良がうなずく。

「どこが？」

「……そんなに、怯えて」

俺はスマホの画面に視線を戻した。

少女の目の奥を覗《のぞ》き込む。もどかしくなり、指を広げて写真を大きくする。少女一人だけが画面に大写しになる。

写真の中、少女の目の奥に揺らぎを見つける。

不安などというものではない。それは明らかに恐怖だ。

愕然《がくぜん》として顔を上げ、喜多さんと仲上さんを見る。

が、俺が期待した表情は、二人の顔にはなかった。

「そう。怯えてるって言われてな」と不思議そうな顔で喜多さんが言った。「何のことだって、ガミと困り果ててたんだが……」

「ひょっとして、お前にもそう見えるのか？」

眉根を寄せて、仲上さんが俺に聞く。

その質問は踏み絵に聞こえた。

県警本部捜査第一課の捜査員二人の判断より、所轄の挙動不審な巡査の意見に与《くみ》するのか。その質問はこうとも響いたからだ。

俺がとっさに答えられなかったのは、踏み絵を踏むことに躊躇したからではない。

お前もそれが見える側にいるのか？

もちろん、俺にはそんな才能はない。

見えたのではない。見させられたのだ。

じゃあ、本当のところ、俺にはどう見えるのか。

もう一度、まっさらな気持ちでスマホの画面に目を落とした。

が、無駄だった。

だまし絵を見ているようだった。

一度見つけてしまえば、もう間違えようもなく、恐怖は少女の顔に張りついていた。その笑顔が作られたもので、その頬が引きつっているとはっきりわかった。

喜多さんと仲上さんが答えを促すように俺を見ていた。

聞いてますよ、という瀬良のあの気配を感じた。

「見えます」と俺はうなずいた。「確かに怯えています、彼女。俺にもそう見えます」

三人が三様に息を吐いた。喜多さんは天井を見上げて、仲上さんは小さく鼻を鳴らすように、そして瀬良はほっとしたように。

「よくわかんねえが、二人が見えてるってなら、考えないとな。もしも。もしもそうだとすると、だ。これは、どうなるんだ？」

喜多さんが首の後ろから後頭部をさするように手をごしごしと動かした。

「川村の娘と、被害者との間には、何かがあった。川村の娘が被害者に対して怯えを抱くような何かが」

「今のところは、どうということでもないでしょう」と仲上さんが考えながら応じた。「殺害の動機については、川村本人も語っているわけですし、母親の里江のあざについては、ケアマネさんの証言も取れている」

「川村の自供、どこかで引っ繰り返されないか？」

「公判で川村が主張を変える？」

「物証がある以上、有罪は動かない。だが、被害者の非をあげつらって、情状酌量を求めてきたら？」

「でも、検事の前でも同じこと言ってますよ」

「だからって、公判で変えない保証はない」

このペアは普段からこうやって思いついた言葉を投げ合うことで、事件への思考を深めていく。

「公判でいきなりやられたら、野間検事の立場がないですね」

「かわいそうじゃねえか。あの人、いい検事だぞ」

「たとえば、被害者が川村の娘に性的な……」

「あり得るだろ？　夫婦は共働きだったよな？　介護のときに、被害者と娘と認知症の母親だけってケースはいくらでもあったはずだ」

「イチナナナナ？」

刑法一七七条。以前は強姦罪、その後、二度の法改正を経て、今は不同意性交等罪となった。

「だったら、警察に行きませんか？」

「レイプなら警察に行ってる。だが、もっと曖昧なケースだったら？　被害者が娘に言い寄った。娘は交際しているつもりで、被害者と関係を持った。だが、そのときにたとえば被害者の極端な性癖に付き合わされるようなことがあったら？」

叩いたり、縛ったり。娘は怯えるだろう。もしそれを知るようなことがあれば、親は激怒する。十六歳未満ならば、娘の同意があっても不同意性交等罪が成立するが、警察には行きづらいだろう。

「けれど、それこそ物証がないです。主張したって、説得力はないでしょう」

「確かか？　娘のスマホ、チェックしたか？　そこに被害者からわいせつな画像がメッセージで届いていたら？」

「被害者のスマホにそんな痕跡、ありました？」

「送ったほうは消してるかもしれない。削除済みデータの解析まではやってないはずだ」

「娘のスマホには残っていて、それを弁護側が証拠として提出してきたら、ああ、確かにしんどいですね」

「娘に話を聞く必要があるな」

気乗りしなそうに喜多さんが言った。

「そうですね」

仲上さんも憂鬱そうにうなずく。

「娘っていくつなんですか？」と俺は聞いた。

「十四歳。中学二年生だ」と仲上さんが言った。

父親が殺人罪で逮捕されたばかりの十四歳の女の子。これ以上ないほど聴取がしにくい参考人だ。しかもその子が被害者から怖い目に遭わされていたかもしれない、ましてやそれが性的なものかもしれない、となると、聴取する人は苦労するだろう。

気づくと、喜多さんと仲上さんが揃《そろ》って俺のほうを見ていた。

「え？」と俺は二人に聞いた。

喜多さんと仲上さんが無慈悲にうなずく。

「まあ、そうなるだろうな」と喜多さんが言った。

「都倉さんを出すわけにもいかない」と仲上さんが言った。

二人の予想通りだった。宮地班長は、俺に川村純一の娘、優花《ゆうか》への聴取を命じた。それだけではない。

「瀬良とやれ」

「は？」

宮地班長を見つけたとき、班長はトイレに向かう途中だった。俺の間抜けな声がトイレに響く。

「他にいねえだろ」

小便器の前から手洗いに移動しながら宮地班長が言う。

中学生の女の子から話を聞くのに、女性捜査員の同伴は必須だ。今回、捜査に深く携わった女性捜査員は瀬良しかいない。が、署に呼び出して話を聞くだけだ。それなら妊娠中のナナさんでも可能なはずだ。俺はそう言った。

「この段階でナナちゃんに下駄を預けんのか?」

それはずるくねえか?

手洗い前の鏡の中、班長の鋭い目にずばりと指摘されてうろたえる。

明確にそう意識していたわけではない。が、組む相手がナナさんか、瀬良かでは事情聴取の光景がまったく違ってくる。そこで生じる責任の所在も。自分の責任をナナさんに押しつけたい気持ちがどこかにあったことは否めない。だって、中学生の女の子への聴取だ。しかも殺害動機に深く関わっている事情だ。目撃証言を引き出す事情聴取とは訳が違う。どう聞けばいいのか、想像もつかない。

「ナナちゃんは内勤のあと、産休に入る。育休だって無理矢理にでもがっつり取らせる。上からの命令だ」

やけにゆっくりと手を洗いながら宮地班長は言った。

「命令? 育休が命令ですか?」

水道を止め、班長は手をペーパータオルで拭う。

「復帰したら、ナナちゃんは募集パンフレットの表紙を飾るんだよ。警察が男社会なんて昔の話。

今では女性でも、こうして結婚も子育てもできて、ほら、キャリアもきちんと積めますってな」

「嘘じゃないですか」

「男の募集だって嘘だろうが。パンフレットでうたっているホワイトな職場がどこにあんだよ。今、警察は男より女を募集しなきゃいけない。世間がそういう風潮だ。復帰したらすぐに昇任試験を受けて、警部補になって、所轄署の係長になって、パンフレットに載る。それが警察官としての桜井奈那巡査部長の仕事だ」

冗談の口調ではないのだから、冗談ではないのだろう。

「赤ん坊抱えて、現場の係長ってわけにはいかんだろ。ナナちゃんは当面、現場には戻らない。だったら、現場で働く機会があるやつに仕事をさせる」

「だって、瀬良ですよ?」

宮地班長だって、この何日間か、捜査本部での瀬良を見ているはずだった。

「何事も経験だ。それに、聴取するのは瀬良じゃない。お前だ」

「俺は……」

言いかけて、言葉をなくした。班長は都倉さんが班からいなくなることを踏まえた上で命じているのだ。

やれることを懸命にやる。それが仕事だと思っていた。県警の捜一にきて、それが甘えだと知った。求められたことをする。県警の捜一では、それが仕事だ。求められたことが能力外であろうが、実力以上であろうが関係ない。できません、やれません、は通じない、どころか誰も聞いてもくれない。しょうがない。俺たちの後ろには誰もいないのだ。この国で警察ほど強大な捜査能力を持った組織はない。大事件も、難事件も、県内で起こったすべての事件を最後に引き取るのは県警本部だ。俺たちが解決できなければ、もうその先に預けられる人はいない。できないじゃない。やれないじゃない。できるまで、やるしかないのだ。そうでなければ……わからないことがわからないまま闇でうごめく。怖いものが怖いまま死角で生き延びる。

トイレを出かけた宮地班長が、俺を振り返った。

「川村の調べの補助は外すか？」

「いえ、そっちも」と俺は言った。「そっちもやらせてください」

「わかった。しっかりやれ」

「っす」

その日も川村は淡々と都倉さんの取り調べに応じていた。城山さんのマンションを出たあと、どの道を通ったのか。正確に覚えていないなら、断片的にでも思い出せ。何かの看板。コンビニはなかったか。信号のある横断歩道は渡ったか。

川村は記憶を探りながら訥々と話す。

九時から二時間の聴取を終え、今日は都倉さんとともに、川村を留置場へ戻す。

前を歩く川村の背中が以前とは違って見える。小さい。が、それは閉じた袋だ。決して開いていない。その中には何があるのか。川村の小さな背中が上下するたびに、何かを入れたその袋もたぷたぷ揺れている気がする。袋を切り裂いたら、いったい何が出てくるのか。

留置担当官に川村を引き渡す。小さな閉じた袋が留置場へと続く扉に消えていく。

「元妻と娘を呼んだって？」

留置事務室を出ると、廊下を歩きながら都倉さんが言った。

「明日、署にくることになりました」と俺は言った。「何から聞けばいいですかね。話の切り出し方とか、どうしたらいいかと思って」

中学生の女の子にリズムを合わせられるのか。そこまで年下の子を相手に重要な聴取をした経験がなかった。

「何も聞かなくていいよ。娘には何も聞かなくていい」

何も聞かなくていい？

「都倉さんは、わかってましたよね。川村が全部喋ってないこと」

「当たり前だ。俺は取調官だぞ」

恐れを抱き、距離を感じるのと同時に、心底、ほっとする。娘が喋らなくても、都倉さんが川村から聞き出してくれる。

「いずれ川村に喋らせるんですね？　安心しました」

それならプレッシャーなく娘に向き合える。

「いや、聞かねえよ」

「は？　聞かない？　いや、でも、公判で川村が供述を変えたらどうするんです？」

「変えないよ」

「変えないですか？」

「そう約束した」

「川村と？　いつです？」

「最初の取り調べのときだよ。お前だって聞いてただろ？」

「あの、最後のやつですか？」

「うたうなら、今、うたえ。うたわねえなら、一生、黙ってろ。俺はそう言った。その後、あいつは供述を変えなかった」

暗黙の約束にあ然とし、それに対する信頼に絶句する。

都倉さんは廊下を進み、階段を下りていく。俺は慌ててその背中を追った。

「公判で変えない保証はないでしょう？　被害者のほうに何か落ち度があって、川村はそれを暴露して、情状酌量を狙うつもりかも……」

都倉さんは答えず、ずんずんと階段を下りて、裏口から表に出た。建物沿いを歩いて角を曲がり、物置の間に入って、電子煙草を取り出す。

以前と同じように、俺は間近で都倉さんと向き合った。

「昨日、早川の家に行ったよ」

唐突に話が変わって、俺は面食らった。

「あ、ああ。早川さん。どうでした？　少しは元気、出てましたか？」

電子煙草のスティックに口をつけ、都倉さんはふうと煙を吐き出す。

「家ん中ががらんとしてたな。リビングなんて、取調室みたいだったよ」

「取調室、ですか」

取調室みたいなリビング？

「窓のシャッターを閉め切ってるから暗くてよ。暗いリビングにテーブルと椅子しかねえんだ。夫婦二人で子供いないからな。向かい合わせに、こう、二脚」

「ああ」

「離婚してたの、知らなかったよ。あいつ、何も言わないもんだから」

「あ、ああ。そうですか」と俺はうなずいた。「そうだったんですね」

もちろん、俺も知らなかった。都倉さんが知らなければ、班の誰も知らないだろう。

「所属長への報告義務、ありましたよね」

「だから課長には伝えてんじゃないか？　いや、伝えてないかもな。まあ、聞いていたにしても、珍しい話じゃなし。うちの会社、離婚、多いから」

「そうっすね」

都倉さんはまたスティックを口にして、ゆっくり吸い込み、煙を吐き出した。

「素面《しらふ》で泣いてたよ。すみませんって、俺に頭下げた」

風に流された煙の行方を追うようにしながら、都倉さんは言った。

「ああ、頭を。そうですか」

「ずるいよな。一人で勝手に壊れて」

壊れていいなら、むしろ壊れたい。都倉さんはそう望んでいるのだろうか。刑事を続けていれば、俺もいつかそんなことを願うようになるのだろうか。

これ以上、この話題を続けるのはしんどかった。

「都倉さん、川村のことですけど……」

「和泉、俺たちの仕事って何だ？」

「あー、俺たちの仕事。警察の仕事ですか？　そりゃ、何だかんだ言って、結局、国民の皆様の生活を守ることじゃないですか？」

「んなわけねえ。だったら、防犯にもっと力を入れるだろう。警察はいつも犯罪が起こってからじゃないと動いてくれねえって、世間様からは評判だろうが」

「ああ、まあ、それは確かに。じゃあ、悪いやつを捕まえるため？　いや、悪いことをしたやつを捕まえるためですか？」

「捕まえるのは大前提だ。俺たちの仕事は捕まえたやつの罪を最大化することだよ」

「罪を最大化？」

犯人がやったことを明らかにする。その罪に最大も最小もないだろう。

「被害者は加害者に仕返しをしてはいけない。この社会ではそう決まっている。その代わりに法がある。俺たちは被害者に代わって、加害者を捕まえて、法の前に引きずり出す。そこで許されうる最大の罰を科してもらうために、そいつの罪を最大化する。それが俺たちの仕事だ」

言っていることに間違いはない。そいつが犯した罪のすべてをつまびらかにする。客観証拠を集めて、そいつが犯した悪事の細部までをあぶり出す。確かにそれが警察に期待されている仕事だ。ただ、言い方が引っかかる。都倉さんの言い方だとまるで……。

「本当のことはどうでもいいって言っているように聞こえます。本当じゃなくてもいいから、被疑者を最大限、悪いやつに仕立て上げろって」

「ああ。そう言ってるんだよ」

苦々しい顔で都倉さんはうなずいた。

「だって、本当のことでなければ、立証できないですよ」

「そうかな？」

「そうかなって……」

「この国に、警察以上の捜査機関はない。ある事件について、警察が調べ上げたもの以外の事実なんてないんだよ。言うなれば、だ。俺たちが調書に巻いたものが、その事件のすべてだ」

検察に警察以上の捜査能力はない。あるとしても、その能力は検察独自に掘り起こした特捜事件に向けられる。では、被告人を守る弁護士にそれだけの捜査能力があるかと言えば、あるわけがない。そもそも独自に事件を捜査して法廷に臨む弁護士など、まずいない。裁判所にはもともとそんな能力が期待されていない。まれにメディアが思いがけない事実を見つけ出すことはあるが、そんなものは例外中の例外であって、物の数ではない。

「確かに、そうかもしれません」と俺は言った。「でも、川村が隠しているのが何かはわかりません。川村の罪はもっと大きなものかもしれませんよ」

「それはない。署に連れてこられたとき、川村はもう取引する覚悟を決めていた」

「取引する覚悟？」

「ああ」

『こりゃ』という都倉さんの呟きを思い出した。あれは川村のその覚悟を見て取ったせいだったか。

「取調室で、川村はすぐに自分の首を差し出した。この首をやるから、小さなことには目を向けないでくれ。あいつはそう言っていた」

あのとき川村は、都倉さんに自分の覚悟を見抜かれたと悟った。だからこそ、すがった。都倉さんは、すがられたのがわかった。だからこそ、念を押した。

そうして二人は事件の形を作った。

俺は何も言えなかった。都倉さんはふうと煙を吐き出した。

「しかし、まあ、実際、お前はたいしたもんだよ。俺が思ってた以上だ」

「え？」

「写真を一目見て、違和感を持ったって？　ツレの所轄の子まで使って、喜多さんと仲上をつるし上げたらしいじゃねえか」

「つるし上げたって、いや、そもそも写真を……」

「いいんだよ。喜多さんと仲上はまだ半信半疑だろうが、たぶんお前の見立ては正しい。少なくとも俺とは、ずれてない。川村が自分の首を差し出してまで守るものは、母親か娘かどちらかだろうと思ってた」

都倉さんは電子煙草をポケットにしまった。

「明日、娘に会うなら、何も喋らせるな」

「そんなこと、どうやって……」

「どうやったっていい。どうせ録画も録音もされてねえだろうが。お前が好きに調書を巻けばいい」

つまり娘が何を言っても関係ない。俺が調書に何を記すかだ。検察官も、裁判官も、裁判員も、弁護士も、目にするのは俺が書いた調書だ。

都倉さんはそう言っていた。

「川村の午後の調べは三時からな」と言って、都倉さんは歩き出した。その背中を追うこともできず、俺は茫然と見送った。

6

できることなら娘の優花だけを聴取に呼びたかったが、母親の同意が得られるわけがない。被疑者の家族として任意の事情聴取を求めるのが精一杯だった。それにしたってよく応じてくれたものだと思う。聴取は、当然、母娘が同席してやることになった。

翌日の夕方。俺と瀬良は刑事課室の事情聴取室で母娘と向かい合った。

部屋に入ってきてまず、二人は瀬良をぽかんと眺めた。気持ちはわかる。警察署。事情聴取。そう聞いて、待ち構える顔がこれだとは思わない。

「どうぞ」と俺に着席を促されて、二人は我に返った。

「びっくりしました。こんなに綺麗な刑事さん、いるんですね」と椅子に座った娘の優花は、はにかみながら言った。「どっきりかと思いました。お父さんの逮捕も含めて」

「優花」と母親が咎《とが》めたのは、最後の一言だろう。

「署内でも美人の無駄遣いと評判です」

俺は笑いかけたのだが、母親の芳恵《よしえ》の表情は硬く、咎められた娘の優花は顔を伏せてしまった。

だしにされた瀬良はいつも通りに無反応で、俺の作り笑いは行き場をなくす。

「生活、大変ではないですか？　メディアからうるさくされてはいませんか？」

「幸い、離婚後でしたから」と母親の芳恵は答えた。「おそれたほどではなかったです」

「そうですか」

俺はもっぱら母親の芳恵に質問し、娘の優花に補足を求める形で、離婚するまでの経緯とその際の川村純一の言動について聞いていった。

母親の怪我を知って、川村純一がとても腹を立てていたこと。城山さんにクレームを言ったが受け付けてもらえず、怒りをため込んでいたこと。女手一つで育ててもらった純一の母親に対する思いは強く、妻子としても何も言えなかったこと。何に対しても怒りっぽくなった純一との生活に耐えられず、離婚し、家を出たこと。城山さんを殺したと聞いて、驚きはなかったこと。

話すうちにリズムが合ってきた。俺が合わせたということもあるが、二人からの歩み寄りも強く感じた。加害者家族という立場がそうさせたのだろう。家族に罪はない。が、強い引け目とともに、二人はこれから先の時間を生きていくことになる。

「城山さんを殺すことが、予測できたということでしょうか？」

「そこまでは言いません。けれど、驚きはなかったです。あそこまで煮えたぎった怒りは、たぶんそうとでもしないと収まらなかったのだろうと、納得と言うと変ですが、ああ、やっぱり殺したんだ、と思いました」

「君も？」と俺は優花に聞いた。「優花さんもそう思ったのかな？」

「私は……当然だと思いました。お父さんがあの人を殺したの。だって、おばあちゃん、いくつもあざがあって。あの日から、夜になると私を部屋に呼ぶようになって。怖くて一人で寝られなかったんだと思います。その日から、おばあちゃんのベッドで一緒に寝てました。人がどう思うか知らないけど、私はお父さんがしたこと、当然だと思ってます。あんなやつ……」

優花はぐっと奥歯をかんだ。

そう思うのは、他に理由があるのかな？　もし被害者が、本当にひどい人なら、お父さんの罪は少し軽くなるかもしれないよ。

そう聞くべきだった。今、優花はほとんど無防備に気持ちを開いている。母親が止めても、父親のためになら話すかもしれない。リズムも合っている。今、聞けば……。

いや、と俺の様子を素早くうかがうように見た優花の視線に、俺はほとんど確信した。

優花は、その質問を待っている。君と城山さんとの間に、何かがあったんじゃないか？　そう聞かれるのを、むしろ待っている。

聞いてますよ、というあの気配を瀬良から感じた。

瀬良も俺の質問を待っていた。

俺と瀬良と娘とが無言のうちに同調した気配を察したのか、母親の芳恵がはっとしたように顔を上げた。

「あの……」

「もうお帰りいただいて結構です」と俺は言った。

芳恵が意外そうな顔をした。瀬良の強い視線を感じた。優花は顔を伏せたまま、身じろぎ一つしなかった。

「そうですか」

やがて芳恵がうなずき、腰を上げた。

「また後日、きていただくことがあるかもしれませんが」

「またですか？」

「ああ、いえ。可能性は、それほどは」

「そうですか」

「もしも、何か、新しく証拠となるようなものが出てくれれば別ですが。たとえば、メッセージとか、データですね。そういったものがもし見つかるようでしたら、お知らせください」

芳恵が瞬時、息を詰めたあと、俺の目を見て、ゆっくりと言った。

「そういったものはないかと思います。あったけれど、知らずに消してしまったことはあるかもしれませんが」

「お気づきになったらで結構です。下までお送りします」

「いえ。こちらで大丈夫です」

芳恵は優花を促して、椅子から立ち上がらせると、その背を押すようにして事情聴取室を出ていった。

俺は浮かしかけていた腰を下ろした。瀬良はもう俺を見ていなかった。聞いていますよというあの気配も感じない。

「あれ、芳恵も承知だろう」と俺は言った。「全部、逆だ。二人と別れて、母親も老人ホームに入って、一人になったことで怒りが増幅して殺意が湧いたんじゃない。殺意を実行するために、離婚して妻子と他人になり、母親を引き取ってくれる老人ホームに空きが出るのを待った。すべて整理してから殺しに行ったんだ」

「それは……」

「何かはわからないよ。ただそれを知った父親と母親が、殺してやると腹をくくるほどの何かだ」

あの男は許せない。けれど、あの男を殺した罪を娘に背負わせることは絶対にできない。だから理由を作った。母親の体にあざをつけた。その日以来、母親は夜な夜な孫に助けを求めるほど息子を怖がった。


二十日間の勾留の期限が近づいていた。その前に野間検事は起訴に踏み切るだろう。それだけの材料はもう十分にそろっている。

現場での検証も済んだ。そのとき、その場で、自分がどう動いたか。城山さんがどう反応したか。川村の証言に不自然さを感じた捜査員はいなかっただろう。

その日の取り調べを終え、俺と都倉さんは川村を留置場まで連れていった。

俺の前を川村の小さな背中が歩いていく。たぷんたぷんと揺れる袋が見えるようだった。堪《たま》らなくいまいましかった。

「人を傷つけるのは苦しいって、あれ嘘だよな」

気づくと、歩きながら、俺は口を開いていた。

「泣きながら、泣き声を殺しながら傷つけたって。堪えきれずに幾度か叫び声を上げたって。その声、隣の人は聞いてない。一度だけ聞いた叫び声は、それはやっぱり城山さんが刺されたときの声だろう」

川村純一は何も言わない。都倉さんも俺の語りを止めない。

「あんたが泣きながら傷つけたのは、叫び声を堪えきれないほどに苦しみながら傷つけたのは、自分の母親だ。あれはあざをつくるために、自分の母親を叩いたときの記憶だ。教えてくれ。城山さんを刺したとき、いや、刺したあとか、あんたはどんな顔をしていた？」

川村は答えない。が、背中がわずかに反応した。川村は答えたがっているのではないかと思った。

留置事務室の前で俺たちは足を止めた。

「そのときあんた、笑ってたんじゃないか？」

思い切って聞いてみた。

薄れゆく意識の中で、城山さんが最後に見たのは、川村の歪んだ笑顔だったのではないか。そんな気がしてならなかった。

川村はやはり答えなかった。担当官がやってきて、都倉さんが留置手続きをする。書類にサインし、都倉さんは言った。

「もうじき起訴だな。ようやくお前との付き合いも終わりだ」

川村が小さく頭を下げた。

担当官が川村を扉の向こうの留置場へ連れていく。その扉を越えたところで、川村が立ち止まり、振り返った。

「ああ。せいせいしたよ」

川村は真っ直ぐに俺を見ていた。

初めて見る川村の笑い顔だった。

扉が閉まった。


その後、川村純一は殺人罪と住居侵入罪で起訴された。

事故による母親の怪我を被害者の暴力と思い込んだ上での、独善的な犯行。

野間検事は厳しい求刑を出すだろう。

俺たちがそういう形に整えて、事件を検察に送ったのだから。


起訴が決まり、捜査本部は解散となった。使っていた会議室で、最後にささやかな祝勝会が催された。立食パーティのように長机でいくつかのシマが作られ、それを捜査員が囲んでいる。すでに捜査本部を離れて、通常勤務に戻っている人も、時間があればくるようにと声がかかっていた。

署内とはいえ、祝い事だ。缶ビールとはいえ、ただ酒だ。会議室には大勢の人がいた。その中でも瀬良の立ち姿は目を引く。部屋に入ってすぐにわかった。入り口脇のテーブルに並んでいた缶ビールを手にして、俺は瀬良の隣に行った。

「飲まないですよね?」

もう敬語で喋ることが自然になっていた。俺が缶を掲げると、瀬良が首を振った。

「こっちはどうです？」

部屋の入り口で一緒に取ってきたミネラルウォーターのペットボトルを差し出す。

小さく頭を下げて、瀬良が受け取った。

本部の菅野《すがの》捜査第一課長と中山署の福原《ふくはら》署長が挨拶をしたあと、乾杯の声が上がる。

前に向けて缶を掲げ、三分の一ほどをごくごくと喉に流した。何もできなかった。そんな苦い思いとともに飲み下す。

「県警の委託を受けて、犯罪被害者やその家族のカウンセリングをしているカウンセラーがいます」

みんなとともに乾杯のあとの拍手をしながら、俺は瀬良に言った。

「そのカウンセラーは、犯罪加害者やその家族のカウンセリングもしているそうです。川村の娘が訪ねられるようにするつもりです。仲上さんがそのカウンセラーと個人的にも親しいそうなので、うまく話してもらいます。もし城山さんとの間に何かがあって、彼女が心の傷を負っているなら、役に立つかもしれません」

瀬良は一度だけうなずいた。うっすらと微笑んだ気もしたが確かではない。

「和泉さん、怖いん、ですね」

「え？」

「人」

あっさりと言い当てられ、俺は返事に詰まる。困って、反撃を試みる。

「瀬良さんは嫌いなんですね。人」

瀬良と目が合うのは、いつだって俺がわかっていないときだ。ガラス玉の目が俺を見ていた。今回も俺は間違えたのだろう。

「ああ、二人とも、お疲れさん。いい仕事した。よくやった」

カーネル・サンダースのように笑顔の怖い須々木刑事課長が満面の笑みで近づいてくる。

瀬良は須々木課長のお腹の辺りに小さく一礼して、どこかへと歩いていった。どこに行くのか。気を利かせて、課長のための飲み物でも取りに行ったのかと目で追うと、瀬良はそのまま会議室を出ていってしまった。帰るらしい。捜査も終わったのだ。帰るのはいいが、最後に別れの挨拶くらいはちゃんとさせてほしかった。してくれとはもう望まない。

その機会を奪った須々木課長を少し恨みがましい思いで見る。

「優秀だろ？」

俺と同様、瀬良の行方を目で追っていた須々木課長が俺に目を戻して、にやりとした。

「優秀ですか？」と俺は聞き返した。

「組んで捜査してて、あれの優秀さがわかんねえなら、お前、刑事辞めたほうがいいぞ」

「いや、嘘です。優秀です。認めるのが嫌だっただけです。自分の百倍は優秀です。自分はミジンコです。ミジンコ刑事です」

須々木課長が俺を見る。へらへら笑った顔の裏側まで見通された気分になる。

「和泉だっけ？」

「はい。和泉です。和泉光輝です。よろしくお願いします」

「うん。お前、いいやつだな。瀬良をよろしく頼むな」

「は？」

「ずっと所轄に置いておいていい人材じゃない。手放すのは惜しいが、うまく使ってくれ」

「本部に？」

「宮地の班に欠員が出たって聞いたぞ」

「そこに瀬良が？　あ、いや、瀬良巡査が？」

「女性捜査員がほしいんだろ？」

「ああ、そうかもしれませんけど」

「だったら瀬良以上の人材は県内にいねえよ。職質の女神の噂は、本部には聞こえてねえか？」

「職質の……ああ、わずかな間に、薬物やら窃盗やら銃器やらを立て続けに挙げたって」

「知ってんじゃねえか」

「それが、瀬良巡査ですか？」

「ああ」

巡査とは聞いていたが、女神は聞いていなかった。てっきり男だと思い込んでいた。俺も警察の男性主義に毒されているのだろう。

県内で噂になるほど職質で刑事犯を検挙し続けた地域課の巡査を、同じ署の刑事課が放っておくわけがない。当然、刑事課に配属になる。

「やっぱり特別なんですね、瀬良巡査は」

きっと人を見抜く特別な目を持っているのだ。

「特別なのかなあ。あれはただの怖がりだと思うけどな」

「怖がり？」

話しかけてきた刑事課長をほとんど無視して、その場を平然と立ち去る巡査が、怖がり？

「怖いから見ようとする。見ようとし続けたから、見えるようになった」

人が、か。

はっとする。

そして見えてしまうから、見たくなくなった。

瀬良が出ていったドアに目をやった。

人は怖い。

瀬良は俺と同じなのだろうか？　そういえば、瀬良が警察官になった理由を聞いていなかった。

ばしんと背中を叩かれた。

「だから、まあ、よろしく頼むわ」

「いや、自分なんかに頼まれても……」

「自分なんかって、だって、あれ？　今、瀬良と話してたよな？」

「話してましたけど。自分が一方的に」

「こんなとこにきたのは、お前と話したかったからだろ？」

「は？」

「だって、普段、こねえもん。自由参加のこういうとこ。自由奔放、慇懃《いんぎん》無礼《ぶれい》な世代だもん」

問題のすり替えだ。それは絶対、世代ではなく個体の問題だ。

でも、俺と会うために、きてくれたのか。

またドアのほうに目をやった俺の背中をまたばしんと叩き、カーネル・サンダースはひどく上機嫌に笑いながら別のシマに歩いていった。

瀬良が本当に捜一に異動してくるなら、いつか警察官になった理由を聞いてみたい。たとえまともに答えが返ってこないにしても。

一人で苦笑して、俺は缶に残っていたビールを飲み干した。

ノー・リプライ

PRAYING FOR THE SPILLED PIECES

HONDA TAKAYOSHI

1

事件か事故かという問いかけへの返答もない。四月八日の午後九時十分にかかってきた一一〇番通報は、たった一言。消え入るような声だった。

『……死んじゃったみたい』

ＧＰＳが利用可能な状態のスマホで一一〇番通報をすれば、ＧＰＳ測位による位置情報が受理画面に表示される。通報は、国道の槍井《やりい》二丁目交差点から東に五百メートル入った地点で発信されていた。

直ちに通報地点への出動指令が最寄りの槍井交番に発出され、パトロール中だった大木《おおき》巡査部長と長谷川《はせがわ》巡査が警ら用スクーターで現場に向かう。

二人が通報地点にきても、路上にそれらしき人影はなかった。確認するべき対象の家屋がいくつかある中で、二人は二階建てのアパートに目をつける。

「特に理由はない」と大木は言った。「どこから始めたってよかった。周囲が戸建てだったから、目についたんだ」

一階と二階にそれぞれ四部屋。二人は手分けして、訪問確認を始めた。大木は一階の確認をする。一軒目は留守。二軒目の部屋の主は、コンビニの深夜勤務に備えて、耳栓をして寝ていたところだったという。不機嫌に対応する部屋主に礼と詫《わ》びを言い、大木が次の部屋にかかろうとしたときだ。

『大木部長』

二階廊下の手すりから身を乗り出すようにして長谷川巡査が声をかけてきた。大木が二階に向かうと、長谷川巡査は階段から二番目の部屋の玄関ドアに耳を寄せていた。

『ここ、応答がありません』

玄関ドアの脇にある小窓からは明かりが漏れている。とはいえ、人がいるとは限らない。留守でも、明かりをつけておく人もいる。空き巣対策の一つとして、地域の安全講習会で大木自身がそうするように紹介したこともあった。

脇のチャイムを押し、大木はさらに玄関ドアをノックした。

『槍井交番のものです。夜分にすみません。ちょっと出てきていただけませんか』

やはり応答はない。表札を探したが、見当たらなかった。名前で呼びかけることを諦め、大木はもう少し強めに玄関ドアを叩いた。

『お手間は取らせません。安全確認だけですので』

返事はない。

「でも、誰かがいるときの沈黙って、誰もいないときとは感じが違うだろ？」と大木は言った。

その違いは俺にはよくわからなかったが、地域生活を守る交番警察官を長くやっていると、独特の感性が磨かれるのかもしれない。見えないその空間に、何かがあるのか、ないのか。大木の勘は、あると告げていた。

大木はノブに手をかけた。鍵はかかっていない。部屋へ立ち入る旨を無線で本署に連絡し、大木は玄関ドアを開けた。

板敷きのダイニングキッチンだった。左手に流しがあり、中央に小ぶりのテーブルがある。ダイニングキッチンの奥の引き戸は開いている。その先は畳敷きの六畳ほどの部屋。それが居室のすべてのようだ。

人がいた。

床と畳のちょうど境目。引き戸の敷居をまたぐように、こちらに背を向けて、ぺたんと座っている。

髪が長い。肩が細い。女だ。

『槍井交番のものです。先ほど一一〇番通報をしたのは、あなたでしょうか?』

女は答えない。

畳の部屋は明かりがついておらず、薄暗い。明かりと暗がりを分ける位置に座り、女は身じろぎもしない。

『入りますよ。いいですね?』

靴を脱いで、室内に上がる。目線が高くなり、女の向こう側が見えた。畳の部屋の暗がりに人が倒れている。

続いた長谷川巡査もすぐに気づいたようだ。

『長谷川』

大木が声を上げるのとほぼ同時に長谷川巡査が動いていた。大木を追い抜き、女の体を避けるようにして、倒れている人の側に膝をつく。遅れて駆け寄った大木は、女の肩に手を置いた。その肩が震えていた。肩から手を離し、片膝をついて女の手を取った。両手で包み込むように。

『大丈夫ですよ。今、救急車を呼びます』

「ってな」

大きな肩を小さくすくめて、大木は苦く笑った。

「病気だと思ったんだよ。心臓発作とか、脳出血とかでいきなり倒れた。家族が助けを求めてとっさに押したのが一一〇番だった。そう誤解した。だから、励ますために手を握った。ほら、お巡りさんがきましたよ。救急車を呼びますから、もう大丈夫ですよって」

いかにも大木らしい対応だ。

女の手が濡れていることに気づいたのは、その直後だった。その奇妙な感触に女の手を離し、自分の両手を開いたとき、長谷川巡査の声が聞こえた。

『大木部長。ゲンタイです』

開いた自分の両手が真っ赤だった。

ゲンタイ、の意味がわからなかった。顔を上げ、長谷川巡査を見た。長谷川巡査は倒れている人に重ねた両手を押し当てていた。何をしているのか。まるで手のひらから念を送っているようだ。何かのおまじないか？　違う。止血だ。

女の脇にバッグとスマホ、それにナイフが落ちていることにそこで気づいた。

『大木部長』

長谷川巡査がもう一度叫ぶ。

「指導中の新任巡査にどやされてりゃ、世話ねえよな」

倒れているのは男。編み目の粗いニットを着ている。血は流れ落ちてはいない。が、ニットの脇腹部分、長谷川巡査が手で覆った周囲に、よくよく見ればぐっしょりと濡れているようなシミがあった。

傷口から片手だけを離し、長谷川巡査は無線で応援と救急車を要請した。その声を聞きながら、大木の頭にもようやく職業人としての思考が戻ってきた。

ゲンタイ。現行犯逮捕。そう。逮捕だ。傷害。違う。殺人未遂だ。行為を現認していない。現行犯ではなく準現行犯か。刑訴法上、準現行犯なら現行犯逮捕が許される。傍らには明らかに凶器と思われるナイフがある。が、これが女のものとは限らない。女の手には血がついている。これは刑訴法二一二条二項の『犯罪の顕著な証跡がある』に当たるか？

「逃げる様子がないんだから、応援を待って、任意同行でもよかったんだが」

大木は女に聞いた。

『あなたがやったんですか？』

女はうなずいた。

「女を殺人未遂でゲンタイした」

刺された男は、病院に運ばれたが、その日のうちに死亡した。

それが一週間前の事件のあらましだ。

「事件について、第三者の証言は？　まったくないのか？」

「女の身柄を引き渡したあと、まだ訪問していなかった隣室の人に話を聞けた。現場保存をしているときに話しかけてきたんだ。その人は事件時に男女がもめる声を聞いている。男が『殺せ』って叫んだあと、『やー』っていう甲高い女の悲鳴が聞こえたらしい。痴話喧嘩だと思って聞き流したんだと。まあ、痴話喧嘩には違いないけど」

「あーっと」と俺はデスクの上を見回した。「その供述記録は？」

「その人はうちの刑事課に引き継いだぞ。誰かが話を聞いているはずだ。どこかにあんだろ」

デスクの上に重なる数多くのファイルを眺め、胸の内でため息をつきながら、俺はうなずいた。

「探してみる」

与えられたデスクで捜査記録を読んでいた俺のところに、「逮捕した本人がきましたから」と、塚本《つかもと》中央署の迫田《さこた》という若い刑事が大木を連れてきてくれた。たまたま別件の書類を届けに受け持ちの槍井交番から本署にきたところだったという。

出かけた場所、見たもの、聞いた話。警察官の言動のすべては、報告書という名の書類に変わる。警察官の時間と労力とやる気の大半を奪うその大量の書類仕事のおかげで、捜査記録を読み込めば、現場を知らなくても、かなり詳細にそのときの様子を知ることができる。が、現場にいた人から直接、話を聞けるなら、それに越したことはない。早いし、楽だし、中には書類に残らないものもある。

「なあ。逮捕したとき、その女」と俺は大木に聞いた。「どんな顔をしてた？」

「顔？」と聞き返し、大木は俺の肩越しに視線を飛ばした。「外見は派手なんだよ。目鼻立ちもぱっきりしてるし、化粧もノリノリだし。それでも、何だろ、こう、のっぺりしてるんだ。中をどこかに落としてきて、殻だけが残ってるみたいな、空っぽな感じ」

答えた大木の表情が消える。女の念が乗り移ったようで気味が悪くなる。

「参考になったよ」と明るく言って、俺は椅子から腰を上げた。「貴職は担当職務に戻ってくれたまえ」

「おう。では、本職は通常職務に戻ります」

大木も笑いながら席を立つ。

大木は警察学校で同期だった。卒業後、交番勤務を経て、しばらくは内勤をしていたが、その後に昇任試験をパスして巡査部長になり、本人の希望通り地域課に戻って交番勤務をしている。交番のお巡りさんになるのが、子供のころからの夢だったそうだ。

「しかし、和泉が本部の捜一とはな」

俺とともにドアへと向かいながら大木が言った。

身長が低く、ずんぐりした体型なのだが、制服を着ると、どっしりした頼りがいのある体に見えるから不思議だ。

「ただのお調子者だと思ってたよ。まさか同期のエースがお前になるとは思わなかった」

「エースってことない。もう警部補になってるの、何人かいるだろ？」

「それとはまた違う。どうよ、本部の捜一は」

「同じ県警だ。変わらないよ。超絶ブラックだ」

「超絶ブラックな職場でも」と言って、大木は声をひそめた。「相棒があれなら、気が紛れんだろ」

さっき俺が座っていた椅子の隣には瀬良がいる。面接をどう乗り越えたのか。瀬良は昇任試験にパスして巡査部長となり、この春の人事異動で本当に県警本部捜査第一課強行犯二係にやってきた。瀬良にしてみれば、これが捜一にきて初めての事件ということになる。

「あの顔とスタイルで、何でまた、警察官になろうと思ったんだろ」

ドアまできても、大木はまだ名残惜しそうに足を止めて、瀬良のほうを見ている。

「どう見てもデパート向きだろ。アパレルとか、コスメとか。いっそ芸能界だって通用しそうだ」

職場に瀬良がいることに俺は慣れたが、その姿形は警察という職場では否応なく目立つ。ただでさえ男性が九割近い職場だ。近くにいれば、瀬良に好奇と驚きとが混じった下心満載の視線が向けられるのは日々感じていた。

「また同期会でもやろう」

瀬良の話題は流して、俺は大木に言った。

「ああ、また幹事、頼むな。和泉の声かけなら、人、集まるから。あ、あと捜査もな。しっかりやれよ」

「捜査がついでみたいだな」

「宴会幹事が貴職の担当任務では？」

「そうでありました。本職、思い違いをしておりました」

「そんじゃ、お巡りさんは巣に帰るな。頑張れよ、刑事さん」

軽く手を上げげた大木の背中を見送り、瀬良の隣に戻る。

塚本中央署の刑事課には四つの捜査班がある。そのうちの一つ、高峰《たかみね》係長を班長とする高峰班が、この事件の担当だった。他部署からの補充を受け、塚本中央署内のメンバーが小さな会議室に集まり、捜査に当たっていた。朝、挨拶はしたが、今はほとんどが出払っていて、会議室には俺と瀬良の他に、制服姿の巡査が一人残っているだけだ。

俺がまた捜査記録に目を落としていると、その巡査もいなくなった。瀬良と二人、ひたすら捜査記録を読み込む。

一通り目を通してから、俺は席を立った。廊下に出て自販機を探し、温かいコーヒーと冷たいミネラルウォーターを買って席に戻る。

瀬良は捜査記録から目を上げていた。俺の差し出したペットボトルを受け取る。軽く伏せた視線が礼のつもりなのだろう。

「事件の概要は把握できましたか？」

自分のコーヒーを開けながら俺は聞いた。なるべく穏やかに、丁寧語で話しかけることにも、すっかり慣れた。後輩相手にご機嫌を取っているようで癪《しゃく》だが、実際、そのほうがスムーズに話が進むのだから仕方がない。

瀬良は俺の胸の辺りを見て、会釈をするように頭を少し落とす。うなずいたのではなく首をひねったのだと、今ではわかる。

「まあ、確かに」と俺は温かいコーヒーをごくりと飲んで、ほっと息を吐いた。「何だか面倒そうですね」

事件そのものはややこしいものではない。

殺人未遂で大木に逮捕されたのは、相沢清香《あいざわさやか》。四十二歳。塚本市内の戸建てに一人で暮らしている。県内一円にチェーン展開しているスーパーで働くパート店員だ。刺されたのは、久保拓実《くぼたくみ》さん。二十五歳。現場となったアパートが久保さんの自宅だ。市の中心街にある大きな美容室で美容師として働いていた。相沢清香は、その美容室の顧客だ。十七歳の年の差があるが、二人は恋人同士だった。スマホには二人の交際の経過が記録されていた。知り合ったのが五ヶ月ほど前で、付き合い始めたのはそのひと月後。久保さんのほうから熱烈なアプローチをかけている。

とはいえ、久保さんがこの交際にどこまで真剣だったかは疑問だ。久保さんのスマホの履歴をさかのぼれば、年に一、二回は恋人を取り替えていたのがわかる。そのほとんどが美容室の顧客だった。渡り歩くように顧客と付き合い、それが問題視されると店を辞め、また新しい店で客と付き合い始める。久保さんはそんなことを繰り返していたようだ。相沢清香のような、かなり年上の女性が好みだったらしい。確認した限りでは、すべて独身女性で、不倫関係ではない。交代の頻度に目をつむるなら、一般的な独身男女の交際だと言える。

スマホのやり取りを見れば、二人の交際のおおよそがわかった。

休日が合わせ難《にく》かったためか、二人は専ら終業後に久保さんのアパートで会っている。相沢清香より、久保さんから誘うメッセージのほうが多い。文面からして、甘え上手な男性だったようだ。が、事件当日は、昼ごろに珍しく相沢清香のほうから『会いたい』というメッセージが送られ、久保さんは仕事が終わったら自分のアパートにくるようメッセージを返している。

職場での聞き取りと、周囲の防犯カメラから、当日の二人の行動はわかっていた。いつも通り店を終えた久保さんは午後八時半ごろ自宅に帰り着き、同じく勤務を終えた相沢清香はその三十分ほどあとに久保さんのアパートに行っている。その後、ほどなく一一〇番通報がされたことになる。通報は相沢清香のスマホからだった。

現場であるアパートの部屋に二人以外の出入りがあった様子はなく、逮捕時の状況を考え合わせれば、犯人が相沢清香であることに間違いはない。

若い恋人の不誠実さが何らかの形で露呈し、女が犯行に及んだ。

それが高峰班の筋読みだった。二人の関係を考えれば、無理のない読みだ。事件は罪名を殺人罪に変更し、すでに検察に送致済みで、相沢清香に対する身柄の勾留許可も出ている。

これだけなら、何の問題もない事件だ。が、逮捕した相沢清香は取調室で雑談には応じるものの、事件に関する供述を拒否している。

『あんたらには関係ないでしょ』

事件に関して述べたのは、弁録に記されたその一言だけだ。

そのとき、二人きりの部屋で何があったのか。どんな成り行きで久保さんを刺したのか。なぜ刺したのか。どう刺したのか。それがわからない。言い争う声があったとはいえ、このままでは殺人罪での起訴は難しい、傷害致死罪での起訴になる、というのが検察の見立てだった。

故意に人を刺した。結果、死んだ。その場合、考えられる罪は二つ。殺人罪と傷害致死罪。違いは殺意の有無だ。殺すつもりがあったのか、殺すつもりまではなかったのか。殺人罪なら死刑または無期もしくは五年以上の懲役。傷害致死罪なら三年以上の有期刑。同じ行為から同じ結果が生まれても、行為者の心に殺意があったかなかったかで、まったく違う量刑が科されることになる。そして、ナイフで人を刺した被疑者を傷害致死罪で立件したがる刑事などいない。当然、殺人罪での立件を目指す。

『罪を最大化する』

それは警察の仕事というより、警察官の本能なのかもしれない。

今、高峰班は殺人罪で立件できる筋道を立てようと躍起になっていた。

今日の締めとなる会議は夜の八時から始まった。四十になったばかりの高峰班長を真ん中に置いて、門村《かどむら》さん、津久井《つくい》さんという二人のベテラン巡査部長が居並ぶ。椅子に座った三人と長机を挟んで、俺と瀬良を含めた六人が立っていた。

会議は相沢清香の知人に対する聴取の報告が中心となった。が、目新しい情報はなかった。そもそも相沢清香には友人と呼べるような人がおらず、スマホからは交友関係がほとんど出てこない。かつて勤めていた職場や在籍していた学校を当たっているが、高峰班はこれまで相沢清香のプライベートを知る人に出会えずにいた。久保さんとの交際を知っていた人もいない。相沢清香はとにかく口が悪く、言葉にトゲがあるらしい。

『用がないなら話したい人じゃないですね』

今、働くスーパーでの評判をまとめると、そういうことになるようだ。恋人がいたことを驚く人も多かった。

『あんな人と付き合える人もいるんですか』

相沢清香のスマホの履歴は、通話も、通信も、その相手はほぼ久保さん。二月の頭、久保さんの誕生日の近辺には、その日のデートについて頻繁にやり取りがされていたが、それを除くなら、一日に一度の通話と、二、三回の他愛のないメッセージ。それが二人の普段のペースだったようだ。そして相沢清香のスマホに残るプライベートなやり取りは、ほぼそれだけだ。久保さんと付き合う以前の履歴には、事務的なものしか見当たらない。

「引き続き、交友関係に聴取を続けます」と国田《くにた》巡査長が報告を締めくくった。

年齢は俺と同じくらいだろう。いかつい刑事の表情からも、そこから新しい情報がもたらされる期待が薄いことは見て取れる。

「頼む」と応じた高峰班長は、捜査員たちの硬い表情を見渡し、砕けた口調でぼやいた。「だいたい、凶器が中途半端なんだよな。どうせ殺すなら、もっとごついのでぶっ刺しておいてくれればいいものを」

面長で色白の顔には似合わないゲジゲジ眉毛が目につく。高峰班長は、相手の懐にするりと入り込むこの柔らかさで班を仕切っているのだろう。班長の気遣いに応えるように、捜査員たちが表情を緩める。

「でも、まあ、ナイフですから」と班で一番年上の門村さんが生真面目な顔で口を開いた。「刺すとこに刺せば、人は死にます。現に死んでるわけですから」

殺人罪の凶器として、違和感はないと言いたいのだろう。

凶器の写真は俺も見た。ナイフ以外にも缶切りやドライバーが引き出せるようになっている、いわゆる十徳ナイフだ。一月の終わりに相沢清香がネットで購入したことがわかっている。ナイフの刃体は九センチ弱。十徳ナイフの中では大きめと言えるが、刃物として見たときには高峰班長が言うように『中途半端』だ。人を殺すためにあえて選ぶかと問われれば、俺は首をひねる。

久保さんの死因は、肝損傷で腹腔《ふくくう》内出血を起こしたことによる、出血性のショック死だ。

ニット越しでも肝臓に届くほどの強さで刺したのだから、殺意があったはずだ。捜査員たちはそう考えているが、論拠としては弱い。

肝臓を正確に刺しているのだから、殺意はあったはずだ。そんな意見も出たらしいが、相沢清香は左利きだ。正対したなら、たまたま肝臓を刺してしまうことはあり得る。

買ったナイフを所持していたのだから、最初から殺すつもりで久保さん宅へ向かったはずだ。そうも受け取れるが、十徳ナイフだ。普段から持ち歩いていた可能性だってなくはない。計画性の裏付けにはならない。

相沢清香の体にはあざがあり、二人が争ったことに間違いはない。一方で、久保さんの体には防御創がない。手に傷があったが、これは、刺されたあとで、久保さんがナイフを抜いた際についたものだろうと思われた。現にナイフからは久保さんの指紋も採取されている。つまり、相沢清香はたった一度、致命傷となったその一刺ししかしていないのだ。

殺人罪と傷害致死罪を区別する殺意の有無は、凶器の形状や行為内容、動機、犯行前後の行動などから判定される。今回の事件では凶器と行為内容から殺意を立証するのは困難だろう。だからこそ、事件のそのとき、何があったのかを知りたい。他の捜査でもめぼしい進展が見込めない今、期待されるのは何より被疑者の供述だ。そして、そのために送り込まれたのが俺たちだった。

生真面目な門村さんの言葉にうなずき返し、高峰班長は視線を俺に向けた。

「和泉部長、状況は頭に入ったか？」

捜査員の目が一斉に俺に向けられる。

「はい。おおよそは」と俺は応じた。

「取り調べに必要な情報があれば、遠慮なく聞いてくれ。必要なら追加で捜査もする」

「ありがとうございます」

「なあ」と津久井さんが耳たぶをいじりながら口を挟んだ。「取り調べは、そっちの、あー、お嬢さんも一緒に？」

俺は浅黒く平べったい津久井さんの顔を見た。津久井さんが薄ら笑いで俺を見返してくる。警察ではよく見るタイプだ。縄張り意識が強く、男同士の連帯を大事にする。今も瀬良を使って、男である俺の感触を確かめようとしている。突っ張るのは簡単だが、何の益もない。

「瀬良もそのためにきていますので、勉強させてやってください」と俺は軽薄に笑って頭を下げた。「芸人と一緒で、若手は場数踏んでナンボですから」

隣の瀬良は表情を変えない。

軽く挑発すれば、怒るなり、凹《へこ》むなり、ビビるなり、もっと反応があると思ったのだろう。俺には受け流され、瀬良には聞き流されて、津久井さんが鼻白んだのがわかる。瀬良はただ『そういう人』というだけなのだが、こういうときには頼もしく感じる。

「職質の女王様か。噂は聞いてる。期待してるよ」と津久井さんはぶっきらぼうに言った。

「女神ですよ」と一番若い迫田が口を挟んだ。「職質でムチを使っちゃまずいでしょ」

笑ったのは迫田だけだった。

「じゃ、いつから始められそうだ？」と高峰班長が取りなすように聞いた。「明日から始められるか？」

捜査記録を今日一日かけて読み込んだが、現状では被疑者を喋らせる材料がない。一週間、供述を拒否し続けた被疑者だ。今、手ぶらで取調室に乗り込んでも、成果が出るとは思えなかった。

「できれば、もう少し猶予をいただけませんか。きっちり事件を整理してから、取り調べに入りたいので」

さすがに『捜査が足りないから、取り調べに入れない』とは言えない。

「じゃ、明日は、どうする？」

「被疑者宅の近所の人、特にお隣の、確か、石井《いしい》さんでしたか。その方には直接、話を聞いてみたいです」

門村さんの頬がわずかに引きつった。聴取記録を読んではいても、記載者までは覚えていない。隣家の石井さんを聴取したのは門村さんだったか。俺の答えは、門村さんの聴取が甘いと言っているようなものだ。

津久井さんが門村さんに向けて、やれやれというような表情を作る。それを無視して、門村さんが俺に言った。

「この時間なら、まだ大丈夫だろう。石井さんには連絡しておく。明日の朝、十時でいいか？」

「はい。助かります」

「私も一緒に行こう」

「ああ、いえ」と俺は声を上げた。

同じ捜査員が何度も顔を出して対象者と信頼関係を築く、というのも聞き込みの一つのやり方ではある。が、同じ人が聴取することで、対象者が前に答えた自分の言葉に縛られてしまうということもある。

「それでは他の捜査を滞らせてしまうので。自分と瀬良で回ります」

俺は指示を仰ぐように高峰班長を見た。その実、助けを求めているのだと気づいてくれたようだ。

「じゃ、そうしてくれ」と高峰班長がうなずいた。

門村さんは不満げに小さく眉を上げたが、特に文句は言わなかった。

その後、高峰班長が他の捜査員たちに明日の予定を割り振って、締めの会議が終わった。

「じゃ、そういうことで」

高峰班長が言い、俺は一礼して、与えられた自分の席に向かった。他の捜査員たちの視線を背中に感じる。ほとんど敵意にも似た視線だ。俺たちにすれば理不尽だが、高峰班の人たちにしてみれば、俺たちがここにいることが理不尽なのだ。

人が死んだ。が、被疑者はすぐに確保された。本来なら、本部の捜一が関与する事件ではない。けれど、被害者の久保さんが幼いころに芸能活動をしていたことが判明したことで風向きが変わる。十五年ほど前、小学生のころに人気子供番組にレギュラー出演していたらしい。逮捕されたのが一回り以上年上の恋人だったというのも興味を引いたのだろう。情報番組がこの事件を大きめに取り上げ、それに付き合うように、ある大手新聞が全国版で記事を出した。これが効いた。後追いで事件を報じようとするメディアが続出した。動機は何だったのか。塚本中央署は過去に経験がないほどメディアからの攻勢を受ける。

メディアの反応で警察は捜査に対する態度を変える。それは一概に悪いこととは言えない。世間が関心を持つ事件に注力し、早期に解決に導くことは、一般市民の体感治安の向上にもつながるからだ。

今回、思いがけない形で事件が注目され、上層部は動揺した。すぐに解決したならよかった。が、被疑者は事件について黙秘している。捜一から班を一つ投入することも検討されたらしい。けれど、それには塚本中央署が強く難色を示した。捜査本部が立てば、その所轄署は、お金も、人員も、あらゆるリソースが削られてしまう。そこまでする事件か否か、実りのない綱引きがどこかでなされ、誰にとっても理不尽な結論が転がり出た。指導係員の派遣だ。

うちの本部捜一には三つの指導係があり、所轄への捜査指導を担当している。本部と所轄とでは事件捜査に対するノウハウの蓄積がまるで違うためだ。そのときには、たとえ階級が下であろうが、本部の指導係員が所轄の事件担当係長に意見することは普通にある。が、この事件に今ほしいのは、意見する指導係員ではなく、被疑者を落とせる取調官だ。話し合った上層部の誰の頭にも浮かんでいたはずだ。県警随一の取調官、都倉さんの顔が。おまけに宮地班は、今、事件を持っていない。

さすがに露骨すぎて都倉を派遣しろ、とは言えない。が、捜査員を取り調べの指導役として臨時に派遣しろと言えば、事情は呑み込めるはずだ。

どこかで発生したいびつな命令が課長に届き、次席、管理官と下りてきて、宮地班長のもとにやってきた。そのとき宮地班長はきっと笑った。見てはいないが、笑ったと思う。思い切り意地悪い笑い方で。

「和泉、喜べ。取り調べができるらしいぞ。明日から瀬良と所轄に行ってこい」

そう言われたときには、何を命じられたのかわからなかった。捜一の捜査員が班を離れて他の署で働くなど、聞いたことがない。その後に事情を知って暗澹《あんたん》とした。いったいどれだけ煙たがられるか。

予想通りだった。

仮にやってきたのが、県でナンバーワンの取調官だったとしても、通常の手続きではあり得ない派遣だ。それなりに敵視はされただろう。それがあろうことか、やってきたのは捜一にきて一年の若造と、それよりさらに若い女性警察官だ。こいつらが俺たちより取り調べが上手《うま》いということか。高峰班の人たちにすれば、はらわたが煮えくり返る思いだろう。今朝、挨拶にきたときから、しばしば突き放すような態度を取られた。高峰班長がそれとなく取りなしてくれていなかったら、もっと気まずい状態になっていたはずだ。

俺たちが取り調べに失敗したところで、相沢清香が無罪になるわけではない。傷害致死罪で問題なく起訴される。が、この状況では、それは敗北を意味する。こんな奇手まで繰り出して、殺人罪を検察に食わせられなかったのか。そう後ろ指をさされるのは、俺たちではなく、事件担当である高峰班だ。

こうなった以上、相沢清香は何としても落としてほしい。が、自分たちでできなかったことをやられてしまうのも癪に障る。その間で揺れているのが高峰班の人たちの本心だろう。

迫田が案内してくれたのは、塚本中央署からバスで五分ほどのところにある居酒屋だった。バス通りから一本奥まったところにある上に、初見では入りにくいたたずまいをしている。署の人と会うことがないのがいい、と店に入ってすぐ迫田は笑った。

「和泉さんが津久井さんにも声をかけるんで、オーケーされたら困るなあって冷や冷やしましたよ」

当てつけるように距離を取ろうとする捜査員の中で、唯一、取っつきやすいのが、『本部捜一』という肩書きに憧れの目を向けてくれる若い迫田だった。

締めの会議が終わったあと、「この辺りを知らないから」と夕食によさそうな店を聞き、「一緒にどうだ」と誘ったら、迫田は前のめりで食いついてきた。やり取りを聞いていた津久井さんが浅黒い顔をしかめたことに本当に気づかなかったのか、気づいたが気にしなかったのか。その津久井さんも誘ったが、すげなく断られた。他の捜査員たちはそんなやり取りをしている間に、会議室を出てしまっていた。

「相沢清香はどんな様子なんだ？」

座敷席でテーブルを挟み、ビールで乾杯をしたあと、俺は迫田に聞いた。

「雑談には応じているみたいだけど」

近くの席に客はおらず、誰かに話を聞かれる心配はない。

「基本、喧嘩腰ですね。しかも小学生レベルの。馬鹿、アホ、間抜け、クズ、死ね」

「って言ったのか？」

「とは言いませんけど、いや、言ったっけな。とにかく、そのレベルってことです。いくらもらってんのよ、どうせ安月給でしょ、とか。その感じじゃもてないわね、彼女いないでしょ、とか。あれは、まあ、嫌われますよね。そりゃ友達もいないでしょうよ」

何となく隣を見てしまう。

人を寄せ付けないのにもいろんなタイプがいるものだ。

俺の首の辺りを見て、瀬良が、聞いてますよ、という気配を発する。

「何でもないです」と俺は言った。

聞いてますよ、の気配が消える。

今夜、瀬良が付き合ってくれるとは思っていなかった。迫田を誘い、津久井さんにフラれたあと、一緒にくるかと瀬良にも聞いたら、あっさりうなずいたので、俺のほうが驚いた。

刺身の盛り合わせが運ばれてきた。

「それにしても、二十代で女性で本部の捜一ってありなんですか？」

皿を店員から受け取り、テーブルに置きながら迫田が瀬良に聞いた。

瀬良はただ小さくうなずく。どういう意味なのか、そもそも誰に向けたのか、俺でもさっぱりわからない。

「実際にいるんだから、ありなんだろ」

代わって俺は迫田に言った。

「それで、君の心証としては、どうなんだ？　殺意はあったと思う？」

「いやいや、直接、取り調べたわけでもないですし、俺の心証なんて」

ブリの刺身を大量のツマと一緒に醤油にジャブジャブつけながら迫田が言った。

「捜一の方々に聞いてもらうようなもんじゃないですよ」

およそ刺身を食っているとは思えない豪快さでもしゃもしゃと食べる。

そこをあえて聞いてほしそうにも見えたが、面倒だから話を進めた。

「黙秘の理由は何だと思う？　誰かをかばっているのか、何かを隠しているのか」

捜査記録を読んで、一番強く感じた疑問はそれだった。相沢清香が黙秘する理由がわからない。

刑訴法一九八条一項を根拠として、逮捕された被疑者には取り調べを受ける受忍義務があるとされる。被疑者にとって、それに対抗する最大の権利が黙秘権だ。が、相沢清香は殺人未遂罪で逮捕され、殺人罪で送致までされているのだ。罪を軽くしたいなら、殺す気がなかったことを一度くらいは主張するだろう。

あるいは黙秘は目的のあるものではなく、感情的なものなのか。

「逮捕後の取り扱いに不満があってその腹いせとかはどうだ？　もしくは単に警察が嫌いだとか」

ああ、いや、と言いながら、俺は自分で首を振った。

「もしそうなら、検察では喋ってもいいか。検察でも喋らないんだから、警察がどうこうじゃないよな」

「そうですね。うちは班長が、ああいう感じですから、被疑者にそこまでエグいことしないですよ。ムカつく女ですけど、相沢清香にだってしてないです」

俺に言いながらも、迫田はちらちらと瀬良に視線を送っていた。瀬良は気にせずに水を飲み、さっきから執着している揚げ出し豆腐にまた取りかかる。

「あの、異動のときって、菅野一課長から引っ張られたんですか？　うちにきてくれって、直電がくるんですか？　お前の力が必要だ、とか」

いつかそんなことが自分の身にも起こるかもしれないと夢見ているようだが、そんなドラマチックな話のわけがない。捜一で女性に一人欠員が出て、数少ない県下の女性刑事警察官から適性のある人を探したら、そこに引っかかったのが瀬良だったというだけだ。元の上司である中山署の須々木刑事課長の推薦はあったようだし、うちの宮地班長が目をつけていたのかもしれないが、それも含めて地方公務員の通常の人事異動だ。

瀬良が困った目で俺の首の辺りを見ているので、代わって答えてやる。

「まあ、そんなとこだ」

「さすが職質の女神ですね。女神が指した人に職質をかければ、百パーセントで検挙につながったって」

そりゃ、一課長が放っておくわけないですよね、と迫田は感じ入ったようにうなずいている。

「何かに反応したりも一切ないのか？　何かの話題とか、特定のワードとか」

「え？　ああ、そうですね。何を言っても、返ってくるのは等しく罵詈雑言《ばりぞうごん》です。あとはだんまり」

どうやら思った以上に、面倒な被疑者のようだ。

身上調書も読んだが、おそらく相沢清香自身が取調室で供述したものではない。捜査でわかった履歴を書いて、署名だけさせたのだろう。公的な記録に照会をかけ、周囲の人に聞き取りをすればわかるようなことばかりだった。

生まれは東京。生命保険会社に勤めていた父親の転勤に伴い、何度か転居をして、塚本市にやってきたのは十七歳のとき。県内の私立高校に転入し、都内の私立大学に進学。大学卒業後、正社員として運送会社で事務の仕事をしていたが、二年あまりで退職。その後は派遣やアルバイトを転々とし、二年半前から今のスーパーで働いている。結婚歴はなく、ずっと実家暮らし。五年前に父親が病死し、母親と二人で暮らしていたが、その母親も去年、病気で亡くなっている。

取り調べに当たったのは、最初は津久井さん。強面《こわもて》で押したらしい。次に門村さんが理路整然と迫った。最後には高峰班長までが取調室に入って、まだ若い久保さんが命を絶たれた無念がいかほどだったか、懇々と説いたようだが、相沢清香は一貫して事件に関する供述をしていない。

俺は捜査資料にあった相沢清香の顔写真を思い出した。

目鼻立ちは整っていて、四十二歳という実年齢よりずっと若く見える。が、綺麗というより、怖そうという印象のほうが先に立つ。とげとげしい顔だ。

「久保さんは何で被疑者と付き合ってたんだ？」

「まあ、付き合うハードルが異常に低い人ではあったみたいです。年上の女なら誰でもよかったんじゃないですか？　母親の影響はあったと思いますけど」

子供のころに久保さんが芸能活動をしていたのは、母親が強く希望したためだ。が、久保さんが十二歳のときに両親は離婚してしまう。原因は母親の浮気。母親は久保さんを残して家を出る。それを機に、久保さんは芸能活動をやめている。

「金の動きは？」

「父親も、母親も亡くなって、相沢清香は実家の土地、建物を相続しています。あとは保険金も合わせて現金が都合五千万ほど。けれど、財産はそこから大きくは動いていません。過去の久保さんの恋人に聞いても、給料日前におごってあげたっていう程度の話はあっても、お金をせびられたという人はいないです」

その後も迫田から話を聞いたが、捜査記録で見たか、そこから想像できるようなことばかりだった。

俺たちは十時すぎに居酒屋を出た。本部から遠い所轄なら、出張扱いとなって地元に宿泊できたのかもしれないが、在来線の特急に乗れば本部から一時間少々で行けてしまう塚本市では、そんな手厚い待遇はない。

上りの特急電車に客はまばらだった。ボックス席に瀬良と並んで腰を下ろす。あいている別のボックスに行かないのだから、瀬良も俺といることに慣れてきたのだろう。

いつも通り、瀬良との間に会話はなく、瀬良がそれを気にする様子もない。そのどちらにも、俺も慣れてきている。

電車は軽快に、いくつもの街を通りすぎていく。派遣は今日を含めて十日間だ。憂鬱な十日間のうちの、取りあえず一日が終わった。俺は腕を組んで目を閉じ、訪れた浅い眠気に身を委ねた。

2

高い建物がないせいか、空が広く感じられる。道も広い。路線バスが余裕をもってすれ違える。

三十数年前、鉄道会社系列のディベロッパーが山の南側を丸ごと開発して造った広大な住宅地だ。同じ系列の鉄道会社の駅が麓にあり、同じ系列のバス会社のバスが山の斜面の住宅地をさ迷うように走りながら住人を駅へと運び、あるいは駅から迎え入れている。頻繁に行き来していたそのバス便も、今では半数以下に減った。開発当初に家を買ったお父さんたちの多くは、ローンを退職金で返し終えて年金暮らしとなり、かつて園児や児童だった子供たちの多くは、今は会社員となって、より通勤に便利な街へと越していった。系列の住宅メーカーが建てた似た印象の家が行儀よく並ぶ街は、何からということでなく、取り残された感じがする。それが相沢清香の暮らす街だ。

相沢清香の隣家に住む石井美緒子《みおこ》さんは、ふくよかで姿勢のいい女性だった。今年でちょうど七十になったという。去年、七十三歳で亡くなった相沢清香の母親、育子《いくこ》とは園芸仲間でもあったそうだ。

「二人で庭先にいーっぱいお花を咲かせてね」

黒っぽいチワワを抱いて玄関先に出てきてくれた石井さんは、俺と瀬良の背後、自分の庭へと目を向けた。

両家とも前の通りから庭が見える。二つ並んだ庭に花が咲き誇る様は、道行く人の目も楽しませたことだろう。

「門は閉まってるわよね」

俺たちに確認したあと、石井さんがチワワを放す。やんちゃな顔をしたチワワは嬉しそうに庭を駆け回り出した。今も石井家の庭には、鮮やかに何種類かの花が咲いている。他方で相沢家の庭に彩りはない。

「清香ちゃんは、お花は好きじゃないみたい」

石井家は開発当初に越してきて、もう三十年以上、ここで暮らしている。隣に相沢家が越してきたのが、二十五年前。当時、相沢清香は十七歳。石井さんにも相沢清香と同じ年の娘がいることもあり、母親同士、親しく付き合い始める。石井さんの娘は十二年前に結婚して家を出た。その直後に石井さんの夫が六十手前で亡くなってしまう。一人になった石井さんを相沢育子が何くれとなく気遣ってくれたらしい。その後、育子も夫を亡くし、二人の付き合いはさらに深くなったそうだ。

「相沢さんのご主人は育子さんより四つ年上でした。難しい人で、ちょっと近寄りがたかったわね。いつもにこにこしていた育子さんとは大違い。でも、ご夫婦仲はとってもよくて、育子さんはご主人に頼り切ってました」

懐かしむように目を細めながら、石井さんは言った。こちらが求めずとも多くを語ってくれるという意味では聴取がしやすい人だ。けれど、それらはすでに頭の中で用意されていた話だとわかる。そういう話から決定的な情報に近づけることはまずない。

何か適切な話の変え方はないかと目を向けたが、瀬良はパンプスに立ち向かってくるチワワへの対応に手一杯で、そんなことに気を回す余裕はなさそうだった。確かに、そこまで全力で挑まれると、蹴っていると思われない程度に突き放すのには、神経を使うだろう。

「そのご主人が亡くなられたのが、五年前でしたか」

まずは石井さんのリズムに合わせて話を続けることにする。

「ええ。育子さん、すごく落ち込んだんですよ。ようやく落ち着いたかなと思ったころに、今度は育子さん自身が病気になってしまって、そこから闘病生活が始まって。育子さん、今思うと、よくならないのをわかってたのよね。清香ちゃんのこと、くれぐれもよろしくって、私、何度も言われてたんですけどねえ」

石井さんはやるせなさそうに言って、ため息をつく。その仕草は少し芝居がかっていた。見た目よりは少し親身さに欠けるのだろうが、きっと悪い人ではない。ただの話し好きなおばあさんだ。

話が一段落した隙を狙って、俺はすかさず質問を繰り出した。

「相沢清香は、お隣さんとして、どんな人でしたか？　もう長いお付き合いだと思いますが」

門村さんの機嫌は損ねてしまったが、隣家の石井さんに話を聞きたいと思ったのには、俺なりに理由がある。

現在と過去の職場の同僚。かつて通った学校の同級生。高峰班は限られた時間の中で、相沢清香の知人をできる限り探し出し、話を聞いていた。が、それらの聴取記録からは、無愛想で社交性のない子供が、偏屈で口の悪い大人に育ったことがわかるだけで、実像がよくつかめない。子供のころは親の都合で転校を重ねた。働き始めてからは何度も仕事を変えている。そのせいで長い付き合いの人がいないということもあるのだろう。大学だけは同じ学校に四年間、通っているが、そこでの友人も一人も見つけられていない。

どんなものに興味を持ち、どんなものが好きなのか。どんなものにお金を使い、どんなことに時間を費やしていたのか。取り調べをするにあたって、せめてその程度の人物像はつかんでおきたかった。

その点、石井さんは、十七歳から現在に至るまでの相沢清香を見ている。話を聞くべきは、この人だろう。これまでの捜査記録を通して読んで、俺はそう感じた。

「どんな人って、そうですね、こちらにきたのは十七のときですが、ご両親の言うことをきちんと聞くお嬢さんでしたよ。うちの娘なんて、言い訳と口答えばっかりでしたから。清香ちゃんはちゃんとしてましたね」

「へえ。そうなんですか?」

驚きを装って少しオーバーに聞き返したが、意外な思いがしたのは本当だ。取調室の相沢清香の姿とうまく合致しない。

「ええ。育子さんのご主人は、とっても厳しい人でしたから」

それは、言うことを聞く子供だったのではなく、言うことを聞かせる親だったということだ。それならば、今のひねくれた姿と齟齬《そご》がない。

「部活をやっていたとか、何か趣味があったとか、そういうことは」

「はあ。趣味ですか?」

話題が事件に向かわないことが意外なのかもしれない。考え込みながら石井さんが答えた。

「ああ、どうでしょう。そこまではわかりません。目立つような趣味はなかったと思いますよ。学生時代だって、いつも夕方には家に戻ってましたから。やれ買い物だの、ライブだの、女子会だの、暇さえあれば遊び回っていたうちの娘とは大違いです」

チワワがついにうなり声を上げ始めた。瀬良は靴底をかざして、チワワを牽制《けんせい》している。こちらも牙をむきそうな顔だ。さりげなく姿勢を変えて石井さんの視線を遮り、俺はさらに少し崩して聞いてみた。

「これまで彼氏とかはいたんですかね? 好きな男のタイプとか、わかりますか?」

刑事のくせに噂好きの話し好き。そういう役を演じる。

「そんなのは全然。男っ気がなさすぎて、育子さんも気にしてたわ。だから、今度の事件はびっくりしちゃって」

「男っ気がなかったのに、いきなり恋人殺して捕まったら、そりゃ驚きますよね」

「本当よ。もうびっくり」

石井さんの口が少しずつ滑らかになっていくのを感じる。用意したのではない言葉が聞けそうだった。

「仕事を転々としていますが、それは何か理由があったんでしょうかね?」

過去の勤め先に聞き取りはしているのだが、相沢清香の転職の理由ははっきりしない。あるときから休みがちになり、急に退職届が出されるというのが決まったパターンだ。誰かの下で仕事を覚え、これから独り立ちして働いてもらおうというとき、あるいはこれからは人の指導もこなしてもらおうとしたとき。もしくは一つの仕事に慣れて、より高度な仕事を任せようとしたとき。相沢清香は仕事を辞めてしまう。新卒後に勤めた会社を除けば、他は非正規だ。雇用条件が不安定だったということもあるだろうし、実際に会社都合の退職があったことも確認している。が、それでも大学卒業後、二十年で七度の転職は多すぎる。

「理由と言いますか、それはやっぱり、レベルが合わなかったということじゃないですか」

軽く笑いを含んだ声だったが、そこには今までなかったトゲがあった。

ちくりとする。

『告白ゾーン』に入る予感がした。が、今はまだ小さな突起の感触でしかない。指でつまんで引っ張るほどには、頭が出きっていない。

「レベルというと会社のレベルということですか？」

もっと出てくるのを待ち受ける。

俺とようやく視線を合わせて、石井さんがにこりと笑う。

「いえ、会社のレベルというのではなく……」

「ちょっと、石井さん」

甲高い声に振り向いた。門扉の向こう。歩道に立った年配の女性が俺と瀬良に頭を下げたあと、石井さんに言った。

「大変なことがあったわね。大丈夫？」

チワワは大喜びで門扉に駆け寄ったが、俺は舌打ちしたい気分だった。

「そうなのよ、私もびっくりしちゃって。育子さんにも申し訳ないし、近所の皆様にも迷惑かけちゃって」

「石井さんが悪いわけじゃないでしょうよ。殺しちゃった相手、芸能人ですって？　見たことあるの？」

「それは全然。相沢さんの家には出入りしてなかったと思うわ。こっち辺りは駅からだと不便だから。でも、相沢さんの家にも出入りしてたなら、事件がここで起こったのかもしれないのよね。怖いわね」

やはり天然ものには敵《かな》わない。俺と話しているときより、石井さんはずっと饒舌《じょうぜつ》で、楽しそうだった。

「取材の人、すごかったらしいわね。そちらも、記者の方？」

「いえ。警察のものです」

ぶんぶんとしっぽを振るチワワの相手をする体で、さりげなく門扉から庭に入ろうとしていた女性がぴたりと足を止める。

記者になら話したいことがいっぱいあったのだろう。が、警察に話せることは一つもない。要するに暇なだけだ。

「すみませんが、今、石井さんからお話をうかがっていますので」

目顔でそう促すと、女性はすごすごと立ち去った。急いで視線を戻したが、石井さんから『告白ゾーン』の気配は消えていた。

「ええと、会社の話でしたね。レベルというとあれですけど、ご主人はいいところにお勤めでしたし、満足できるお仕事を探していたんじゃないでしょうかね」

それからしばらく相沢清香について問いただしてみたのだが、『告白ゾーン』の気配が戻ってくることはなかった。

このままでは取調室に入れない。焦る気持ちを堪えつつ、思い切って質問を変えてみる。

「育子さんは、どういうお母さんでしたか？」

石井さんへの聴取記録を読む限り、門村さんは相沢清香のことを聞くばかりで、この角度の質問はしていない。

「育子さんですか？　育子さんは、そうですねえ」と言って、石井さんは少し言葉を探した。

「とても子育てに熱意のあるお母さんでしたよ」

言い方にためらいがあった。少しつついてみる。

「教育熱心ということでしょうか？」

相沢清香が出ているのは、有名大学でも難関大学でもない。高峰班でも誰も名前を知らなかったらしい。高卒の俺に言われたくはないだろうが、いわゆるＦラン大学で、教育熱心な親が子供を通わせる大学とは思えない。

「ああ、いえ。教育ということではなく、生活全般と言いますか」

さらに言いよどんだことで、何が言いたいのかがわかった。

「少し過保護な感じでしょうかね？」

軽めにぶつけてみる。石井さんは否定しなかった。

「うちも一人娘ですからね。気持ちはわかるんですけどね」

「娘の清香にしてみれば、息苦しい家庭環境だったということでしょうか」

「いえ、いえ。そんなことはなかったですよ。清香ちゃんも育子さんのことは大好きだったと思います。休みの日には、二人でよくお出かけしてました。親のことなんて構いもしなかったうちの娘とは大違い。うらやましいくらいでした」

共依存、ということだろうか。

相沢清香はいわゆる『いいとこのお嬢さん』だった。仕事が難しくなるとすぐに辞めてしまうのも、その気質のせいだ。が、五年前、厳しくも頼りになる父親が死んでしまった。過保護でにこやかな母親と二人きりの生活が始まる。母には娘しかおらず、娘にも母しかいなかった。二人はお互いにもたれ合って生きてきた。去年、その母親までいなくなり、依存する先を見失っていた相沢清香の前に、年上の女性と交際するのが趣味のような久保さんが現れた。相沢清香はここぞとばかりに久保さんに依存し始めた。

　このセンを煮詰めれば、相沢清香の殺意が浮かび上がってくるだろうか。

「逆に育子さんにとっては、清香はどういう娘だったんでしょう？　娘のことをどんな風に言っていました？」

　石井さんが考え込んだ。再び聞こえてきたチワワのうなり声に俺が首を回しかけたときだ。

「普通の子」

　ふと思いついたように石井さんが言った。

「え？」と俺は聞き返した。

「育子さんの口癖です。清香ちゃんのことを話すときには、必ず上につくんですよ。うちの清香は普通の子だから、この前こんなことを言っていたとか、仕事でこんなことをしたらしいとか」

　普通の子？

「それは、謙遜、みたいな意味でしょうか？」

「ああ、どうなんでしょうね。ただ、亡くなる前ぐらいのころは、聞いていて切なかったです。うちの清香は普通の子だから、きっと普通に結婚して、普通にお母さんになるわねって。もう四十をすぎた娘に、まだ結婚と出産を望んでいるのかと思うと、ちょっとね」

　いつまでも母親にべったりで、独り立ちできない娘。それを否定するための言葉だと考えれば腑《ふ》に落ちる。娘は依存的ではない、普通だと、母は自分に言い聞かせていた。だから、自分が死んでも大丈夫だと。

　取りあえず、このセンで押してみるしかないだろう。

俺が明日の取り調べに向けて、腹をくくったときだ。

「娘さんは……」

不意に瀬良が口を開いた。いつの間にかチワワを手にしている。

「どこに」

抱くのではなく、遠ざけるのが目的のようだ。チワワは鼻先に嚙みつこうとでもするかのように、小さく唸《うな》りながら瀬良に向けて首をねじっていた。

「え？」

石井さんが瀬良に聞き返した。

俺も意味が取れずに瀬良を見る。

「娘さんは……どこに、いますか」と瀬良が質問をやり直す。

石井さんの娘の居所を聞いているのだと、ようやくわかった。

「お嬢さんは、結婚して、家を出られたんですよね」と俺は言った。

聴取記録にはそうあった。それ以上は聞かなかったのだろう。他に記されていたのは名前だけだ。実家を出て、もう十二年も経っているのだ。無理もない。

「ああ、娘さんって、うちの娘ですか。それなら、ええ、結婚して、東京で暮らしています。品川のほうです」

体から離しているのを、渡そうとしていると理解したようだ。瀬良からチワワを受け取りながら、石井さんが答えた。

俺はちらりと瀬良を見た。が、瀬良はもう自分の仕事は終えたと言わんばかりにうつむいていた。

「お嬢さんからもお話をうかがいたいんですが、連絡先を教えていただけないでしょうか」

おそらくそういうことなのだろうと推測して、俺は石井さんに言った。

「娘は清香ちゃんとは親しくなかったですよ。性格が全然違いましたし。結婚した当初はあれですけど、子供が生まれてからは忙しくなって、こっちにくることもほとんどないですし。たぶんお話しするようなことは何も……」

「何もなければそれでいいんです。すみません。あらゆることを潰していくのが僕らの仕事なもので」

「でしたら、そちらにご連絡するよう、私から娘に伝えておきます」

「では、こちら、携帯のほうへお願いします」

俺は名刺を渡した。仕事用のスマホの番号が載っている。

丁重に礼を言って石井さんの家を辞し、二人で肩を並べて歩き出す。少し迷ったが、聞いてみた。

「石井さんの娘がどうかしましたか?」

ガラス玉の目で見つめ返されるかと思ったが、そんなことはなかった。

「似てたかも、しれない、と」

「似てた?　石井さんの娘と、相沢清香ですか?」

瀬良が小さくうなずく。

「比べるのは、似てるから、かも」

うつむき加減に歩きながら瀬良が答えた。確かに石井さんはことあるごとに自分の娘を引き合いに出していた。

もう一つ、気になったことを聞いてみた。

「犬が嫌いなんですか？」

同じくうつむいて歩いているだけだが、ずんと落ち込んだ気配がする。

「……私は、好きです」

でも、犬は瀬良を嫌いなのだろう。

悪いことを聞いた。

その後に近所の他の家も回ってみたが、相沢清香について情報と呼べるようなものを聞き込むことはできなかった。


夕方すぎから、他の捜査員たちが、三々五々、会議室に戻ってきた。最後に入ってきた高峰班長が部屋の前方に向かいながら俺に言った。

「石井さん、どうだった？」

俺は立ち上がり、あとを追うように班長の席に向かった。それを機に、みんなが班長のもとに集まる。

「新しい話は特に聞けませんでしたが」と前置きして、俺は石井さんから聞いた相沢清香と育子との関係を話した。

過保護な母親。親には従順な娘。依存的な母娘関係。母親がいなくなり、そこに代わるように久保さんがハマったのだとしたら……。

「些細なトラブルも殺しの動機になり得るわけか」と高峰班長が言った。

「はい」

「たとえば他に女ができたら……」

「きっかけとしては十分だと思います」

「それで押してみる?」

高峰班長が俺と門村さんを見比べるようにして聞く。

門村さんが苦い顔をしていた。同じ人に聞き込みをして、自分と違う話を持ってきたのが気に入らなかったのか。一瞬、そう思ったが、違った。門村さんが目を向けた迫田も、同じように苦い表情をしていた。

「俺たちは、今日、被害者の身辺をさらってきた」と門村さんが口を開いた。「相沢とトラブルになるネタがないか、もう一度、探してみたんだが」

門村さんの目配せを受けて、迫田が話を続けた。

「久保さんに新しい女ができた様子は、やはりありません。むしろ相沢とはうまくいっていたようで、事件の二日前です。久保さんが担当している客の一人がのろけ話を聞かされています。もちろん客のほうは相手が誰かはわかっていませんが、話の内容からして、相沢のことで間違いなさそうです」

つまり、事件の二日前まで二人はうまくいっていた。

このセンではなかったか。

落胆が顔に出たのだろう。門村さんが俺に言った。

「それから何かがあったのかもしれない。その後に担当した客で、まだ何人か、話を聞けてないのがいる。今日中に確かめておく。明日の朝までには報告書を上げる」

驚いて門村さんを見た。俺の落胆を面白がっているわけではないようだ。言葉にも他意は感じられない。

「ありがとうございます」と俺は素直に頭を下げた。

礼を言われるのは心外だと言わんばかりに、門村さんが目をそらす。

「でも、それ、僕ですよね」と迫田が笑いながら口を挟んだ。「報告書を書くの」

「しょうがない。手ぶらじゃ、調べはできない」

門村さんが生真面目に迫田に返し、さっきそらした目線を俺に戻す。微《かす》かにうなずくような仕草は、明日の取り調べへの励ましと、今日の聞き込みへのささやかな賞賛か。捜査員同士、何かが通じたのを感じる。

「ああ、そんじゃ、俺たちからも一つ」

津久井さんが手を上げ、国田さんに目を向けた。目線で譲り合うようにしてから、結局、津久井さんが話を続ける。

「ナカジマユウヤにようやく話が聞けた。何度も電話はしてたんだがな。警察をナメ腐りやがって、連絡してこねえ。出頭命令出すぞって留守電に吹き込んだら、ようやく折り返してきやがった」

「出頭命令はまずいでしょう」と高峰班長が顔をしかめる。

出頭命令は裁判所が出すもので、警察が出せるのは出頭要請。あくまで任意の要請であり、『お願い』だ。

「構いやしませんよ。そんなことを気にするタマじゃないし、留守電メッセージを消去したのは口頭で確認してます」

津久井さんは意に介さない。

俺は捜査記録の記憶を探った。中島祐哉《なかじまゆうや》は、美容学校時代の久保さんの友人だ。今は大阪在住。通話記録によれば、事件の三十分ほど前に久保さんのスマホに電話をかけている。相沢清香以外では、久保さんと最後に話した人ということになる。ただ通話自体は十分に満たない短いものだったはずだ。

「美容学校時代の仲間の連絡先を聞きたくて電話したそうだ」と俺たち全体に向けて津久井さんは話を続けた。「用件はすぐに終わって、久しぶりなので少し世間話をしていたら、マルガイが電話を切りたがった。女がくるから、と言ったらしい。マルガイの年上好きは仲間内では有名だった。どんな女か、中島が聞き出そうとしたら、マルガイは、話すまでもない、もう別れるつもりだと言ったそうだ」

俺は顔を上げた。津久井さんがにやりと俺に笑いかけた。勝ち誇ったような笑みだ。

「新情報ですね」と迫田が驚きの声を上げる。

「理由は何です？」と俺は聞いた。「久保さんが別れたがった理由は」

「飽きたからだそうだ」

「被害者がそう言ったんですか？」と高峰班長が問いただした。

「中島はそう証言してます」

高峰班長が確認するように国田さんに目を向ける。

「話したのは、津久井部長ですから」と国田さんは言った。

あくまで津久井さんの手柄だと言いたいのだろう。

「スピーカー通話で、お前だって聞いていただろうが」

「それは、ええ、はい。津久井部長のおっしゃる通りです」

高峰班長が俺を見る。

「これで揺さぶってみるか？」

飽きたから、そろそろ別れようと思っている。

頻繁に相手を替えてきた久保さんなら、いかにも言い出しそうではある。

「そうですね」と俺はうなずき、言葉を選んだ。「頭に入れておきます」

新しい証言だ。が、たった一人の証言だし、具体性に乏しい。弱い。

仕事にケチをつけたつもりはなかったのだが、津久井さんが気色《けしき》ばむ。

「その二日間で、女性客がついてねえか？」と詰め寄るように門村さんに聞いた。「年上の女性客。新規がいたら怪しいぞ。マルガイの野郎、年上好きのくせに、新しいもん好きだからな。そっちに気が行ったのかもしんねえ」

確かに、次の誰かがいたのなら、証言の信憑性《しんぴょうせい》は格段に上がる。

が、門村さんが首を振った。

「いいや、その二日間で久保さんが担当した客に新規はいない。その中でも年の離れた女性客には、優先して話を聞いた。まだ話を聞けていないのは、若い客と、もっと年上の、恋愛対象にはしにくい人ばかりだ」

「いくつだよ」

「六十代が一人。七十代が一人」

さすがにねえよな、と唇をかんでから、津久井さんが思いついたように顔を上げた。

「自分の担当じゃなかったかもしれない。他の担当の客でも、会話くらいはするだろ」

久保さんが働いていたのは、美容師を七人抱える、大きな店だ。

門村さんが少し考え、うなずいた。

「確かに。その可能性はあるか」

「手分けして調べんぞ」

高峰班長を挟んで、二人の巡査部長が捜査方針をひねり出す。班長はうなずきながら見ているのだから、これが高峰班のいつもの光景なのだろう。

「自分たちもやります」

俺は言った。他の捜査員は動き出している。

「いや、あんたらは明日から取り調べだろ。今日はもう帰ってくれ」

津久井さんが言い放つ。本当に俺たちを気遣っているのか、いられると邪魔だと感じているのか。

「大丈夫だ。ちゃんと報告書はまとめておく」

「たぶん僕がですけど」

門村さんと迫田にまで言われてしまうと、それ以上は言いにくい。目をやると、高峰班長もうなずいた。

「じゃ、今日はあがりで。あとはうちの班に任せてくれ」

それ以上手を出そうとすれば、高峰班の捜査能力に対する不信と受け取られかねない。

「わかりました。お願いします」と俺は頭を下げた。

3

時間の経過がわかりにくかった。外界からの刺激がほとんど入ってこないせいか、時間までもが閉じ込められ、固定されているような錯覚を覚える。次に扉を開けたとき、外では何十年という時間が経ってしまっているような、そんな漠とした不安に囚《とら》われる。取り調べる側すらそうなのだ。取り調べられる側が抱く不安感は相当なものだろう。

スマホで時間を確認した。朝の九時八分。さっき確認してから十分も経っていない。

スマホをしまったとき、取調室の扉が開いた。瀬良と塚本中央署の女性警察官が相沢清香をつれて入ってくる。

逮捕から数えれば今日で十日目。供述を拒否し続けている被疑者に初めて対面する。

貸与品だろう。着古されたグレーのスウェットの上下を身につけていた。胸の高さで整えられた髪は、事件の十日前に久保さんがカットしたものだ。多くの署では、女性被疑者にはある程度の配慮がされている。化粧水や乳液程度なら自費で購入して、使用できるはずだ。そうしたのかもしれない。留置場からきたというのに、肌には潤いがあり、やはり実年齢より若く見える。

デスクを挟んだ俺の向かい、奥の椅子に相沢清香を座らせ、瀬良が腰縄を椅子に固定して、手錠を外した。外した手錠は腰縄とともに相沢清香が座った椅子にかけておく。一連の動作を瀬良は無駄なくこなした。警察官としては当たり前なのだが、瀬良はこういうものは苦手だろうと勝手に思い込んでいたので、少し感心してしまう。

女性警察官が俺に目礼をして、取調室を出た。

瀬良は俺の斜め後ろにある小さなデスクの前に着席する。俺の前のデスクにはメモに使うノートがあり、瀬良のデスクにはノートパソコンがある。俺と相沢清香との中間くらいの壁にカメラが設置されていて、取り調べの様子を録画していた。

俺は改めて目の前の相沢清香を観察した。隔絶された、この狭い取調室で、ベテラン刑事たちを相手に一週間以上、供述を拒んだのだ。芯の強さや肝の太さを感じさせる相手だろうと思っていた。が、目の前の女性にそんな様子はない。かといって弱々しいというのとも違う。ふわふわしている。それが第一印象だった。ふわふわしているくせに、妙に安定している。

「今日の取り調べを担当します、和泉です」

機械的に簡潔に告げた。身分は明かさない。相手の反応を見たかった。

「つまんない顔してんね」

相沢清香は俺を一瞥《いちべつ》し、言った。

「よく言われます」と俺はうなずいた。「自分でもそう思います」

「どうせ童貞でしょ？　入った途端、今日は童貞臭いなって思ったもん」

視線を手元に落とし、自分の爪を指でこするようにしながら言う。

迫田の言った通りだ。悪口のレベルが小学生だ。

「匂い立つほどでしたか。すみません。匂いって、ほら、自分ではわかりにくいんで」

またちらりと俺を見て、相沢清香はすぐに視線を落とす。

「せめておしゃれしなよ。何だよ、その安っぽいスーツ。お金ないの？　まあ、底辺公務員だからしょうがないか。髪型もひどいね。自分で切ってんの？」

続けられても、さほど腹は立たない。悪口が軽いのだ。そういう意味でも小学生レベルだ。百人中百人から嫌われるだろうが、誰からも憎まれはしないだろう。俺も素で苦笑が漏れてしまう。

「ひどい言われようですね」

「そんで、後ろのは何なの？　刑事なの？　その顔、刑事に必要？」

「すみません。不要です。県警史上最大の無駄遣いと言われてます」

「薄い顔でにやけんなよ。気持ち悪いな。あんた、後ろの、狙ってんの？」

「まさか。俺なんかじゃ、手が出ませんよ」

「そうだね。その顔じゃね。そんな顔だと、生きててつまんなくない？　死にたくなんない？」

「いやあ、そういうのに、顔は関係ないと思いますよ。久保さんだって、男前だけど、悩みはあったでしょ？」

久保さんの名前を聞いた途端、相沢清香が閉じたのがわかった。雑談終了、黙秘開始。そういうことか。だが、ここまで喋るのだから、そこまで与しにくい相手ではないかもしれない。

まずは隣家の石井さんの名前をぶつけてみる。

「昨日、お隣の石井さんと話をしました。とても心配していましたよ。あなたのことをお母さんに頼まれていたのにと」

相沢清香の反応はない。表情が硬いわけではない。顔の筋肉はむしろ弛緩している。デスクの端を見つめ、ぼんやりと別のことを考え始めた。そんな顔だ。

しばらく石井さんの名前を持ちかけてみたが、反応はなかった。早々に諦めて、次は母親の名前を出してみる。

「お花が好きだったと聞きました」

石井さんの名前よりは期待できると思ったのだが、やはり反応はない。

「お父さんとお母さんは仲がよかったそうですね。お父さんが亡くなって、お母さんはひどく落ち込んだらしいじゃないですか。そんなお母さんをあなたは支えた。親孝行ですね。そのお母さんがいなくなってしまって、どう感じましたか？」

反応なし。構わずに続ける。

「人生に手応えがなくなったんじゃないですか？　親しい友人どころか、長い付き合いのある人はほとんどいない。お隣の石井さんくらいだ。それだって、お母さんの友達で、あなたの友達ではない。親戚付き合いもない。仕事も長く続いたものはない。パートの給料でどうにかやりくりできるのは、ご両親が遺してくれた家とお金があるからだ。ヨークサックって知ってますか？　卵から孵《かえ》った魚の稚魚。その腹についている袋です。稚魚は自分で餌を食べられるようになるまで、そこに入っている栄養で生きていく。あなたと同じです。あなたは両親から受け取ったものだけでこれまで生きてきた。自分の足で人生を歩いたことなどなかった」

怒るかと思ったが、当てが外れた。完全に無反応だ。ただうつむいて、デスクの表面を見ている。俺の言葉は聞こえているだろうが、聞いてはいない。

なるほど。手強《てごわ》い。何でもいいから揺さぶらないと付け入る隙がない。被害者の名前をぶつけてみる。

「久保さんと出会ったのは、五ヶ月ほど前でしたね。ずいぶん熱心に口説かれたみたいじゃないですか。嬉しかったでしょうね、誰かに求められて。あなたにとってはまさに王子様だ」

わずかに反応があった気がしたが、確信は持てない。たたみかける。

「この世界であなたを求めるのは、久保さんしかいなかった。移り気な、若い恋人です。自分は、これまで久保さんが絶え間なく乗り換えてきた恋人の一人にすぎない。その自覚はあったでしょう？　でも、それは仕方がない。そういう久保さんだからこそ、あなたは求められたんです。そのことで久保さんを恨むのは筋が違います」

先ほどのは気のせいだったか。相沢清香は緩んだ表情で脱力したままだ。俺のほうに力が入ってしまう。

無意識に手がデスクの表面を押すようにしていた。デスクから離して、両手を互いにさする。力を抜いてから、また両手をデスクの上に戻した。相沢清香が、その動作を目で追うこともない。

「久保さんを殺そうと思ったきっかけは何です？　ナイフを持って出たのなら、それを使う気があったんですよね。何で十徳ナイフでした？　包丁とか、他にもあったはずです。たまたま目についたということでしょうか？」

やはり無反応。

仕方がないと覚悟を決めた。もとより、この取調室に入ったとき、俺がたずさえてきた武器は一つしかなかった。

住野映子《すみのはるこ》。

昨晩、高峰班が必死に割り出してくれた名前だ。今朝、俺は迫田がまとめた報告書を受け取っていた。

住野映子は、事件前日、久保さんが勤める美容室に初めて訪れた客だ。年齢は三十九歳。別の女性美容師が担当したが、ヘアカラーの待ち時間に久保さんとお喋りをしている。釣り好きの住野映子と、最近、釣りに興味を持ち始めた久保さんはその話で盛り上がる。施術が終わって美容室を出た住野映子を、久保さんが密《ひそ》かに追いかけてきたという。これまでの店への聞き取りで割り出せなかったのはそのせいだ。店には内緒でメッセージアプリのアカウントを交換したい。久保さんの申し出を、住野映子は断った。そのアプリを住野映子が使っていなかったためだ。

『でも、正直言って、悪い気はしなかったです。だから、また次の機会にって言って別れました』

俺は静かにその名前をぶつけた。

「住野映子さん。ご存じですよね」

瞬時に賭けに負けたことを悟った。天を仰ぎたくなったが、被疑者を前にそんなわけにもいかない。

「ああ、名前は聞いてなかったですか。それがあなたのあとに久保さんが付き合おうとしていた女性です」

意地で態勢を立て直す。

「そういう人の存在も聞いてなかったですか？　ただフラれただけ？　それとも、事情を聞く前に刺しちゃいました？」


取調室の空気が重くなって、肩にのしかかってくるようだった。

夜の八時を回っていた。

誰もいなくなった取調室で、俺は両腕を垂らし、デスクにおでこをつけていた。

昼休憩を挟んだあと、午後は二回にわけて取り調べをしたが、相沢清香の態度は変わらなかった。さわり程度の雑談にならなら、罵詈雑言で応じる。が、事件に関係する話になった途端、閉じてしまう。

すでに今日の取り調べ時間は、警察庁が適正な取り調べの目安としている八時間を超えている。これ以上の取り調べは諦めざるを得なかった。仮に続けたところで、結果は同じだろう。

体同様、頭も重くよどんでいる。

それは敗北でさえなかった。被疑者に相手にすらされなかったのだから。

誰かが入ってきた気配に体を起こす。

高峰班長だった。

高峰班長は俺の前に回り、被疑者の席に腰を下ろした。

「すみませんでした」

その顔をまともに見られず、俺は頭を下げた。

高峰班が中心となって築き上げ、今朝までかけて整えてくれた山に、俺は旗を立てることができなかった。どころか山を崩してしまった。

「仕方ないさ。ネタが違ったんだろう」

それはそうだと思う。たぶんあのネタでは、『住野映子』の名前では、誰がやっても相沢清香は落ちなかった。が、実際に無様な失態を演じたのは俺だ。高峰班長に罵倒されても文句は言えなかった。むしろそうしてほしかった。高峰班に顔向けできないのと同時に、俺は本部や宮地班の顔も潰してしまった。お前らがえらそうに送り込んできたのが、これか、と。

「諦めるわけにはいかない」と高峰班長が言った。「恋人をナイフで刺し殺しても、殺人じゃないなんて、そんな馬鹿げたことがあっちゃいけない」

「はい」

「それにあの態度。犯行を反省しているとはとても思えない」

「そうですね」

「次から次へと女を乗り換えて、ろくな男じゃない。だが、殺されていいはずがない」

「もちろんです」

「相手の女は、みんな独身だった。被害者なりに真剣な思いはあったのかもしれない。何人か、過去の恋人に話を聞いたが、被害者を悪く言う人はいなかった。マメに連絡もくれたし、優しかった」

「はい」

『子犬みたいな人で、こんな年上のおばさんが付き合ってていいのか。何だか悪いことをしている気になりました』

聴取記録の中で、過去の恋人の一人がそう語っていたのが印象に残っている。

久保さんはたぶん、無邪気な人だったのだ。その無邪気さで恋人を傷つけることがあったかもしれないが、殺されていいはずがない。

「検察には必ず殺人で起訴させる」

「はい」

「が、ひとまず」と言って、高峰班長は腰を上げた。「今日のところは帰れ」

「え？　いや、でも……」

「僕らも帰るよ。一回、頭を冷やそう。次に打つ手を一晩、考えてみてくれ。うちの連中にもそうさせる」

「そうですか」と俺はうなずいた。「わかりました」

留置場に相沢清香を戻した瀬良を待って、俺たちは塚本中央署を出た。

瀬良とはいつもの駅で別れ、俺は一人、県警本部庁舎に足を向けた。捜査第一課の刑事部屋には、まだ多くの人がいた。宮地班のシマにも仲上さんと喜多さんが残っていた。二人とも書類仕事に追われているようだ。俺たちがいたら、間違いなく俺と瀬良の仕事だっただろう。さっさと終わらせる、話しかけんじゃねえ、という強いオーラを喜多さんの背中に感じる。気圧《けお》されていると、仲上さんが顔を上げてくれた。

「おお。お疲れさん。塚本中央署はどんな調子だ？　否認事件だろ？」

「なら、まだマシです。黙秘です」

「完全に？」

「いえ。世間話程度なら」

「じゃ、瀬良よりマシじゃないか」

仲上さんが言い、俺は笑った。釣られて喜多さんも肩だけで笑う。

「都倉さんは？」

「もう帰ったぞ。一時間以上前だ」

「そうですか。じゃ、俺もお先に」

本部庁舎を出て、近くにある喫茶店に向かった。十時を回っていて、店に客は多くない。長身瘦軀の姿はすぐに見つかった。奥のソファ席に進み、声をかける。

「今、いいっすか？」

都倉さんが読んでいた新聞から顔を上げ、うなずいた。テーブルには空になったコーヒーカップと電子煙草がある。

俺が都倉さんの向かいに腰を下ろすと、マスターがやってきた。

「もう三十分くらいで閉店だけど」

天然パーマの髪を中途半端に伸ばしている。注文を取りにきたというより、追い出しにきたようにも見えたが、了解を告げて、コーヒーを頼む。

「ああ、俺もおかわりをくれ」と都倉さんは言った。

マスターが遠ざかるのを待って、都倉さんが小さく笑った。

「お前に行動を読まれるようじゃな」

最近、都倉さんが終電で帰っているのを俺は知っていた。そうする必要がない日でも遅くまで署に残っていたし、俺が終電で帰るとき、ずっと前に署を出たはずの都倉さんが同じ電車に乗るのを何度か見かけていた。

都倉さんは酒よりも煙草とコーヒーを好む。県警本部の周囲で、煙草を吸える喫茶店は多くない。その中で、静かに落ち着いてすごせるのはここだけだ。俺の読みは当たった。

「早川さんと、会ってますか？」

都倉さんが遅く帰るようになったのは、ペアを組んでいた早川さんが心を壊してからのことだ。早川さんは今、休職扱いになっている。

「しばらく会ってないな」

今は会ってもしょうがないということか。都倉さんでも引き上げられないというなら、早川さんは相当深いところに落ちているのだろう。はたして、刑事として復帰できるのか。

刑事であることに耐えられなくなるときもある。そして、逆に、刑事であるから耐えられるときもある。今の都倉さんがそれだと思う。

家に帰れば、刑事という職業を脱がなければならない。仕事の話はできない。愚痴だって言えない。だから、刑事のまま終電まで粘る。

「ご家庭は大丈夫ですか？」

問い返すように上げた視線を都倉さんはすぐにそらした。また小さく笑う。

「幸い、離婚はしてないよ」

「そうですか」

「娘が小五で、再来年の頭に受験」

「中学受験っすか。優秀なんですね」

「受験だからって言っておけば、ゴールデンウィークも、夏休みも、正月も、家族旅行に行かない理由にできる。中学に上がれば、もう親と旅行に行きたがらないだろうってな、妻に言われた」

「奥さん、策士ですね」

「諦めがいいんだ。俺に対しては特に」

マスターがコーヒーを二つ持ってきて、俺は黙り、都倉さんは電子煙草を手にした。俺たちの前にコーヒーを置き、空のカップを下げてマスターが立ち去る。

都倉さんが煙草の煙をゆっくりと吐き出した。少し疲れたように目頭を揉《も》んでいる。気分でないのはわかるが、俺も他に頼れる人はいない。コーヒーを一口飲んでから切り出した。

「塚本中央署の事件。今日、取り調べを任されたんですけど、失敗でした。八時間、被疑者に話しかけ続けて、手応えが全然ありません。どうすればいいか、知恵を貸してください」

「面倒臭《くせ》えな」

「ひどいっすね。俺、都倉さんの身代わりですよ」

「知らねえよ」

苦笑しながらゆらりと上げた都倉さんの顔はいつものものに戻っていた。

「材料は足りてんのか？」

犯罪事実の裏付けはできる。が、殺人罪にするほどの物証も、証言も集められていない。

俺は正直にそう答えた。

「材料集めて、やり直せ。それまでは取り調べもするな。どうせ喋らねえよ」

「それはそうなんでしょうが」

「何だ？」

「黙秘は黙秘なんですけど、普通とは違う気がします。罰から逃れようとか、軽くしようとか、そういうのとは根本的に違うというか」

そもそも相沢清香は久保さんを刺したあと、自分で一一〇番通報している。自首したようなものだ。供述を拒否する態度と一貫性がない。

「検察はどう言ってるんだ？　鑑定留置も視野に入ってるのか？」

思いがけない指摘だった。

被疑者の刑事責任能力に疑義が生じた場合、精神科医の鑑定を受けるために被疑者を特別に留置するのが鑑定留置だ。通常、二、三ヶ月を要し、この間は勾留期間に含まれない。

「いえ。まだそこは考えてないと思います」

相沢清香に違和感は抱いたが、精神的な疾患は考慮に入っていなかった。その可能性を考えてみたが、安易に答えは出せなかった。確かに幼児性は強く感じる。が、刑事責任能力に問題があるとまでは思えない。

「今更、お前に言うまでもないだろうが、取り調べに決まった手法なんてない。最低限、言えるのは、十分な材料を集めること。あとは引くのか、押すのか。その選択とタイミングを間違えないこと。俺に言わせれば」

都倉さんはまた電子煙草をくわえて、ゆっくりと煙を吐き出した。

「被疑者はみんな喋りたがっている。程度の違いはあるにしてもな」

「自分が犯した罪をですか？」

「自分の正当性をだ。自分は確かに悪いことをしたかもしれない。けれど自分と同じ立場になったら、お前だってやるだろ？　少なくとも、やるかもしれないだろ？　やつらは、そう言いたいんだよ。俺たちにわかってほしいんだ。だから、わかってやればいい」

「わかったふりをする？」

「本気でわかってやるんだ。自分だってその立場だったら、同じことをしていた。本気でそう思えるまで、とことん話を聞いてやれ。その上で憎め。被疑者も、被疑者をわかってしまえる自分も」

淡々と言うその言葉に取調官としての凄みを感じる。

「憎むんですか」

やはり都倉さんとの距離は遠い。

「十分に憎んで、事件を解決したら、許せる順に許してやればいい」

「許せずに残ったものは？　一生、憎むんですか？」

素朴な俺の問いかけに、都倉さんは醒めた視線を返した。

「ああ、そうだよ。一生、憎むんだ」

すぐに俺から視線をそらし、都倉さんは一度、唇を強く結んだ。その姿は、喋りすぎたことを悔やむ被疑者に似ていた。

都倉さんはもう一度、電子煙草を口に運ぶと、煙を吐き出しながら、肩と言葉から力を抜いた。

「まあ、取り調べなんて、うまくいくのも、いかないのも、ほとんど運みたいなもんだ。歯が痛み出したから喋る気をなくすやつもいるし、急にクソをしたくなったから喋っちゃえと思うやつもいる。だから、お前」と都倉さんは言った。「うまくいかなくても、気にするな」

今年の秋。あと半年で都倉さんは班からいなくなる。その後釜にと期待されているのは、今回、塚本中央署に送り込まれたことからもわかる。警部補でない俺が本部で取調官を務める。誰からも文句を言わせないほどの実績を重ねていかなければならない。

「そうもいかないです。宮地班のメンツもかかってます」

「宮地班のメンツかあ」と都倉さんは笑った。「それなら、頑張れ。そうだよな。瀬良の初仕事でもあるしな」

「それは関係ないです」

「どうだろうな」とさらにからかうように笑い、都倉さんは手の甲を俺に向けて振った。「明日もあるだろ。景気づけに、ここはおごってやる」

もう行けということだ。

「すんません。ごちそうになります」

残っていたコーヒーを飲み干して、俺は席を立った。店の外に出る。思いがけず冷たい風が頬を打つ。首をすくめて、俺は足早に駅へと向かった。

新しい武器はなく、状況を打開する奇策もない。今日の取り調べは見合わせるべきだ。

俺はやんわりとそう主張した。

何か他のネタをつかむまで、取り調べはしないほうがいい。このまま続けても、こちらに手札が何もないことを教えるだけだ。

話が通じなかったわけではない。高峰班長は理解はしてくれた。が、刑事手続きは時間との闘いでもある。

「勾留延長請求をしてもらわなきゃいけない。殺人で起訴できる、ある程度の感触は検察に伝えたい」と高峰班長は言った。「取りあえず、揺さぶってくれ。殺したと、殺すつもりが少しはあったと、どんな言い方でもいいから、その一言を喋らせてくれ」

勾留してから今日が八日目だ。最初の勾留期限は十日間。そろそろ検察に勾留延長請求をしてもらいたいタイミングだ。俺としては受け入れるしかない。

4

今回も留置場からの出場手続きは瀬良に任せ、俺は取調室に入り、相沢清香を待った。

昨日、都倉さんに言われたことを思い返す。それは同化しろということなのだろう、と一晩考えた末に理解した。被疑者と同化すれば、被疑者にとって俺はもう取調官ではない。鏡に向かって、自分に話しかけるのと同じように、胸の内を語ることができる。

けれど、そんなことが本当に可能なのだろうか。もし都倉さんが、その姿勢を貫いているのなら……。

その有り様に、俺は心底ぞっとする。

いったいこれまで、都倉さんは何人の殺人者になり、何人の強姦者になり、何人の強奪者になったのか。

取調室のドアが開いた。瀬良と、今日は迫田が相沢清香を連れてくる。

昨日と同様、瀬良が相沢清香の腰縄を椅子に固定し、手錠を外す。

「それじゃ」

俺にとも瀬良にともつかず声をかけ、迫田は最後に祈るような強い視線を俺に向けてから取調室を出ていった。

音を立てずに息を吸い込んで、俺は相沢清香に視線を向けた。

感じたのは、戸惑いだった。

相沢清香が俺を見ていた。その視線が昨日とは違う。

喋るんじゃないか。

そんな気がした。

「おはようございます」

それが錯覚かどうか、慎重に探りながら俺は言った。

「昨日の夜は寒かったですね。遅くになって急に冷え込みました。ちゃんと眠れましたか？」

本題に入る前の雑談だ。汚い言葉で応じるだろう。そう思ったが、返事はない。それが逆に、何かを言いたそうな気配に思える。

「今日は事件のこと、話してもらえますか？」

相沢清香は目を伏せた。それきり、動かなくなる。

さっきのは俺の都合のいい錯覚か。あるいは、たった今、気が変わったのか。歯が痛んだせい？　出そうだったクソが引っ込んだか？

とにかく今日も相沢清香は喋らない。それはそうだ。あれだけ沈黙を続けた被疑者が、何のきっかけもなく喋り始めるわけがない。

体の力が抜けたときだ。相沢清香が顔を上げた。

「何を話せばいい？」

居直った風ではない。投げやりというのとも少し違う。つなぎ止めていた糸が切れたみたいだった。ふわふわとした相沢清香は、風を送ればその方向に、今日は動き出しそうだった。

「事件のことを」と言って、俺は言い直した。「事件の当日のことを聞かせてもらえますか？」

声がかすれそうになって、俺は軽く咳払いをした。

「スーパーでの勤務を終えて、あなたは久保さんのアパートを訪ねましたね。到着したのは午後九時ごろ」

相沢清香がうなずく。

「久保さんとは、そこでどんな話を？」

「好きな人ができたから、別れたいって言われた。住野映子って女。その人と付き合いたいから、別れてくれって」

「それで、あなたはどうしました？」

「どうって……刺した」

「持っていた十徳ナイフで？」

「そう」

「どこを？」

「お腹の横、脇腹のところ」

「ナイフを手にしたのは、いつです？」

「いつ？　……いつって、刺す前だよ」

「つまり、刺すために手にしたのですね？　たまたま手に持っていたのではなく、久保さんを刺すために、ナイフを手にした。そして、刺した」

「そう」

重要な供述だ。刺す意思を完全に認めている。

「ナイフはどこにあったんです？」

「……私のバッグ」

「ナイフはあなたが自分で持ってきた」

「そう」

「なぜです？」

「拓実くんを刺すため」

「別れ話をされる前から、刺すつもりだったんですか？」

「別れ話をされるとわかってたから」

「久保さんが、そう匂わせた?」

「……匂わせた?」

「久保さんが、そう思わせたということではないんですか?」

「うん。そう」

「いつです? いつそんな話を?」

「……ずっと前から」

以前から、久保さんは別れを匂わせていたのだという。付き合っている間、相沢清香はずっと不安を抱えていた。それでも久保さんと別れたくはない。不安はいつしか久保さんへの憎しみに変わっていった。

「なぜこんな思いをしなければいけないんだろうって」

愛情と憎しみがない交ぜになったまま、久保さんとの付き合いは続く。ナイフを買ったのは、そんなときだった。

「持っていると安心した。いざとなったら、拓実くんを殺して、私も死ねばいい」

久保さんと会うときには、必ずその十徳ナイフを持っていくようになった。

ナイフを忍ばせながら、久保さんと会い、今日は別れ話をされなかったことにほっとしながら別れ、次の約束にはまたナイフを忍ばせて会いにいく。そんな関係が、あの日、破綻した。

あの夜、部屋に相沢清香を迎え入れた久保さんは、すぐに別れ話を切り出したという。

「どう言われたんです?」

「よく覚えてない。頭が真っ白になって。ああ、でも、住野映子っていう名前は覚えてる」

「刺したのは、何かきっかけが？」

「何も。あ、いや、覚えてない。頭が真っ白で」

「では、殺意も否認しますか？」

「サツイモヒニン？」

「殺すつもりはありましたか？」

「それは、あったよ」

「頭が真っ白だったのに、そこはわかるんですか？」

「だって、ナイフで刺してるから」

その時点では久保さんは死んではいなかった。が、死んだものと誤解して、一一〇番通報をする。そして二人の警察官がやってくることになる。

「十徳ナイフだったのは何でです？　包丁だってよかったでしょう？」

俺が前に捜査した事件の犯人は、人を刺すために包丁を持ち出していた。凶器として選ぶならそのほうが自然だ。

「それは……たまたま目について」

同じことを何度も聞き返した。が、相沢清香の証言はぶれない。ぶれないことが俺を混乱させる。素直に自白する被疑者の供述だって、ある程度はぶれる。記憶の混乱。被疑者の思惑。いろいろなものが絡み合って、ぶれるのが当たり前だ。なのに、相沢清香の供述は終始ぶれない。

「和泉、さん」

瀬良に声をかけられ、俺はふっと我に返った。いつの間にか、入れ込みすぎていたことに気づいた。目を覚ましたような気持ちで、瀬良を振り返る。

「時間」

スマホで時間を確認する。もう正午近くになっていた。

「長くなりました。休憩しましょう」と俺は相沢清香に言った。

気づけば、俺と同様、相沢清香もぐったりしていた。

瀬良が席を立ち、相沢清香に手錠をかけて、椅子の腰縄をほどく。

今日は俺と瀬良とで相沢清香を留置場に戻した。

塚本中央署には、女性被疑者のみを留置し、女性警察官が常時業務にあたる女性専用の留置場がある。県内の所轄署で同じ施設があるのはここを含めて三ヶ所だけだ。他署から女性被疑者が移送されてくることもある。

手続きをして留置担当官に相沢清香の身柄を引き渡し、留置施設内に入っていくのを見送った。受付に残った女性係官に聞く。

「昨夜の担当の人に会えますか？」

「昨夜なら、私もいましたけど」

「昨夜、相沢清香に何か変わったことはありませんでしたか？」

「変わったこと？」と俺に聞き返し、一度瀬良に目をやってから、彼女は首を横に振った。「いえ、特に変わったことはなかったです」

「そうですか。ありがとうございました」

俺はきびすを返したが、瀬良は動いていなかった。

「何か」と目を伏せたまま呟く。

「え？」と女性係官が聞き返す。

「特にでなく、なら……」

女性係官はぽかんとしたあと、俺を見て、瀬良に視線を戻した。

「ああ、あの、特別なことでなくていいなら、本当に、特にって話ではないんですけど、昨晩、セイリが」

『セイリ』を『生理』と変換するのに、少し時間がかかった。

「替えの下着と、あとナプキンを支給しました」

確かに、特に変わったことではない。それとも、歯痛や便意でも作用するなら、生理のせいで自供したくなる被疑者もいるのだろうか？

「昨夜はかなり体調が悪そうでしたけど、朝はすっきりしていましたので、取り調べにも出したんですが。あの、何かありましたか？」

「いいえ。何でもないです。ありがとうございました」

重ねて礼を言い、瀬良とともに会議室に戻った。取り調べの様子を見たのだろう。高峰班長が興奮を隠さない足取りで近づいてくる。

「やったな」

両手で挟むように俺の腕をばんばんと叩く。

「やってくれたな。ありがとう」

「あ、いえ。自分は何も……」

「やっぱり実名が効いたんですよ。住野映子。あの報告書書いたの、僕ですからね」

迫田も笑顔だ。会議室全体が、一山越えたような達成感に包まれている。

浮かない顔をしているのは、門村さんと津久井さんだけだ。やはり面と向かって取り調べをした二人は、突然、供述し始めた不自然さが引っかかるのだろう。

意見を聞きたくて、二人を見た。

門村さんは考え込むような仕草のまま、俺に視線を向けてくれなかった。

津久井さんとは目が合った。気まずそうな顔になる。

「何がきっかけになったのかはよくわかんねえが」と津久井さんが渋々と口を開いた。「まあ、でも、そういうもんだよな。本人にだって、よくわかってねえんだろ」

納得はできない。が、そもそも犯罪捜査など納得できないものの積み重ねだ。そう言いたいのだろうし、そう言われてしまえば、それはその通りだとうなずくしかない。


午後になっても、相沢清香の態度は変わらなかった。饒舌ではないが、こちらの質問には答える。

ずっと自分のことを大切に育ててくれた母親が死んで以来、何の変化もない日々だった。久保さんと出会って、すべてが変わった。行き帰りのバスで見かけた乗客のこと。勤務中、スーパーで見かけたお客さんのこと。昼休みに会話をした同僚のこと。些細なことでも、久保さんは熱心に耳を傾けて、その話を面白く膨らませ、笑ってくれた。

「ああ、楽しいかもって、生きてて初めてそう思った」

あの夜もそうだった。勤務中にどんなことがあったか。それを久保さんにどう話そうかと考えながら、アパートに向かった。が、いきなり久保さんから別れ話を切り出された。横っ面を張られた気分だった。それから先はあまり覚えていない。怒りだったのか、悲しみだったのか。激しい感情に流されるまま、いつも持っていたナイフを手にした。別れたくない、というようなことを叫んだ気がする。言い争いになり、久保さんの体に向けて、闇雲にナイフを突き出した。久保さんが倒れた。しばらくうめき声を上げたあと、久保さんは動かなくなった。一一〇番通報をして、警察の到着を待った。

曖昧な点は多い。が、ぶれてはいない。現場の状況との矛盾もない。

それでも何かが引っかかる。これまでに読み込んだ捜査記録を思い返してみるが、やはり矛盾点は浮かばない。

夕方の五時を回っていた。自白が取れたのだ。無理をする場面ではない。

取り調べを終えるつもりで、瀬良を振り返った。俺の気配に、瀬良が視線を上げる。瀬良と目が合った。

まだ終わりじゃないですよね？

ガラス玉の目が言っている。

俺はたじろぎ、俺がたじろいだことに瀬良は目を見開く。

以前は腹が立った。今はそれもなくなった。

何を聞けばいい？

視線だけで瀬良に問い返す。

瀬良が目線を外した。

「……声」

俺の首の辺りを見ながら言う。

声？

「順番。大木さんが……」

大木？

顔を浮かべてから、思い出した。

その通りだ。自分で自分が嫌になる。話した相手は俺だったのに。

「確認させてください」と俺は相沢清香に向き直った。「久保さんを刺したところです。まず、あなたが別れたくないというようなことを叫んで、それから言い争いになり、その後に久保さんを刺した。間違いないですか？」

俺の顔色を読むようにしたあと、相沢清香は顔を伏せた。

「そんなの、はっきり覚えてないよ。そうだったと思うだけで、違ったかも」

俺が大木から直接聞いた話だ。隣の住人は、まず『殺せ』という男の叫び声がして、次に『やー』という女の悲鳴が上がったと証言したはずだ。

その後、捜査員も同じ住人に聴取をしているが、聞き方がずさんだったのだろう。聴取記録には『男女が言い争う大きな声を聞いた』とだけ記されていて、内容には触れていなかった。が、どちらが先に声を上げたかで、想像される二人の行動は違ってくる。

「声を上げたのはどちらが先だったか、思い出せませんか？　そのときの動きを一つ一つ順番に思い出してみましょう。久保さんに別れを切り出されて、バッグの中のナイフを取った。バッグはどこに？」

「……棚の、上。ベッドサイドの」

「利き手は左手でしたね。ナイフを取ったのも左手ですか？」

「はい」

「構えたのは、片手で？　それとも右手を添えて、両手でしょうか？」

「ナイフを取ったところから、頭が真っ白で、思い出すのは、ちょっと」

ナイフは脇腹の下からやや上向きにえぐるように体内に入っている。

「一つ一つでいいです。順番にいきましょう。ナイフを構えた場所はどの辺りでしょう？」

俺にそうするよう促され、相沢清香は腰の位置から胸の高さまで、ナイフを構える仕草をいろいろと試した。が、首を横に振る。

「やっぱり、思い出せない。そんなの、どうでもよくない？　私が刺したことに違いはないんだから」

ここまでやって思い出せないなら仕方がない。取り調べはそこまでとした。

瀬良と迫田に身柄を任せると、俺は会議室に戻り、今日の分の供述調書に取りかかった。二時間ほどで書き上げ、高峰班長に提出する。午後七時半。帰宅した捜査員はいない。自然と高峰班長の前にみんなが集まってくる。

「犯行当日の行動をすべて述べた時点で、まとめて署名させます」

ざっと読んで、高峰班長が顔を上げた。

「最後のところ、やけにこだわってたけど、気になる？」

隣にきた津久井さんに俺が書いた調書を回す。

「声の順番ですね。記録には残っていませんが、第一臨場した地域課の大木巡査部長は、アパートの住人からもっと詳細な証言を得ています。最初に男の声がして、次に女の悲鳴だったはずです」

「そうなのか？」

「あ、いや」

高峰班長に聞かれ、迫田がしどろもどろになる。住人の聴取は迫田がしたようだ。

「確認しておけ」

迫田に命じて、班長が俺に目を戻す。俺は話を続けた。

「声については、犯行時に何があったのかを判断する材料として、今のところ、唯一、被疑者に頼らなくて済むものですから。固めておきたいです」

「この点は、うちのミスだが、殺意は否定していないんだ。あまりいじらないほうがいいかもしれないよ」

いじらないほうがいい？

俺が問いただそうとしたときだ。

「上申書、書かせましょうや」

ざっと読み流した調書を門村さんに回して、津久井さんが言った。

「上申書ですか」と俺は言った。

自らが犯した罪について、被疑者自身が書き記したものを上申書という。捜査員が記した文章に被疑者が署名するだけの供述調書と違い、被疑者自身が書いた文書は、事案解明の助けになることもあるし、自白の任意性の証明にもなる。が、今回の場合、相沢清香は犯行時の記憶が曖昧だし、もともと取り調べは録画、録音されている。任意性が問題になることはない。にもかかわらず、津久井さんがそんなことを言い出した理由は一つしか考えられない。

自信がないのだ。

何らかの理由で、津久井さんは相沢清香の供述内容に確信を持てていない。そこに嘘が紛れていないかと疑っている。もしくは……そこに嘘が紛れていると知っている。

真意を問いかけた俺の視線をいなすように、津久井さんはひらひらと手を振った。

「結局は自白の内容がキーになる。自白偏重だって言われたって、部屋に二人きりで、一人は死んでるんだ。何があったかなんて誰にもわからない。反省を示せば、判決に情状酌量が期待できる。そう言えば、書くんじゃないか？」

説明になっていない。俺はさらなる説明を求めようとしたし、津久井さんは身構えた。が、俺が何か言う前に、高峰班長が口を開いていた。

「そうですね。私もそれがいいと思いますけど、どうです？」

高峰班長が門村さんを見やった。

「異存ありません」

「じゃ、そういうことで」と高峰班長は言った。「明日からの調べは津久井さん、お願いします。上申書の件も併せて」

「わかりました」

「補助には女性をつけましょう。津久井さん、強面ですから」

「取り調べ、交代ですか？」

話の成り行きが急すぎた。俺は慌てて口を挟む。

「ここまでよくやってくれた。ありがとう」

「だったら……」

「これはうちのヤマだから。あとはうちに任せてくれ。派遣期間はまだあるから、捜査のほうで汗をかいてもらう」

にっこりと笑って、高峰班長は付け足した。

「よろしく頼むよ、和泉部長刑事」

警察組織において、巡査部長が警部補の命令に異を唱えるなど、あり得ない。そうだよね？

高峰班長の目はそう言っていた。それにしても、この人の目は最初からこうだっただろうか。色白で面長の顔に似合わないげじげじ眉毛。その下の目は口元と違って、少しも笑ってなどいなかった。

脇に立たれて驚いた。瀬良に驚いた風がないのは、気づいていたからか、動揺していないだけか。

「尾行、うまいんですね。今度、コツを教えてください」

夜九時近くの上りの特急。今日も乗客は多くない。ボックス席に並んで座っていた俺と瀬良の脇にふらりと現れたのは国田巡査長だった。

「尾行したわけでは。声をかけ損なって、ついてきてしまいました」

いかつい顔が悩ましげに曇っている。

「何か話が？　次で降りましょうか？」

閑散とした車内を見渡し、国田さんはボックスに入ってきた。

「いえ。次の駅までに済む話です」

俺たちの前の席に腰を下ろす。

「上申書の件ですか？」と俺は聞いた。

国田さんがうなずく。

「相沢清香の取り調べ。最初に担当したのは津久井部長です。次に門村部長。次に高峰班長がやっています」

「ええ。知っています。記録にもそうありました」

「取り調べの中身は？」

「みなさんから、様子を教えてもらいました。黙秘で供述が取れていませんから、それ以上は何も」

録画記録はあるだろう。が、俺がくる前、およそ一週間分の取り調べをすべて見ようと思えば長時間に及ぶ。長い時間をかけて、黙秘する被疑者を眺めても仕方がないと思い、録画記録までは見ていなかった。

「津久井部長は黙秘する被疑者を挑発したんです」

「挑発、ですか？」

お前なんて、すぐに捨てられたに決まってるだろう？　あんな若い恋人がいつまでもお前と付き合うと思ったか？　思わねえよな。そこまで図々しくねえだろ。不安だったよな？　いつフラれるか、びくびくしてたよな？　久保の野郎に、ずっとそういう態度を取られていたんじゃねえか？　ひどい話だよな。何でこんな思いをしなくちゃいけないのか、そう感じただろ？　そりゃ腹も立ってくるよな。若いってだけで、お前さんの気持ちをもてあそんだんだから。怒って当然だ。怒らねえほうがどうかしてる。言い争いになったんだろ？　隣の住人が聞いてるぞ。お前さん、すごい勢いで怒ったそうじゃねえか。

「いかにも津久井さんが言いそうですね」と俺は少し笑った。

挑発的だが、取り調べとしては許容される範囲だ。

「門村部長は、状況を整理して聞かせました」

いつかきっと捨てられる。不安を感じたあなたは、その不安をどうにかしようとした。当然です。自然な心の働きです。ナイフを買ったのはそのためですよね。ナイフを持っていれば、あなたは安心できた。いざとなったら、このナイフで久保さんを殺してしまえばいい。そのあと、自分も死ぬつもりでしたか？　そう考えるのも自然なことです。だから、あなたは毎回、久保さんと会うときには買ったナイフを持っていった。それが異常なことだとは私は思いません。何もおかしなことなどないです。

「高峰班長は同情を示しました」

あんなに若い恋人を殺してしまって、あなたもショックだったでしょうね。話せないのも無理はないですよ。頭の中が真っ白になったでしょう。それは、そうなりますよ。普通、そうなります。だから、今、わかっている状況の中から、あなたが何をしたのか、一緒に考えてみましょう。ナイフで刺したんです。常識的な人間なら、死んじゃうかもしれないくらいは考えるでしょう？あなただってそうだった。実際に死んでしまったのは、運が悪かったんです。

国田さんが言いたいことがわかってきた。

「相沢清香の供述は、三人が取り調べで発した言葉を組み合わせただけだと？」

「いいえ。四人です」

そうだ。もちろん四人だ。四人目は俺だ。

母親が死んで人生に手応えがなくなったんじゃないですか？　そこに久保さんが現れて、あなたは安定した。が、その安定を住野映子が壊した。だから刺した。何で十徳ナイフでした？　たまたま目についたということでしょうか？

俺の言葉は、確かに相沢清香の供述に組み込まれていた。

「相沢清香の供述は、四人の取調官の誘導によって作られたもので、本当の意味での自白ではない？」

「そう受け取られるおそれがある、と言ってるんです。取り調べの映像記録を丁寧に見れば、そう受け取る人が出てくるかもしれない。だからこその上申書です」

「被疑者の供述を聞いて、三人はそれが自分たちの言葉をつなげただけの嘘だと気づいた。だからこその上申書では？」

「私は被疑者は真実を語っていると思います。それが取調官の言葉と重なったのは、取調官が真実をついていたからです。客観的状況から考えても不自然ではない。取り調べにも、捜査にもミスはないと信じています」

そう言われてしまえば、否定のしようがない。沈黙した俺の機嫌をうかがうように、国田さんが上目遣いに聞いた。

「この件、本部にはどう報告しますか？」

「詳細な報告なんてしません。高峰班長が言った通り、これは塚本中央署のヤマです」

「何らかの形で問題になることは？」

国田さんが現れた理由がようやくわかった。捜査方針に疑念を感じた俺が、本部の誰かに注進するのではないかと不安になったのだ。たとえば宮地班長を通して菅野一課長にチクるのではないかと。

さすがにむっとした。

「自分が何かをすることはありません。国田さん。これは高峰班長の命令ですか？　釘を刺しておけと？」

「違います。私の独断です」

電車がスピードを落とし始め、国田さんが腰を上げた。

「せっかく協力し合って捜査がうまくいっているのに、余計な心配をしてほしくなかったんです。悪く取らないでください」

「そうですか」

「相沢清香は殺人で裁かれるべきです」

そこに異論はないし、そうなるだろう。

電車が停止する。国田さんがボックスを出ようとした。

「一つだけ」

俺は国田さんを呼び止めた。

「中島祐哉の証言は、本当にあのままでしたか？」

国田さんの目が泳ぐ。逃げ場を探すようにドアを見たが、ドアはなぜか開かない。停車位置がずれたので修正する、というアナウンスが車内に流れる。

「津久井さんが言いくるめたんじゃないですか？　久保さんは今の女と別れたいと言ってなかったか？　言ってたんじゃないか？　そういう感じのこと、言ってただろう？」

どうせ取り調べに入るのは、本部からきた若造だ。嘘をついてでも、背中を押してやればいい。

がたんと電車が動き出し、ゆっくりと停車位置を直す。

「面倒臭くなって、中島祐哉は、そうだと答えた。けれど、正式に証言までしますか？　調書に巻けますか？」

「それは……できるでしょう」

「住野映子の名前が出てきたのは偶然だった。というか、久保さんにとって、女性とあの程度のやり取りは日常茶飯事だった。久保さんが働いていた店の同僚は、そういう証言はしませんでしたか？」

「いや、それは、聞いてないです。本当に」

「その可能性もない？」

「可能性の話は、自分は、何とも……」

電車が完全に停止した。お詫びのアナウンスが入り、ドアが開く。国田さんはボックスを出た。

「失礼します」

国田さんが立ち去った。すぐにドアが閉まり、電車が動き出す。階段に向かって足早にホームを歩く国田さんを電車が追い抜いた。

5

翌日からの取り調べは津久井さんが担当した。取調官が替わっても、相沢清香は抵抗することなく上申書を書いた。

あれきり、国田さんは俺と目を合わせることはなかった。他の捜査員たちもよそよそしい。当初の雰囲気に戻ったようだった。報告書が溜まっていたのでやることには事欠かなかったが、自分がすでに捜査の中心にいないことは肌で感じられた。

期限が切れる前に検察は勾留の延長を申請し、裁判所はそれを認めた。その後も相沢清香は津久井さんの調べに素直に応じていた。

必要な供述をほぼ聞き出した次の日の朝、班長がやってきて、デスクにいた俺の肩を叩いた。

「ようやく検察が腹をくくったよ。殺人で起訴する。一両日中だ」

オカノミレイという女性から電話がかかってきたのはその日の午後のことだった。

「娘です」と言われてもピンとこなかった。「相沢清香の隣の家の娘」と付け加えられて、花に彩られた庭が浮かんだ。娘さんから話を聞きたいと、そういえば、母親の石井美緒子さんに名刺を渡していた。結婚して姓が変わったのだろう。下の名前は捜査資料にあった。美玲《みれい》さんだ。

「清香ちゃん、逮捕されたんだって？　私、知らなくて。昨日、ママから電話があって初めて知った。そういえば刑事が話を聞きたいって言ってたって聞いたから連絡したんだけど」

名刺を渡したのは、七日も前だ。

「もうご連絡いただけないかと思っていました」

母親の美緒子さんは、今、高校時代の同級生と九州に旅行中で、娘の美玲さんはチワワの世話をしに、毎日、実家に通ってきているという。ならばと、そこで会うことにした。高峰班長に許可を取り、瀬良を伴って会議室を出る。班長も、他の捜査員たちも、俺たちが会議室からいなくなることにほっとしているようだった。


石井家の庭には今日もいっぱいの花が咲いていた。この前きたときにはなかった軽のハイトワゴンは美玲さんのものだろう。

門扉のところにあるインターホンを押し、しばらく待ったが、チワワが吠える声しかしない。玄関を叩いてみようかと門扉に手をかけたとき、遠くから声が聞こえた。

「警察の人？」

声を探して目線を上げた。

「美玲さんですか？」

素っ頓狂な声になってしまう。

声の主は隣家、相沢家の二階の窓から俺たちに手招きしていた。

「こっちにきなよ」

言い捨てて、窓から姿を消す。

他にどうしようもなく、俺たちは相沢家へと向かった。門扉を開け、庭を進んで玄関の前に立つと、すぐに玄関が内から開けられた。

「はい、はい。ようこそ、ようこそ。どうぞ、どうぞ、お邪魔しちゃって」

美玲さんはあっけらかんと笑っている。

「あの、ここの鍵はどうやって？」

「郵便受け。上側に貼りつけてある。昔のままだった」

美玲さんはジーンズのポケットに指を突っ込み、鍵を取り出した。

「清香ちゃん、忘れ物、なくし物は、しょっちゅうだったから、昔からスペアが必ず」

相沢清香と同じ年には見えなかったが、四十二歳の女性としてはむしろこちらのほうが自然だろう。ぱさついた髪。表情が変わるたびに浮き出る様々なシワ。健全な生活感がある。ふくよかで姿勢がいいところはお母さんに似ていた。

「それで、この家で、いったい何を？」

「昔、清香ちゃんから頼まれごとをしたのを思い出した。一人じゃ無理そうだから、あとで手伝って。先に話をしよう」

「話？」

「清香ちゃんの話、聞きたいんでしょ？　上がりなよ」

美玲さんは俺たちに背を向けた。瀬良はためらわずにパンプスを脱ぐ。所有者から頼まれごとをされていて、鍵の場所も知っていた。美玲さんが住居侵入罪に問われる可能性は低い。が、俺たちは？　高峰班長に連絡するべきか考え、そう考えた自分がおかしくなった。今更、高峰班に仁義を切る必要はない。

俺も靴を脱ぎ、二人を追って中に入った。

逮捕後、この家では捜索と差し押さえが行われている。パソコンやメモ書き、事件前の行動がわかるようなレシート類が押収されていたが、家の中にその痕跡は残っていなかった。

一階はキッチンがついたリビングダイニング。片付いてもいないが、荒れてもいない。床に衣服の山が二つある。一つは洗濯済みの山で、もう一つが洗濯していない服の山のようだ。シンクの横には洗ったらしき皿が野ざらしのタイヤのように重ねてあった。

「勝手がわからないから、お茶は出せないよ」

美玲さんが言って、ダイニングテーブルについた。

「この家ってどうなるのかな？　管理する人がいないみたいなんだけど」

空気を入れ替えているのだろう。庭に面した掃き出し窓が開け放たれていた。

「警察は関与しません。被害者のご遺族から民事で裁判を起こされれば、差し押さえの対象になるでしょう。その前に本人が売却するかもしれませんが。公判が始まれば否応なく弁護士がつきますから、そのときに動くかもしれません。いずれにせよ、本人次第です」

答えながら俺は美玲さんの向かいに腰を下ろした。瀬良も隣に座る。

被疑者の家で、被疑者が使っていたであろうテーブルについている。不思議な気分だった。気を取り直して、美玲さんに尋ねる。

「美玲さんは、相沢清香と親しかったんですか？　お母さんは、お二人は付き合いがないとおっしゃっていましたが」

「親しくはなかったよ。学校も違ったし。でもお隣さんで、同じ年で、二人とも親が嫌いなら、それなりにね。偶然、家の近くやら駅の近くやらで会ったときとか、同じバスに乗り合わせたときとか、ちょっと喋ろうかって、近くの公園へ行ったり、お店に入ったり」

「親、嫌いだったんですか？　いいお母さんのようでしたが」

美玲さんは複雑な笑顔を見せた。

「今でもタワマンとかではあるみたいだけどさ。狭い世界でマウント取り合うみたいなの。ここはそういう街だったし、うちのママもそういう人だった。今はもう落ち着いたと思うけど」

「マウントですか」

「うちのパパは中小企業の課長止まりだった。ここに家を買えたのは、ママの実家がお金を出してくれたから。こんなところでも、当時は高かったらしいよ。だから、周りはいい会社の人たちばっかりで。うちのママはそれがコンプレックスだった」

「それは相沢さんに対しても？」

「清香ちゃんのパパは大手の保険会社で、しかも、かなり上の役職で定年を迎えたのよ。育子さんのことは、嫌いではなかったかもしれないけど、そこまで好きではなかったはず」

その気配は読み取れなかった。自分の至らなさを噛みしめる。

「そんな中で、清香ちゃん、ああだったから。うちのママにしてみれば、いい標的だよね。よく悪口言ってた。だから私も清香ちゃんとの付き合いはママには話さなかった」

「ああだった、というのは？」

「ああは、ああだよ。高校時代はひどい成績だったみたいだし、大学も金さえ出せば入れるところだし」

「それは、ええ」とうなずいたが、美玲さんの言わんとすることはよくわからなかった。

俺がピンときていないと気づいたのだろう。

「要するに、馬鹿なわけ」

ずばりと美玲さんは言った。

「馬鹿、ですか？」と、俺はそれこそ馬鹿みたいに聞き返す。

「大学生のときだったな。家に帰るとき、前を清香ちゃんが歩いてて。近づいてみたら、うつむきながら何かぶつぶつ言ってんの。何だろうと思って、よくよく聞いてみたら九九だった」

「九九？」

「そう。七の段。さすが底辺大学生って笑いそうになったけど、清香ちゃん、真剣な顔で、一生懸命、繰り返してるの。結局、声をかけられなかったな」

「そうでしたか」

「計算は苦手だし、言葉も知らない。物覚えは悪くて、物忘れはひどい。会話も下手だし、空気も読めないし、気も利かない。いいところ探すほうが難しい。顔がちょっと整ってるくらいか」

それが特に悪口のつもりでないのは聞いていてわかる。相沢清香は客観的に見て、そういう人だったのだ。

美緒子さんの言葉を思い出した。

『やっぱり、レベルが合わなかったということじゃないですか』

レベルに満たないのは会社や仕事ではなく、相沢清香のほうだと言っていたのだ。

「でも、だから、何だって話」と美玲さんは言った。「清香ちゃんは馬鹿で鈍臭かった。けどね、暴力を振るったり、人のものを盗んだりするような人ではなかった。どこにでもいる馬鹿の一人だよ。クラスで一番目か、二番目か、三番目かの馬鹿。それだけ。それなのに、親は娘を認めなかった」

「母親の育子さんがですか?」

「ひどかったのは、パパのほう。エリート意識が強い人で、清香ちゃんのことを嫌っていた」

「嫌っていた?」

「お前なんか、生まれてこなければよかった」

ぞっとするような言葉を口にして、美玲さんは悲しげに笑った。

「父親が実の娘に言うかね」

「言ったんですか?」

あ然として聞き返す。

「らしいよ。面と向かって、何度となく。最近は傷つかなくなったって、清香ちゃん、笑ってたのは、あれでもう三十近かったときじゃないかな。そうだよ。父親が定年退職で家に長くいるようになってって、そんな話をしたときだ。そのときの清香ちゃんの笑顔がまた無様でさ。あー、私、やっぱり、こいつ、嫌いだなあって。そうだった。あのときしみじみ思ったな」

「母親は？　育子さんは助けてくれなかったんですか？」

「うちの旦那がもし息子にそんなこと言ったら、頭かち割ってやるけどね。育子さんは、清香ちゃんのパパの言いなりだった。パパに怒られないよう、いつも清香ちゃんにぴったりくっついてフォローしていた。本当はこう言いたいのよね、とか、本当はこう思ってるんでしょ、とか。普通はこうなんだから、あなたもそうでしょ、って言われ続けたんだよね。お母さんのほうが、私より私のことをわかってるんだって、清香ちゃん、言ってたよ。たぶん、本心からそう言ってた」

　仲がいいわけではなく、過保護でもない。夫の意に沿わない娘を、どうにか意に沿う形に見せようとしていたのか。エリート意識の強い父親に怒られないよう、せめて『普通』に見えるように。

「父親の死後は？　どうなりました？」

「私は結婚して、家を出ちゃったから、それ以降のことはよく知らない。よく知らないけど、パパが死んだとき清香ちゃんは三十七か。どうにもならないでしょ。母親との関係も、清香ちゃん自身も、三十七にもなって、どうにかなるわけない」

　抑圧的な父親が死に、はまらない型にはめようとした母親とはまらない型に押し込められた娘が残った。

「結婚して家を出てから、相沢清香とは会ってないですか？」

「清香ちゃんのパパのお葬式には出なかったけど、育子さんのお葬式には出たよ。駅の向こう側の葬儀場でやったんだ。大きいほうのホールで。参列者もいないのに。葬儀会社の人しかいなかった。一人にするのがかわいそうで、しばらくいてあげた。普通にできてる？　って聞かれて、うわってなったな」

「普通に、何を？」

「お葬式。普通にできてるかって。たぶん、葬儀会社に『普通、こうです』って言われるままの形でやったんだと思う。あれで、人の言うことは気にする人なんだよ。そう見えないけど、人の言うこと、実は聞いている人だった。どんなのが普通なのか、いつも気にしていた」

　母親の手によって編み込まれた『普通』という紐は、母親が死んでも娘を縛っていた。

「他には何か話しましたか？」

「話題に困って。私が愚痴っぽく子供の話をしたら、清香ちゃんは、いいなあ、普通にお母さんになれてって。心の底から吐き出すみたいに。私はお母さんになってあげられなかったからって」

　なれなかったから、ではなく、なってあげられなかったから、か。相沢清香は母親のために、母親になりたかった。あるいは相沢清香にとって、一番自分にできる可能性のある『普通』がそれだったのかもしれない。

「こういうこと、聞きたくないでしょうけど」と俺は言った。「相沢清香にとって、一番親しい人は、どうやらあなたのようです」

「知ってるよ」と美玲さんは言った。「清香ちゃん、わざと人を遠ざけたからね。親からあんな扱いされれば、そうなるよ。本当の自分は知られちゃいけない、恥ずかしいんだって思い込む。そうでなくたって、人からなめられたり、騙《だま》されたり、嫌なこととか、傷ついたこと、いっぱいあったんでしょう。初めて会ったときからひねくれてたけど、年を追うごとに、人に対して攻撃的になっていった。誰も近づかなかったし、私だって、隣に住んでいるんじゃなければ、ここまで仲良くはならなかった。って言ったって、お互い、携帯の番号も知らない間柄だけど」

「そうですか」

「ねえ、清香ちゃんが殺したっていう恋人って、どんな人？　芸能人だったらしいけど」

言い方に迷った。が、どんな言い方をしても、たいして変わりはない。

「年上の女性と付き合うのが趣味のような人です」と俺は言った。「無邪気で、その分、残酷だった」

「清香ちゃんは、遊ばれただけ？」

『ああ、楽しいかもって、生きてて初めてそう思った』

取調室での供述を思い出した。

それは作られた嘘か、こぼれた本音か。相沢清香の頭の中だけにある幻想か、二人の間に確かにあった現実か。

わからなかった。

「そう」

答えない俺にしんみりとうなずいてから、美玲さんは顔を上げた。

「さて、私の話は終わり。今度はそっちが手伝って」

話を聞けたところで、どうということはない。一両日中に相沢清香は殺人罪で起訴される。抑圧的な環境で育ったことは、量刑に影響するかもしれないが、その主張と立証は弁護士の仕事だ。

席を立った美玲さんに続いて、俺も瀬良も腰を上げる。

「何をすれば？」

「ついてきて」

美玲さんは、二階へと上がった。俺と瀬良もあとを追う。

二階には三部屋。これも空気を入れ替えるためだろう。窓とドアがすべて開け放たれている。一つは親夫婦の寝室だったようだ。ベッドが二つ置いてある。もう一つは書斎。大きなデスクがあり、書棚には自己啓発系の本が並んでいた。二つの部屋の窓を閉め、ドアも閉じて、美玲さんが最後の部屋に向かった。相沢清香の部屋だ。他の二つの部屋が整然と片付いていたのに比べ、こちらは雑然としていた。

子供のころから使っていたような勉強机に、大きめの仏壇が載っていてぎょっとした。窓脇にはベッドがある。

ここで寝ていたのか。

仏壇の扉が半開きになっていて、二人分の位牌《いはい》が見えた。自分を蔑《さげす》み続けた父親。ねじれた情熱を注ぎ続けた母親。二人に見守られ、ここで一人、寝ていたのか。胸を内側から摑《つか》まれたような苦しい気分になる。

「はい、男子、こっちにくる」

ベッドの脇、ベランダに続く窓ガラスを閉めてから、美玲さんは俺を手招きした。束ねられたカーテンの後ろに隠れるようにそれはあった。

「サボテン？」と俺は言った。

一メートルは優に超えそうだ。大きな陶器の鉢に植わっている。

「育子さんに勧められて、何度か花を育てようとしたんだけど、いつも枯らしちゃう。お花がかわいそうだから、もうやめましょうって育子さんに言われて、だからサボテン。これだけは枯らさないって言ってた。もし私がいなくなったら、持って帰って、代わりに育ててって頼まれた」

「いなくなる？」

「うん」とサボテンを見つめながら、美玲さんはうなずいた。「そのとき考えてたのが家出か、もっと違うことか、私にはわかんないけど」

「いつごろの話です？」

「もうずっと前。まだ二十代のとき」

答えて美玲さんは、ああ、そうだよね、と呟いた。

「あれからずっと枯らさずに面倒を見てたんだね。えらいな。えらいよ」

この呟きを取調室に持ち込めていたら、相沢清香はもっと違う話を俺にしてくれたのかもしれない。そんな気がした。

「うちに持って帰る。男子、車まで運んで」

ためらいはあった。が、枯れてしまう前に被疑者の知人にサボテンを渡すことが、捜査や裁判に、特別、影響するとも思えなかった。報告は必要だろうが、事後報告で問題ないだろう。

俺はしゃがんで鉢に両腕を回した。重い上に持ちにくい。確かに、男手がいる仕事だ。こちらのリクエストに応えたふりで、実のところは都合よく使うつもりだったようだ。

美玲さんに続いて部屋を出かけた。が、瀬良の呟きに足を止めた。

「……これ」

瀬良は仏壇を見ていた。

「何です？」

手を伸ばしかけてから、瀬良はポケットからハンカチを取り出した。指紋がつかないようにして、半開きだった扉を開ける。瀬良の背後から中を覗き込んでみて、何のことかわかった。

位牌の手前、まるで供えられたように……。

「体温計？」

俺がサボテンを床に置くと、瀬良がハンカチを差し出してきた。借りて、ハンカチ越しにつまみ上げる。軽い。電子機器ではなかった。

「インフルエンザの検査キットか？」

「馬鹿なの？」

辛辣な声に振り返る。

「それは妊娠検査薬。え？」

美玲さんが俺の手ごと検査薬を自分の目の前に持ってくる。

「清香ちゃん、妊娠してるの？」

手を取り戻して、確認する。判定窓に赤い線が浮き出ていた。

「そんなわけないです」

けれど、この家に住んでいるのは相沢清香だけだ。ならばこれは相沢清香の妊娠検査の結果だろう。

「妊娠、絶対にないの？」

「あり得ないです。最近、生理がきています」

「でも、清香ちゃんは妊娠したと思ったんだよね。だから、お母さんに報告した」

状況から見れば、そうなのだろう。だが、どうしてそんなことが……。

美玲さんが深いため息をついた。

「妊娠検査薬の精度はめちゃくちゃ高いけど、陰性の結果が出たのを放置しておくと、そういう、陽性の反応が出ちゃうことがある」

「そうなんですか？」

「妊活経験、ありなんで」と美玲さんは言った。「それに、腫瘍があるときも陽性の反応が出ちゃうことがあるらしいよ」

この線はどちらの影響か。とにかくいずれかの理由で、妊娠検査薬に陽性反応が出てしまった。相沢清香は自分が妊娠したと信じた。だから、母親に報告した。深い喜びとともに。ようやく私も『普通に』お母さんになります、と。

だとするなら、それから、相沢清香はどうした？

当然、恋人である久保さんに伝える。

そうだった。あの日は、珍しく相沢清香のほうから久保さんに連絡しているのだ。

ぞくりと背筋が震えた。

相沢清香からその話を聞いたとき、久保さんはいったいどんな顔をした？

「俺たちは、それをどう受け止めればいいんだ？」

みんなが会議室の与えられた席について、自分の仕事をしていた。部屋を見渡しながら、誰にともなく報告した俺に津久井さんが冷たく聞き返した。

「相沢清香は自分が妊娠したと思っていたんです」と俺は津久井さんに言った。「あの日、久保さんに会って、それを伝えたはずです。久保さんは混乱した。久保さんにとって、恋人は甘える対象で、子供なんて望んでいない。堕《お》ろすように迫る。相沢清香は抵抗した。全身全霊をかけて抵抗したはずです。うろたえた久保さんは、物理的に力を加えた。それが痕となって、相沢清香の体に残る。相沢清香は命の危険を感じる。自分の命ではなく、体内に宿ったばかりの、はかない小さな命です。相沢清香にとって、それは絶対に守らなければいけないものだった。男がさらに迫ってくる。身を守るためのものを男の部屋に探す。それが目に入る。たぶん棚の上にあったんでしょう。ベッドサイドの」

「ナイフ？　あの十徳ナイフか？　あれは相沢清香がネットで買ったものだ」

「そうです。捜査記録にありました。買ったのは、一月二十九日。そして二月四日が」

「ああ」と迫田が気の抜けたような声を上げた。「久保さんの誕生日じゃないか」

俺は迫田にうなずいた。

「買ったのは、久保さんへの誕生日プレゼント？」

「人を刺すためなら、普通にナイフを買うだろう。釣りに興味を持ち始めた彼氏へのプレゼント。そのほうがしっくりこないか？」

「それはそうですよね」と迫田が呟いた。

相沢清香は最初から疑いようのない犯人としてそこにいた。だから、すべてが相沢清香に不利に解釈されてしまった。少なくとも、捜査員たちには、その解釈が当たり前に思えた。

「十徳ナイフは久保さんの部屋にあった。自分自身があげたものだ。とっさに手に取りやすかったでしょう。そして刃を引き出す。けれど、混乱している久保さんへの抑止力にはならなかった。混乱した気持ちのまま、久保さんは相沢清香に詰め寄る。その命の火を消せと。強く懇願する」

『殺せ』ではない。『堕ろせ』と。

「男の力に恐怖を感じた相沢清香は手にした武器を無我夢中で突き出す」

『いや』と叫びながら。

「なぜそれを隠すんだよ?」と津久井さんが言った。「もしそうだったなら、起こったことをそのまま話せばいい」

「やがて生まれてくる子供に知られたくなかったからです。父親が、お前なんか生まれてこなければいいと言ったことを」

やがて生まれてくる子供のための黙秘。そう考えれば、あのときの相沢清香の態度が、表情が、腑に落ちる。

ぐっと一瞬、言葉を呑んだあと、津久井さんは猛然と反論した。

「生理がきて、妊娠していないとわかった。その後にならいくらでも、言えばいいだろ。ところが、それをきっかけに恋人殺しの自白を始めてるんだぞ」

「相沢清香は、最初から、罰を逃れたかったわけではなかった。守るべき子供がいないなら、恋人殺しの罰を受けることに抵抗はなかった。むしろ罰を望んだのでしょう。相沢清香にとって大事なのは、どうすれば普通の殺人犯になれるかだった」

「何だって？」

「間違えたことを知られたくなかったんですよ。相沢清香は普通の殺人犯になりたかった。普通の犯人なら、なぜ久保さんを殺したのか。普通の犯人なら、どうやって久保さんを殺したのか。それは俺たちが教えてあげたじゃないですか。だから相沢清香はその通りに話したんです」

「そのためなら殺人罪でいいってか？　あり得ないだろ」

「他に何もないじゃないですか」と俺は言った。「相沢清香が守るもの、他に何かありますか？　親は死んだ。友人もいない。仕事だって、引き受ける自信がなくて、大事なものを任されそうになると逃げてきた。ただ一人、自分を特別に扱ってくれた人は、自分の勘違いで死なせてしまった。相沢清香がすがれるものは、母親がそうあれと命じた、普通の自分という存在しない自分だけだった」

「想像だ。いや、妄想だな」

「可能性ですよ。あり得る一つの可能性の話をしています」

「殺人罪だ」

「相沢清香の主観においては正当防衛です。守るべき胎児がいないのだから、実際には誤想防衛ですが、だとするなら、過失致死罪です」

「過失……」

絶句して、津久井さんはがんとデスクを叩いた。

「ふざけるな。人を殺して、罰金刑か？」

過失致死罪なら、五十万円以下の罰金刑だ。

「津久井さんもわかってますよね？　たぶんこっちのほうが真実に近い。少なくとも、俺たちの尋問をつなげただけのパッチワークみたいな供述よりは真実に近い」

津久井さんが目を伏せた。強く奥歯をかんでいるのがわかった。

「ああ、わかってるよ」

違う声に目を向けた。門村さんが立ち上がっていた。

「だけど、君もわかってるだろう？　仮にそうだとしたところで、そんなものは何の意味もない」

門村さんと目が合った。

その通りだ。わかっている。

俺が言っているのは理屈でしかない。屁がつくほどのただの理屈だ。被害者の死という重大な結果が生じている。過去の判例から考えても、誤想防衛の適用はない。あり得て誤想過剰防衛。防衛行為の過剰さの認識があること、つまりは故意犯であることは揺るがない。結局、話は、傷害致死罪か、殺人罪かという、加害者の内心の問題に戻るのだ。そして今回は、被疑者自身が殺意を認めている。上申書だって書いた。検察は殺人罪での起訴を決めている。それを動かすことはもはや不可能だ。というより、動かす理由が誰にもない。

今度は俺がうなだれる番だった。

けっと忌々《いまいま》しげに津久井さんが吐き出す。門村さんが席に座り直した。

「……それは」

呟きに目をやった。

「それは……何、ですか？」

瀬良だった。みんなが瀬良に目を向けた。瀬良は誰のことも見ていない。

「……真実、ですか？」

瀬良が小さく問いかける。

「……正義、ですか？」

真実ならば割り切れる。正義ならば呑み込める。でも、これはどちらでもない。言うなれば、都合だ。捜査という手続きの中で、最も収まりのいい答えがこれだったというだけのことだ。

瀬良は誰も責めてはいなかった。

純粋に自分自身への問いかけのようだった。

その場にいるすべての人が、自分自身に問いかけるように沈黙した。一人、また一人と顔を伏せる。ついに門村さんもうなだれる。

重い静寂を、朗らかな声が破った。

「もちろん真実だよ。そして正義だ」

高峰班長だった。全員の視線がそこに集まる。

「十人の真犯人を逃すとも、一人の無辜《むこ》を罰するなかれ。それが刑事捜査の鉄則だと言う」

一人たりとも無実の人を罰することがあってはならない。たとえ十人の犯罪者を逃したとしても。刑事捜査に携わるものが胸に刻む格言だ。

「けど、そんなわけないよね？」

にかっと笑って、高峰班長は言った。

「十人の真犯人は捕まえるんだよ。特に凶悪犯はね。何をしても、どんな代償を払っても、絶対に捕まえる。それが正義だよ。その正義がない社会で、誰が幸せに暮らせる？」

「罰した、一人の無辜はどうなります？」と俺は言った。

「駄目だよ。無実の人を罰しちゃもちろん駄目だ。だけど教えてくれ。相沢清香は無辜か？　久保拓実殺しについて、無関係な人を我々は罰しようとしているのか？　違うよな？　久保拓実を死に至らしめたのは、相沢清香だ」

「誤想過剰防衛の可能性はあります。もしそうなら、事件の見え方はかなり変わってきます。我々はもっと慎重に事実の確認を……」

「やったさ。我々は与えられた時間の中で、できるところまで事実を解明した。神様じゃない限りは、それを真実と呼ぶんだ。そうだろ？　その上で検察は殺人で起訴すると決めた。あとは弁護士が何を言い、裁判官や裁判員がどう判断するかだ。それが刑事司法手続きというものだ。どこにも綻びはない」

警察は警察の仕事をすることが正義だ。警察が与えられた条件の中で見つけたものが真実だ。高峰班長はそう言っていた。

『罪を最大化する』

都倉さんの言い分とどこか似ている。一瞬、そう感じた。が、違う。

最後の最後はわからない。だから、被害者に代わって、警察官はその罪を最大化するしかない。それが俺たちの務めだ。都倉さんはそう言ったのだ。何より決定的に違うのは、苦々しく言った都倉さんに対して、高峰班長は今、誇らかに言い放っていた。

「ときに和泉部長、瀬良部長。君たちの派遣期間は明日までだったね。捜査指導、ありがとう。心から礼を言うよ。あげてない書類は、明日中に頼む。明日の仕事はそれだけでいい。まだ捜査も取り調べもあって、残念だが送別会はできそうにないね。またの機会に。じゃ、みんな、お疲れ様」

笑顔で一同を見渡すと、高峰班長は自分の鞄《かばん》を手に、会議室から颯爽《さっそう》と出ていった。


「高峰班長の言う通りです」と俺は言った。

帰りの上り列車。俺たちはボックス席に並んで座っていた。車両には俺たちしかいない。

「俺たちで証拠と証言を集めて、仮に正当防衛の誤認によって生じた事件だと証明したとしても、検察はそんな証拠に見向きもしません。すでに殺人罪での起訴が決まっています。電車と同じです。殺人罪という行き先が決まってしまったら、電車はそのレールに沿って動くだけです」

瀬良が何かを言った。聞き取れなかった。

「何です?」

「そういうことに……傷つく人も、います」

「傷つく?」

「警察は、真実を、探さなきゃ、駄目です……正義を、求めなきゃ、駄目です」

ずいぶん青臭い言い方だった。茶化そうとしたができなかった。瀬良の全身が、それを本気で言っていると訴えていた。

「そうですね」

毒気を抜かれた気分で、俺は席に座った体をずらした。前の座席に足を投げ出したかったが、そんなみっともないこともできない。

「その通りだと思います」

相沢清香に弁護士がついたら、連絡を取るよう、美玲さんに勧めよう。家の管理について相談できるからと。二人がつながれば、弁護士は相沢清香という人間を正しく知ることができるかもしれない。

そのときどんな顔をしたのか。

それを想像すると、今となっては、犯人である相沢清香より、被害者である久保さんのほうが、俺は怖い。そしてそれ以上に怖いのが……。

腕を組んで、目を閉じる。

眠れないのはわかっているが、俺にできることは他に何もなさそうだった。

「幻滅しましたか？」

目を閉じたまま聞いた。

瀬良の返事はなかった。

ホワイト・ポートレイト

PRAYING FOR THE SPILLED PIECES

HONDA TAKAYOSHI

1

取り調べにおいて、やってはいけないことが六つある。

被疑者の身体に触れること。直接、または間接的に有形力を行使すること。被疑者を不安にさせ、もしくは困惑させること。被疑者に不自然な姿勢や動作を命じること。便宜を供与する、もしくはその約束をすること。被疑者の尊厳を損なうこと。

取調官は、この六類型に属する行為をしないよう監督される。

つまるところ、被疑者にデコピンするのはもちろん、椅子を蹴ったり、机を叩いたりしてはダメ。ない証拠をあるかのように言ってはダメだし、共犯者が自白したぞと嘘をつくのもダメ。正座させるのもダメだし、無論、『お手』や『お回り』もさせてはいけない。話したら罪が軽くなると言ってもダメだし、カツ丼を食べさせてもダメ。被疑者から人格を否定されても被疑者の人格を否定してはいけないし、被疑者から悪口を言われても被疑者の悪口を言ってはいけない。

このルールを遵守《じゅんしゅ》させるため、どこの県警本部にも、総務部もしくは警務部に取り調べ監督室という部署がちゃんとある。

必要性はわかる。

取調室という密室で、取調官は圧倒的に優位な立場で被疑者と対峙《たいじ》する。この程度の縛りがなければ、恣意《しい》的に被疑者の供述を引き出しかねない。現にこれまで、警察の強引な取り調べにより、何度となく嘘の自白が引き出されてきた。警察に無理に自白させられ、そのために有罪判決を受け、服役し、出所したあとに、真犯人が出てきたという滅茶苦茶な事例だって過去にある。一人の警察官として、そのことは強く自戒するべきだ。

それでも、だ。

それでも、中には、いや、そこまで広く一般化するつもりもない。極々まれには、どんな手法を用いても、自白をさせるべき被疑者というのはいるのではないか。そういう事件もあるのではないか。

被疑者に話しかける都倉さんの声を聞きながら、俺は苛立ちを募らせていた。時間がない。とにかく時間がない。

「俺は何も喋りませんからね。だいたい、おかしいじゃないですか。そうですよ。最初からおかしいんだ。逮捕容疑は、半年前の暴行事件ですよね。それなのに、あんた、昨日からずっと……」

「都倉です」

「え？」

「私。都倉です」

「ああ、都倉さんね。都倉さん、昨日からずっと、最近の話ばっかり聞いてくるじゃないですか。先週どこにいたとか、何してたとか、先々週はどうだったとか」

「世間話ですよ。黙秘するっておっしゃるから、事件については話したくないのかと思いまして。だから、仕方なしに、最近はどんなことしてるんですか、って話を振ってるんじゃないですか。

それとも、半年前の事件について話してくれますか？」

「話しませんよ。弁護士にもそう言われてます。だいたいあれは、もう片がついてます。何だって、今になって警察が出てくるんですか」

「被害者と示談したんですって？　聞いてます、聞いてます。でも、まあ、暴行事件ですからね。傷害罪の可能性もある。二人の間で終わった話だからって、警察も見逃すわけにはいかんのですよ」

男がちっとこれ見よがしに舌打ちをする。

「何かよくわかんないけど、とにかく、これから黙秘しまーす。もう何も喋りませーん」

昨日一日、取り調べを受けて、慣れたということもあるのだろう。しつこいほど接見にきている弁護士に励まされてもいるのだろう。昨日はずっと真っ青だった顔に、今日は血の気が戻っている。

が、変に余裕ぶった口調はかえって虚勢だとわかる。酷薄そうな細い目は都倉さんの視線を避け、手は落ち着きなく口元をさすっている。今は長袖のスウェットを着ているから見えないが、右の二の腕にはハートの、左の二の腕には翼がある象のタトゥーがあるらしい。悪ぶっているところを見せたいのか、見せたくないのか。入れたのが二の腕というその中途半端さも、見栄っ張りで実は気弱な性格の表れに思える。

男の名前は井桁将信《いげたまさのぶ》。三十四歳。学生時代に、学生が投資を語り合うオンラインサロンを主宰して成功する。得た資金を実際の投資で大きく増やし、今も資産運用益で暮らしている。総資産は時価で二億を超える。

都倉さんはその実績を巧みにつついて、井桁の虚栄心をくすぐる。資産運用が社会にとってどれほど有益な仕事か俺にはわからないが、個人資産を運用している井桁がその仕事ぶりを他人からたたえられる機会はそうはないはずだ。時機をとらえる判断力。社会の流れを見極める分析力。それを支える日々の地道な努力。大げさにおだてるわけではない。都倉さんはじんわりと井桁を褒めあげる。それが主観としての賞賛ではなく、客観的で揺らぎようのない評価であると言わんばかりに。

応答はない。が、口元とともに井桁のガードが緩んでいくのは感じる。

「井桁さんほどではないにしても、警察官の収入も実は悪くないんですよ。普通の公務員より二割ほどは多いんです」

井桁が微かに鼻を鳴らしたのを都倉さんは聞き逃さない。

「それは、井桁さんの収入と比べれば、笑っちゃうほどの額でしょうが、世間で言われるほどの薄給じゃないんですよ。それでも、退職金まで算段したって、なかなか将来安泰ってわけにもいかない。井桁さん、うまい資産運用について、ちょっと教えてくれませんかね」

「それは」と言って、井桁が一度、咳払いをする。そこで我に返って踏みとどまるかと思ったが、唾を飲み下して井桁は続けた。「それは世間話じゃなく、コンサルティングじゃないですか。何で俺がただであんたに」

「都倉です」

「都倉さんに資産運用の指南をしなきゃいけないんですか」

「ああ。そういうのは、やっぱりお金がかかるもんですかね」

「そりゃそうでしょ。手間暇をかけて情報を集めて、集めた膨大な情報を分析する。金も時間もかかるんですよ。ただはムシがよすぎるでしょ」

再び名前を言わせたことで、また少し距離が縮まったのを感じる。井桁は都倉さんの手の中にある。逮捕して二日目。今日中に検察に送致して勾留許可を取り、延長も含めた勾留期限の二十日間を丸々使えるなら、都倉さんは井桁を落とせる。完璧に落とせる。資産運用の究極のノウハウだろうが、過去の惨めな性体験だろうが、ただで語らせることができるだろう。が、今は時間がない。最悪を想定するなら今日中。楽観的な想定をしても明日か明後日《あさって》。その間に落とさなければ、十歳の子供の命は干上がってしまう。

椅子を蹴り倒し、倒れたところを馬乗りになって髪をつかみ、床に頭を打ちつける。額から流れる血を拭わせもせず、子供はどこだと怒鳴りつける。本気でそうしたい衝動に駆られる。もちろん、そんなことをしたら、懲戒免職どころではない。特別公務員職権濫用等致傷罪。六ヶ月以上、十五年以下の懲役刑だ。

それでもやるべきだ。

そう思う。

それで罪のない子供の命が救えるなら、そうするべきだ。

淡々と続く手応えのない取り調べに、俺は苛立ちを募らせた。

都倉さんのペースは変わらない。井桁をじっくり観察しながら、ゆっくりと外堀を埋めていく。が、たまに先々週のアリバイに話が及ぶと、井桁は口を閉ざす。色白でのっぺりとした公家顔の顔立ちと相まって、臆病なチンアナゴを想像する。

九時から三時間、井桁とお喋りをして、都倉さんは午前中の取り調べを終えた。

もっと締め上げましょう。

そう言いたいが、被疑者の前でできるわけもない。そもそも補助官の俺にそんなことを提言する権限はない。

都倉さんとともに、井桁の身柄を留置場に戻した。捜査本部となっている講堂に戻るため、階段に足をかける。

「和泉。お前、午後は入るな」

二段分、上を行く都倉さんが言った。

「入るなって、でも……」

ばっと振り返った都倉さんが階段を下りてきた。胸ぐらをつかみ、乱暴に俺を壁に押しつける。

「時間がない。寄り道してる暇はない。何だ、あの態度は。殺気が漏れてる。あれじゃ聞ける話も聞けなくなる」

「すんません」

その迫力に気圧され、謝ることしかできない。

「補助は早川にやらせる」

手を離し、また階段を上り始めた都倉さんの背中に俺は聞いた。

「都倉さん。井桁、落とせますよね？　あとどのくらいで……」

都倉さんが足を速め、その背中は遠のいていった。

落とすには、材料が足りない。

わかっていた。

そもそもが無理筋の別件逮捕だ。しかも逮捕直後に井桁は弁護士をつけていて、その弁護士は執拗に接見を繰り返している。取り調べの内容は筒抜けだろう。これ以上の無理はできない。

それでも都倉さんなら、と思っているのは俺だけではないはずだ。捜査本部の全員がそう信じている。いや、祈っていると言ったほうがいいだろうか。この状況で井桁を落とせたら奇跡だ。それはわかっている。けれど今、県警の中で奇跡を起こせる人がいるとしたら、それは都倉さんをおいて他にない。

再び見上げた階段にもう都倉さんの背中はなかった。

ため息がこぼれる。

俺は階段を上がった。講堂のある六階も通りすぎて、屋上まで足を運ぶ。

鉄の扉を押し開けると、どんよりした曇り空が広がっていた。

手すりに近づき、街を見下ろす。

都心に出ようと思えば二度の電車乗り換えが必要となるこの辺りでは、県中心部と違って、まだ大きなマンション建設は進んでいない。古い戸建て住宅が建ち並び、所々に緑も残る。線路に寄り添うように川が流れている。流れそのものはさほど大きくはないが、左右の土手までは広く取られていて、それがさらに街をのんびりとした田舎めいた風景に見せている。

頭は少し冷えた。が、焦りは少しも消えない。

辺りをぐるりと見渡す。今、見える風景のどこかに、聖司《せいじ》くんはいるのだろうか。

事件は二週間ほど前にさかのぼる。

最初に気づいたのは、小学校の担任だった。その日の朝、五年一組、藤堂《とうどう》聖司くんは学校にこなかった。朝の会を終え、一時間目が始まる前に、担任は保護者への連絡を試みる。が、連絡先に固定電話の登録はなく、登録されている母親の携帯も、父親の携帯も、応答がない。手のかかる生徒だが、学校をサボったことはない。妙な胸騒ぎを覚えた担任は、一時間目の授業を終えてから、学校にきていた二つ年下の妹、璃美《りみ》ちゃんの教室を訪ね、事情を聞いてみる。

『お兄ちゃんは、昨日、帰ってこなかった』

聖司くんの担任と、その場にいた自分の担任。二人の先生に向けて、璃美ちゃんはそう答えた。

帰ってこなかったとはどういうことなのか。お父さんとお母さんはどうしているのか。

何かを誤魔化すような、要領を得ない璃美ちゃんの答えを根気強く解きほぐし、やがて二人の先生は凍りつく。

お父さんは一年以上、家に寄りついていない。お母さんも、もう二週間近く家を空けていて、しかもそれは珍しいことではない。

ネグレクト。

学校側は、初めてそれを知った。

たまに帰ってくる母親から渡される金で二人は生活していたという。

『お兄ちゃんは帰ってくるよ』

慌てる二人の先生に向けて、璃美ちゃんは薄く涙を浮かべながら訴えた。

『お兄ちゃんは帰ってくるから』

お父さんが帰ってこなくなっても、お母さんが帰ってこなくなっても、お兄ちゃんは必ず帰ってきた。今回だって、帰ってくる。

『そう言いたかったんだと思います』と聖司くんの担任の先生は言った。『騒ぎになると、聖司くんが帰ってこないという現実が、自分の思い込みを消してしまいそうで、怖かったのでしょう。慌てた私たちを叱るみたいに、お兄ちゃんは帰ってくるって何度も』

けれどもちろん、小学生が一晩、所在不明になっているのを放置するわけにはいかない。二人の先生は校長に報告し、校長は警察へ通報する。

通報を受けた警察では、管轄の美春《みはる》署が事案を把握すると、即座に県警本部捜査第一課児童虐待係が捜査に動く。急増する児童虐待事案に対応するため、六年前に創設された部署だ。児童虐待係の加藤《かとう》班は父親と母親の居場所を割り出し、聖司くんがどちらのもとにもいないことを確認する。両親の婚姻関係はとうに破綻し、それぞれが違う場所で生活しているという。どうしようもない親だが、今回の失踪に関して言うなら、親による虐待事案ではない可能性が出てきた。この時点で、聖司くんが失踪してから二十四時間以上が経過していた。丸一日、接触がないなら、営利誘拐は考えにくい。本部は情報を求めて公開捜査に踏み切る。同時に、付近一帯の捜索も開始された。

本部と美春署、さらに周辺の所轄署と機動隊からも人が集められた。学校関係者や地元消防団も加えて、総勢百二十人を超える人員が周辺の捜索を行う。とはいえ、周辺の多くは住宅だ。放置されている空き家、空きビル、空き地、それと大規模公園や鴨井田川《かもいだがわ》沿いの土手、緑地などを中心に捜索が行われたが、聖司くんも、聖司くんの持ち物も発見されることはなかった。捜索範囲を広げ、聖司くんが暮らすアパートからは距離のある工事現場やヤードも調べたが、手がかりは見つからない。丸二日をかけた捜索は徒労に終わった。

この段になると、警察では捜索から捜査へ比重を移していく。聖司くんがどこにいるのか。その捜索ももちろん続ける。が、聖司くんに何があったのか。その捜査にも本格的に着手することになる。

聖司くん失踪から四日目、美春署に捜査本部が設置される。投入されたのは、捜査第一課強行犯第一係熊井《くまい》班と第二係宮地班だ。

捜一、強行犯係は通常、輪番制で事件を担当している。新たな事件が生じた際の出動に備える『在庁番』だった宮地班の投入は当然だが、わざわざ他の捜査から外して第一係熊井班も投入したのは、上層部の並々ならぬ決意の表れと言っていい。強行犯第一係熊井班は、事件認知から逮捕まで最短距離を進む鋭さにおいて、県警で最精鋭の事件捜査チームだ。

本部の二個班と捜索隊からスライドさせた人員を中心に、合わせて八十名が捜査本部に集った。熊井班は行きずりの事件や事故を想定した捜査を担当し、宮地班は藤堂聖司くん、もしくは藤堂家に関係のある人たちへの捜査を開始した。とはいえ、小学五年生の個人的関係から事件が起きる可能性が高いとは思えず、捜査対象は多くない。捜査資源のほとんどは熊井班を中心とする捜査に割り当てられた。

失踪当日の放課後、一度、家に戻った聖司くんは、ランドセルを放り出すと、広いグラウンドのある公園へ行き、同じ小学校の友人たちとともに遊んでいる。いつものことだそうだ。サッカーをしたり、その合間に持ち寄ったカードで遊んだりしていたらしい。そして五時すぎになると、まだ遊んでいる友人たちと別れて、一人、帰途につく。これも、いつものことだそうだ。

『五時半には帰らないと、怒られるんだ』

友人たちはみんな、聖司くんの母親は厳しい人だと思っていたそうだ。が、聖司くんが帰るアパートに母親がいることはない。五時半に自宅のアパートに帰り、妹の璃美ちゃんを連れて、歩いて近隣スーパーのどれかに行く。周辺のスーパーでは、どこも六時すぎになるとお総菜が値引きされ始める。それを待ち、安くなったお弁当を買って、アパートに帰る。

それが聖司くんの日課だ。

けれど、その日、聖司くんは璃美ちゃんが待つアパートに帰ってこなかった。

公園で友人たちと別れて以降の聖司くんの行動が捜査の当面の焦点となった。

公園の周辺は住宅地で、防犯カメラは多くない。それでも……。

「夕方の五時だぞ。何かがあったなら、誰かが見ている。目撃者は必ずいる。捜し出せ」

他者への関心が極端に薄くなった時代だ。聞き込みによる情報より、防犯カメラを頼ったほうが確かだ。が、逆に言うなら、そういう時代だからこそ、児童が赤の他人と接点を持てば、その姿は街の中で浮く。たとえば聖司くんが知らない大人に呼び止められ、話をしたのならば、その姿は無意識に人の目を引いたはずだ。不自然な光景として、記憶のどこかに残っている。

熊井班長の檄《げき》を受けて、熊井班を中心とした捜査員たちは聞き込みに走った。その不自然な光景の記憶がないか。周辺住民へはもちろん、タクシー、バス、宅配便、フードデリバリーなど、近くを通る可能性のある仕事の事業所を徹底的に探し出し、従業員をしらみつぶしに当たった。失踪と同時刻の公園で待ち受け、訪れる人たちに聖司くん失踪当日にもこなかったか確認した。

決定的な目撃談は得られなかった。が、何人かが聖司くんらしき児童の姿を目撃していた。それらの目撃証言の信憑性を一つずつ厳密に判断することは難しい。けれど、聖司くんがいつも通り公園から家に向かったと推定した上で目撃証言を重ね合わせれば、その足跡がおぼろげながら見えてきた。『ペットボトルをドリブルするように蹴飛ばし』たり、『よくわからない鼻歌』を歌ったり、『両手を飛行機の羽のように伸ばしてダダッと』走ったり、『わざと不器用にやっているようなスキップ』をしたりしながら、公園から自宅アパートに向かった聖司くんは、アパートから三百メートルほど手前の横断歩道で信号待ちしている姿を記憶されている。熊井班の捜査員が聞き込みで見つけ出した。

『抱っこしていた娘ににこっと笑いかけてくれたのが、その子じゃないかと思うんです。服装はちょっと覚えてないですけど、ネットニュースで見た顔写真と似てた気がして。警察に連絡するかどうか、迷っていたところです』

若いお母さんの証言は頼りなかったが、そこまでの経路を考えれば、タイミングとして、聖司くんである可能性は高かった。

その若いお母さんは、横断歩道を渡ったあと、聖司くんがどこに向かったのかまでは確認していなかった。が、そこまできたのだ。自宅アパートに向かったと考えるのが自然だ。そしてそのお母さんは、信号待ちをした時刻ならば、ほぼ正確に覚えていた。

『娘が大好きなテレビに間に合うように歩いていたので』

「五時十八分からの、この三百メートルだ。徹底的に洗え」

熊井班が疑ったのは、交通事故だ。

横断歩道を渡って、すぐ左手の路地に入ると、車通りも、人通りもほとんどなくなる。左手には老人ホームの敷地を囲む塀が続き、その先は建設会社の資材置き場。右手には使われなくなった自動車修理工場、単身者用の古いアパート、民家を三軒挟んで、その先には未舗装の駐車場。駐車場の角を曲がり、すぐ左が聖司くんの暮らすアパートだ。

人気《ひとけ》が少ないその路地で誰かが聖司くんをはねてしまった。はねた人は、事故を隠蔽するため、怪我をした聖司くんを車に乗せて、連れ去った。それが熊井班の筋読みだった。実際、人通りも車通りも少ないその道は、スピードを出して通る車が多い。事故の検証に特化した交通鑑識が、今朝早くからすでに調べに入っていた。

もちろん他の可能性も含めて、熊井班を中心とした捜査員は、その時間のその場所の様子を明らかにしていくことになる。

「やるもんだな」

朝の捜査会議のあと、捜査本部となった講堂を飛び出していく捜査員たちを眺めながら、喜多さんが呟いた。

「帳場が立って一日だぞ」

正確に言うなら、二十六時間ほどだ。その間に、情報を拾い集め、腑分けし、再構築して、聖司くんの薄い足跡を浮かび上がらせた。

上層部が、わざわざ担当替えまでして、熊井班の投入を決めたと聞いたときには反発も覚えた。本来の在庁番である宮地班の仕切りでは物足りないということかと。

実際、逮捕後から起訴までの着実さにおいてならば、熊井班より宮地班のほうが一枚上手だと思う。けれど、今回のように、解決に一刻を争う事件ではかなわない。走力が違う。馬力が違う。それは認めざるを得なかった。

「俺らは俺らの仕事すんぞ」と都倉さんが言った。

この捜査本部では、広い講堂の前方に幹部席が置かれ、それに向き合う形で長机と椅子が並んでいる。さらに空いた後ろのスペースに長机を合わせたシマが作られて、簡単な打ち合わせや情報交換ができるようになっていた。椅子はない。宮地班とあてがわれた所轄の捜査員がそのシマの一つを囲む。

関係者ではない人物による犯行。そのセンが濃いが、関係者による犯行の可能性も消えたわけではない。

「生きた話が聞きたい。会議に出す間違いのない話だけでなくていい。主観が混じっても構わん。その前提で、もう一度、聴取内容を確認する」

宮地班長がみんなを見回しながら言った。

先ほどまでの会議では、どうしても本命である熊井班の捜査報告に重きが置かれ、宮地班の捜査については突っ込んだ報告ができなかった。

「自分から、いいですか？」

美春署刑事課の山崎《やまざき》という若い捜査員が手を上げた。縦長の長方形の顔に横に大きく開く口がついている。目が上のほうにあるので間延びした顔に見える。何かに似ている気もするのだが、何に似ているのか思いつかない。

「聖司くんと一番、関係が濃いのは母親だと思うので」

所轄署から宮地班の捜査に加わっているのは、山崎くんも含めて八人。彼らの心中は複雑だろう。

大きくなるかもしれない事件で、本部捜一と仕事ができるのは幸運だ。が、組む相手は一番手ではなく二番手のチーム。割り当てられた捜査内容から考えても、手柄を立てられる確率は低い。けれど、せっかくだから少しぐらいはいいところを見せたい。

真っ先に手を上げた山崎くんの心中もそんなところだろう。宮地班長がうなずくのを待って、メモを片手に話し始める。

「自分は瀬良部長と一緒に、聖司くんの母親の聴取に当たりました」

聖司くんの両親は、連日、捜査本部のある美春署に呼び出されていた。最初は呼び出しに抵抗したが、二人には刑法二一八条後段、保護責任者不保護罪の疑いがある。その気になれば、いつでも逮捕状は取れる。そうちらつかせると、二人ともおとなしく呼び出しに応じた。

山崎くんは瀬良とともに、美春署の会議室で母親に聴取をしていた。

藤堂芽依《めい》。三十四歳。定職には就いておらず、その時々でパートやアルバイトをしている。

『もっと遊びたかったんだけどさ。聖司ができちゃったから、仕方なしに結婚したのさ』

この状況での聴取に平気でそう答える女だ。

「ご存じの通り、派手な女です。ネグレクトする母親の典型みたいに見えました。時間も、お金も、自分のために使いたい。自分の楽しみは犠牲にしたくない。そういうタイプです。聴取でも、口を開けば言い訳ばかり。聖司はしっかりしているから、家を任せても大丈夫だと思った。今時の十歳は子供じゃない。現にこれまで何も問題は起きなかった」

山崎くんは有名国立大学を出ているという。育ちもいいのだろう。芽依のだらしなさに心底うんざりしたように「本当にもう」と言いながら額をこすった。

「何度も怒鳴りつけそうになりましたよ。あんたの罪なんて、今はどうだっていい。そんなことより子供が心配じゃないのかって」

「心配してないのか？」と宮地班長が鋭く聞いた。「本当に心配していなかったか？」

確かに重要な点だ。

何だかんだ言ったって、実の母親だ。本当に子供のことを心配していないのなら、子供の行方を知っている、あるいは心当たりがあるという可能性もある。

言葉の不用意さに思い当たったのだろう。「あ、いえ」と返事に詰まって、山崎くんはぐっと考え込んだ。

「……してない、です」

瀬良がうつむきながら声を発する。

宮地班長がそちらを見やる。

「なら、芽依は何かを知っている？」

投げつけられた質問に瀬良がいっそうしどろもどろになる。

「いえ、知らないです。ずっと、足が、かたかた」

「それが？」

「怒って、ました。だと、思います。聖司、くんが、いなくなったこと」

理解に、一瞬の間が必要だった。

「今の状況に腹を立てていた。だから、それは芽依がやったことではない。そういうことか？」

宮地班長に確認され、瀬良がこく、こくと必死にうなずく。言葉が出ないなら、せめてジェスチャーぐらいはっきりさせてください。そう指導してきた甲斐があった。保護者のようにほっとしてしまう。

「聖司くんの行方は本当に知らない。それでも本当に心配していないってことか」

やりきれなさそうに仲上さんが呟く。

俺ほどの全面的な信頼ではないが、今では宮地班の人たちも瀬良の直感的な観察力を認めていた。

「当日の行動をもう一度」

宮地班長が視線を戻し、山崎くんが慌てて報告を続ける。

「会議でも報告しましたが、聖司くんが失踪する前から、芽依は、今の恋人である佐久間英樹《さくまひでき》のアパートに入り浸っていました。佐久間は国道沿いのガソリンスタンドの店員です。二十九歳。芽依がいつも利用しているうちに、親しくなったらしいです。この三ヶ月、たまに家に戻るだけで、芽依は、実質、佐久間の部屋で暮らしています。藤堂家のアパートとはちょっと距離があります。御倉町《みくらちょう》です。金は夜に近くのスナックでバイトをして稼いでいます。聖司くん失踪時は、やはり御倉町のネイルサロンにいました。五時五分から六時十分までです。店員の証言も取れましたし、店の防犯カメラ映像も確認済みです」

「恋人のほうも、仕事に出てたんだったな」

「はい。佐久間についてもガソリンスタンドの同僚から証言を取れてます」

「バイト先のスナックでは、どんな様子だ？　特定の客はついていないってことだったが」

「そうですね。客あしらいは下手なようです。席につくと、仕事を忘れて、酔うまで飲んでしまって、しかも酔うと客に絡む。店としても扱いあぐねているようです。一見、派手で華やかだから、クビにするのはもったいない。でも、店に出せば客に迷惑がかかる。カウンターの中で、なるべく客とは関わらせないようにしているらしいです。芽依が理由で聖司くんに危害を加えるような客がいるとは思えません。そもそも客も店の従業員も芽依に子供がいることを知らなかったようです」

「母親の関係者に怪しいやつはいない？」

「今のところは出てきていません」と山崎くんは言った。

宮地班長が目線を向け、瀬良もうなずく。

「父親は？」

「ほぼ他人ですね」と都倉さんが応じる。

都倉さんも所轄の若手刑事と一緒に美春署で父親の藤堂哲生《てつお》の聴取に当たっていた。

「少なくとも本人はそう考えているでしょう。今回の件に関しても、他人事のように妻の芽依を責める言葉しか出てきません」

父親の哲生は四十二歳。芽依とは、当時、流行り始めたばかりのマッチングアプリで知り合っている。仕事はコンビニやスーパーを回るルートドライバーだ。

「家に寄りつかなくなったのは、この一年ほどですが、それ以前にも子供との関わりは薄かったようです。話していて、父親としての情愛を、私は感じませんでした。今は会社の独身寮の空き部屋で暮らしています。その辺りはゆるい会社らしいです」

「芽依との不仲の原因は？」

「妻である芽依が男好きだから、と哲生は言っていますが、どっちもどっちです。不仲というより、夫婦としてはもともと上手くいくはずのない組み合わせなんでしょう」

「なぜ離婚しないんだ？」

「必要がないからだと哲生は言っています」

「必要？」

「私にも理解しづらいですが」と都倉さんは苦笑した。「子供ができたから、籍を入れた。居心地が悪いから、家を出た。本当にそれだけなんですよ。哲生はそういう男ですし、芽依のほうも似たり寄ったりでしょう」

「女がいるんだったな？」

「ルート配送先で、こまめに声をかけて、何人かと関係を持っているようです。ただ、それを理由に聖司くんに何かをするとは思えません。聖司くんが哲生の邪魔になるようなことはないでしょう。正確に言うなら、哲生は聖司くんに対して何のこだわりもないので、邪魔になりようがないです」

子供に危害が加えられたなら、一番怪しいのは両親のどちらか、もしくは両方。統計的に考えればそういうことになる。ひどい話だ。が、それよりひどい話もあるということだ。

「当日の行動も調べましたが、いつも通りに配送ルートを回っています。タイトな時間割で回っているので、途中で抜けて何かをする余裕はなかったはずです」

「ああ、聖司くんがスマホを持っていないのは確かだな？」

宮地班長に目を向けられ、山崎くんと都倉さんがうなずく。

「学校関係は？」

俺は傍らの矢部《やべ》巡査部長を見た。普段は美春署の生活安全課にいるが、今回、捜査本部に組み入れられ、俺とペアを組むことになった。頭頂部がうっすらと薄くなっているので、もう少し上に見えたのだが、実際は四十二歳だそうだ。こういう捜査には慣れていないのだろう。宮地班長の圧に目が泳いでいる。報告したいなら譲るつもりだったが、矢部さんにその余裕はなさそうだった。

「今の担任である小関香苗《おぜきかなえ》、前年の担任だった前田理《まえだおさむ》の二人に聴取しました」と俺は報告を始めた。「一、二年時の担任と、三年時の担任はすでに学校を離れていますので、電話で連絡を取っています。必要ならば、後日、聴取に向かいます」

「続けろ」

「気まぐれで、変なリーダーシップがある、というのが先生たちに共通する聖司くんのイメージです」

『みんなを引っ張っていく、というのではなく、周囲が聖司くんを見て、その波長に釣られてしまうような、そういうタイプです。そういう、黙っていても影響力の強い子っているんです』

今の担任である若い小関香苗先生は目を伏せながら言った。小柄な女性だ。二十五歳。上級学年をもつのは、今年が初めてだという。

別に聴取したベテランの前田理先生になると、言葉はもっと直截《ちょくせつ》なものになった。

『悪ガキですよ。手を焼かされました。教師のことなんて、屁とも思ってない。授業に飽きれば騒ぎ出す。それにも飽きれば教室を出ていってしまう。一人でやってくれりゃ、放っておくのも手でしょうが、周りを巻き込むからタチが悪い。五人も六人も教室を出ていけば、それがさらに周りの子供に影響する。大声で言ったら問題でしょうけどね、腐ったミカンってのは、やっぱりあるんですよ。ああ、わからないならいいです。世代の違いですね』

『腐ったミカン』の意味については、前田先生と同じ世代の喜多さんに確認済みだ。失踪し、捜索している対象の児童をそこまで悪し様《あざま》に表現したことには、かなり驚いた。が、担任していた当時は、相当に手を焼かされたらしい。

「三年、四年と、聖司くんがいたクラスは学級崩壊しています。今年もそれに近い状態だったようですし、その原因は聖司くんにあるというのが、先生たちの見方のようです」

「今の担任は、若い女性だったな。そのセンはあるか？」

「そのセン、ですか？」

それは考えていなかった。思わず聞き返してから、その可能性について考えを巡らせてみる。

「聖司くんを持て余してはいます。迷惑にも思っていたのでしょうが、危害を加えるまでは、さすがに。今は、ネグレクトに気づかなかったことで、自分をひどく責めています。そっちのほうが心配になるくらいです。失踪時はまだ勤務時間中ですし、学校にいたはずです」

「席を外してはいないか？」

「すみません。未確認です。前担任の前田先生と併せて、確認します」

「年上との接点は？　卒業生とか、地元のグループとは関係を持っていないか？」

宮地班長の視線を受けて、俺は矢部さんを見た。地元のことなら地元署の生活安全課にいる矢部さんのほうが詳しい。

「うちでいくつか注視しているグループはありますが、いずれも聖司くんとの接点はないと思います」

緊張しながらも矢部さんが報告する。そこに喜多さんが言い添えた。

「いつも使っているスーパーが三軒あるんですが、それらの店でも万引きをした様子はありませんね。学校の先生方の手には余る悪ガキ、ってだけで、虞犯《ぐはん》性はないと思います」

「わかった。近所は？」と宮地班長が喜多さんに続けての報告を促す。

喜多さんは美春署の捜査員三人とともに一家が住んでいたアパート周辺の聴取に回っていた。

「家族にはちょっと手狭なアパートです。他の五軒は、夫婦二人の世帯が三軒。単身が一軒。中年の姉妹の世帯が一軒。みんな仕事を持っているせいもあるでしょうし、このご時世ってこともあるんでしょう。同じアパートの住人でも、小さな子供がいるなっていう程度の認識があればマシなほうです。たまに帰ってくる母親についても、派手な女がいると知っている住人はいましたが、兄妹の母親だとわかっている人はいませんでした。ましてやアパートを離れれば、推して知るべしです。いや、推して知らないで、ちゃんと聞いて回りましたよ。聞いて回りましたが、兄妹のことも、母親のことも、しっかり認識している人はほぼいませんでした」

「ほぼ？」

「近所に、といっても、少し離れてはいますが、子供が同じ小学校に通っている家庭が何軒か、ああ、三軒か、ありますから、そこの家庭では、藤堂兄妹がそのアパートに住んでいるという認識くらいはありました。が、学年も違いますし、付き合いはまったくないそうです。藤堂芽依は学校の行事やＰＴＡの仕事に顔を出すこともなかったようですから」

「学校の友人については自分から」と仲上さんが手を上げる。

仲上さんは聖司くんの学校の友人たちの家を回っていた。

どこでも聖司くんの評判はよくない。できれば付き合ってほしくない、と考える親がほとんどだったようだ。

「かといって、具体的に聖司くんに何かをされたという子はいないです。多少の喧嘩や意地悪はあったようですが、恨みをもって聖司くんに何かしようという人がいるようにも思えません。璃美ちゃんの友達も当たってみようとしたんですが、どうも璃美ちゃんは学校で友達がいないみたいですね」

「いじめか？」

「いえ。それとは違うようです。集団生活に馴染《なじ》めないというか、学校が得意ではないようで。本人の性格的なものだと思います」

「でも、通ってはいるんだよな？　ああ、母親に言われてたんだったか」

「そうですね」と芽依を聴取した山崎くんが再び声を上げた。「休んで、学校から詮索されて、そこからネグレクトが発覚するのをおそれたんだと思います。学校には必ず行くよう、芽依は兄妹にきつく言っています。調子が悪いなら、保健室で寝てればいいんだからと。学校休んだら、その分、お金を減らすよって、こんなの、もう半ば脅迫ですよね。お金がなかったら、二人、生きていけないんですから」

ひでえな、と矢部さんが呟く。思いは同じだろう。みんな苦い顔をしている。

「休まずに通っていたのは、給食が目当てということもあると思います」と仲上さんが言い添え、宮地班長がうなずく。

「あとは、私ですね」と早川さんが口を開いた。「藤堂瞳《ひとみ》。父親である藤堂哲生の妹です。美春署にきてもらって、聴取を行いました」

休職扱いになっていた早川さんが職場復帰したのは先月のことだ。以前と変わらないように見えるが、事件に対する向き合い方がやはりどこか違う。事件から、もしくは事件と向き合う自分という刑事から、一歩、引こうとしているのがわかる。以前のような、正義感をたぎらせて事件に向き合える状態に戻るにはまだまだ時間がかかるだろう。所轄のベテラン刑事とともに、両親ではなく叔母の聴取に当てられたのも、そういう意味合いだと思う。

「芽依の実家は福島で親戚はほとんどそちらに集中しています。哲生は東京の出身ですが、両親はすでに他界。他の親戚付き合いはほとんどなく、聖司くん、璃美ちゃん兄妹と唯一、付き合いのあった親類が瞳になります。四十歳。短大を出て就職して以来、同じ会社で働いています。『オイキタ電機』。電子部品のサプライヤーですね。工場の労務管理をしているようです。二十代の半ばに一度、結婚してますが、一年で別れています。住居は何度か変わっていますが、今のところにきたのは、聖司くんが生まれた直後です」

「わざわざ哲生の家の近くに引っ越してきたんだったな」

藤堂瞳は、藤堂家のアパートと同じ路線の三つ離れた駅近くの賃貸マンションに一人で暮らしている。

「ええ。子供好きらしいです。一年前までは頻繁に行き来があり、瞳は二人をとても可愛がっていたそうです。哲生や芽依も、瞳を都合よく子守に使っていたのでしょう。ただ、哲生が家を出てからは、二人が瞳に懐くのを芽依が嫌がったようで、二人との交流を拒絶されています」

『面倒を見ないどころか、お金も入れない男に父親面させるつもりはないし、ましてやその妹に親戚面される覚えもない』

瞳は芽依にそう言われたという。

『可愛がりたいなら、金を出せ』とも。

「金を出して付き合うのは、子供に対してあんまりだろうということで、瞳は芽依と距離をおきます。それでも二人のことは気になったようで、休日に、時折、様子を見にいっています。芽依が留守のときには二人に接触もしていいます。お菓子を買ってあげて、そのお菓子が芽依に見つかって、文句を言われたことなんかもあったらしいです」

『黙って引っ越されたりしても嫌だから、芽依さんの気に障ることはしないように、なるべく気をつけていました』

「ところが三ヶ月ほど前、ちょうど芽依が佐久間のアパートに転がり込んだ辺りですね、瞳は芽依が不在がちなことに気がつく。兄の哲生に何とかするように電話で言ったらしいですが、のらりくらりと言い逃れられて、まるで埒があかない。見かねて、ある日曜日、二人を自分のマンションに連れていった。手作りの夕飯を食べさせたら、家に送っていくつもりだったらしいです。ところがそんな日に限って、芽依が自宅に戻ってきた。二人がいないことに気がついて、すぐに瞳のところだとわかったのでしょう。電話をかけてきた。食事が終わったら送っていく、と言ったらしいのですが、直後に芽依が瞳の暮らすマンションにやってきて、瞳と口論になります。そのとき、芽依はその場で子供が誘拐されたと一一〇番通報しました。受理した係官が問いただして、事件の可能性は低いと判断したようですが、最寄り交番の警察官が二名、確認のために瞳のマンションに向かっています。二人から話を聞き、親権者の許可なく子供を連れ出さないよう、きつく瞳に言っています。それ以来、瞳は二人と会っていないそうです」

「お前は、どう見た?」

「哲生の妹とは思えない、生真面目な女性です。芽依とは相性が悪いでしょう。やってきた警察官に芽依が親としての務めを果たしていないと主張したらしいですが、相手にされなかったようです」

育児放棄だと言われても、現に母親が子供がいないことに気づいて、その場に子供を取り戻しにきているのだ。警察官としては、まずは子供を母親の元に返すように動く。

「その件、その後のフォローはまったくないんだな?」

「そうですね。口頭注意で解決済みの事案として、特に動いてはいないです」

けれど、児童虐待事案には通告義務がある。さっきの会議でも話題になった。

虐待を受けたと思われる児童を発見した人は、福祉事務所もしくは児童相談所に通告することが義務づけられている。これは児童福祉法上、すべての国民が負う義務で、もちろん警察官もその例外ではない。

が、瞳のマンションに向かった二名の警察官は、この件を児童虐待事案としては本署に上げなかった。可愛さあまって叔母が子供を連れ出した親族内トラブルとして処理している。

気持ちはわかる。

形式的に言えば、事件を本署の生活安全課に上げて、生活安全課が児相に通告し、両者が連携して子供と親から聴取を行い、情報共有をした上で今後の方針を取り決めていく、ということになるのだろう。が、県内で児相が取り扱う虐待相談は毎年、一万件を超える。そのうちのほぼ半数が警察が児相に通告した事案だ。義務があるとはいえ、何でもかんでも通告してくることに、児相からは反発する声も聞こえてきているという。少しは警察で処理してくれと。

今回は、勝手に子供を連れ出して食事をさせた義理の妹に、かねてから折り合いが悪かった母親が腹を立てた、というだけの事案だ。刑事課に上げるべき誘拐事件でもなければ、生活安全課に上げるべき児童虐待事件でもない。親類同士のトラブルであり、両者を説諭して事案解決、と報告したその警察官を責める警察関係者はいないだろう。

その一方で、『楽だったからだろう?』。みんなそうも思っている。それが事案処理として一番楽だから、そうした。それも事実だと思う。

『その参考人については、取り扱いに気をつけるよう』

先ほどの会議で、長島管理官がさらりと言った。

誰も突っ込みはしなかったが、言いたいことはわかった。

騒がれたら面倒なことになる。

二人に手をさしのべた唯一の大人が藤堂瞳だ。結果として言うなら、警察はその人から二人を引き離してしまった。この話がマスコミに漏れたら、適切な対応を怠ったとして、警察は世間から袋叩きに遭うだろう。今後、事件が悪い展開をたどるようなことがあれば、容易に上層部の責任問題になる。

実際、早川さんと所轄署刑事の二人は、藤堂瞳に強くなじられている。

『だから、言ったじゃない。こんなことになったのは、あんな親に子供を託した警察のせいよ。聖司くんに何かあったら、私は絶対に警察を許さないから』

「まずい対応だったよな」と喜多さんが言った。

「母親の芽依は、今回も瞳の仕業じゃないかと言ってますが、まあ、言いがかりですよね」と山崎くんが言った。

「瞳の当日の行動は、裏が取れてるんだな？」

宮地班長が早川さんに聞く。

「ええ。その日は普通に出勤しています。十八時に退社したのもいつも通り。勤務中、長く席を空けるようなこともなかったそうです」

聖司くんの周囲で関係者と呼べそうな人はこれで全部だ。いや、厳密に言うならもう一人。

「璃美ちゃんへの聴取はまだできませんか？」と俺は聞いた。

璃美ちゃんには、聖司くんの失踪がわかった直後、児童虐待係の捜査員が一度、事情聴取しただけだ。会議で聴取の報告は聞いたが、ほとんど内容のないものだった。聖司くんがいなくなったばかりで動揺していたのだろう。まともに会話ができなかったという。

「何か聞きたいことが？」

「あ、いえ。特にというものはないです」

一瞬、訝しげな顔をして、宮地班長は言った。

「だったら、向こうさんの判断待ちだ」

璃美ちゃんは、今、児相の一時保護所にいる。長らく親からネグレクトされていた上に、頼りにしていた兄が消えてしまったのだ。精神的ショックは計り知れない。今は児童福祉司や児童心理司がついて、フォローに当たっているはずだ。担当の児童福祉司は、警察の事情聴取はもう少し先にしてほしいと伝えてきていた。捜査上の必要性があれば強引にでも聴取するが、そうでない限りは警察も専門家の判断に従うことになる。

引き続き関係者への聴取を進めることを確認して、班内の会議は終わった。


その後、俺は矢部さんとともに小学校へ赴き、他の先生からの聴取も兼ねて、聖司くんの今の担任である小関香苗先生と、前年の担任だった前田理先生の当日の行動を確認した。失踪時である五時から五時半ごろは、職員会議が行われていて、両者ともにそれに出席していたことが確認できた。

副校長からは、登下校時の児童たちに対する不審行為の情報も入手できた。

明らかに緊急性のあるもの、悪質性の高いものならば通報されるし、警察でも把握している。が、さほどの緊急性がなく、悪質性の判断もしにくいものについては、学校への相談のみとなるケースも多い。そういう事例は、近隣五つの小中学校と情報を共有し、必要ならばその時々で周知して、児童や家庭に注意を促す対応を取っているという。

お願いすると、副校長が近隣校で共有された不審者リストをプリントアウトしてくれた。

「簡単な情報しかありませんが」

職員室の片隅。ついたてで仕切られただけの応接スペースに戻って、副校長は紙を差し出した。

日付と不審行為の内容、それに不審者の特徴が書かれている。

普通に見れば、それが不審行為かと首をひねるものもある。

『こんにちは。君、何年生？』と聞いてきたのは七十代くらいの男性。犬を連れていた。

『学校が終わるの、いつもこの時間？』

そう尋ねたのは四十代の男性。小太り。帽子をかぶっていた。

『いいボール使ってるね。サッカーやってるの？』

若い男性。長髪。長身。口ひげ。

中には通学路に立って、ただ下校中の児童を眺めていたというだけの中年女性の情報もあった。

「これが不審者って言われてもねえ」

他の用事で呼ばれて、副校長がいったん席を外すと、矢部さんが嘆くように言った。

が、俺はそうは思わない。その声かけがどんなに朗らかで、友好的なものだったとしても、立っているだけのその人がどんなに無害なたたずまいであったとしても、接した子供はきっと何かを感じたのだ。その口ぶりに、その眼差しに、『犯人』の影を見たのだ。そうでなければ、わざわざ誰かに喋ったりしない。無論、大半は誤解なのだろう。が、すべてが誤解でない以上、それらはすべて『不審者』だ。

「どうかした？」

矢部さんに聞かれて、我に返った。

「ああ、いえ。どれも今回の件とは関係なさそうだなと」

「そうだね。一応は当たらなきゃいけないだろうが、望みは薄そうだね」

戻ってきた副校長に礼を言い、俺たちは小学校をあとにした。

報告のために捜査本部に戻ると、熊井班長のだみ声が耳に飛び込んできた。

「信頼できそうなのはないのか？　複数人の証言とか」

「駅方面で見かけたという人が多くなりますが、おそらく単純に人が多くいる場所だからというだけの理由で、信憑性までは」

電話で寄せられた目撃情報についての話だとわかる。それを当てにし始めたということは、現地での捜査が行き詰まっているということだ。

五時十八分からの三百メートル。そこで何があったのか。

交通鑑識の調べは空振りに終わったのだろう。何か出たなら、捜査本部は今ごろ大騒ぎになっている。事故の痕跡はなかったということだ。

だったら、何があったのか。熊井班を中心とする捜査員は、それを明らかにするために奔走している。不審な車両を見かけていないか。不審な人物を見ていないか。小学生の男の子が、誰かと話していなかったか。その捜査にも進展が見込めなくなったなら、雲行きは相当怪しくなる。

俺は熊井班長から少し離れたところにいた宮地班長に声をかけた。先生たちへの聞き取りと副校長から得た不審者情報についての報告をしてから、前から気になっていたことを聞いてみる。

「前歴者の確認は終わっているんでしょうか？」

「当たり前だ」

俺が手渡した不審者リストに目を落としたまま、宮地班長が応じた。

「未成年者略取と未成年者に対する性加害の前歴者は当たっている」

「二十年、三十年前までさかのぼってますか？」

宮地班長が顔を上げた。

「何が言いたい？」

「いえ。二十年、三十年というと古い話に思えますが、若い被疑者ならまだまだ生きている年齢ですから。かえってこういう当たり前が見逃されていることもあるかと」

「それについては、うちのものが報告したはずだけどな」

少し離れた席でも耳に届いたのだろう。熊井班長が俺に声をかけてきた。

「お前、会議、寝てたの？」

「すべて、当たったんですよね？」

熊井班長が露骨に不機嫌な顔になった。俺を無視して、宮地班長に目を向ける。

「何だ、宮地。何の因縁だ？」

じろりと俺を睨み、宮地班長が熊井班長に返した。

「前歴者は間違いなく、すべて当たったのか。ただの確認ですよ。漏れは？」

「ないよ。すべてチェック済みだ。舐《な》めてんのか？」

「あまりの迅速さに驚いてるだけです。のろまなうちの班が仕切ったら、まだ終わってないでしょうから」

おだてるようなことを素っ気ない口調で言い、宮地班長が腰を上げた。

「ほら、行くぞ」

俺を促し、捜査本部となっている講堂を出る。二人の班長のやり取りにおろおろしていた矢部さんは、自分は誘われていないと判断したのか、講堂に留まった。

「それで、何の因縁だ？」

講堂を出たところで、宮地班長が熊井班長と同じ質問を俺にぶつけた。

「何でもないです。本当にただの確認です」

宮地班長が透かすように俺の顔を見る。

「お前、変だぞ。璃美ちゃんの聴取も、今のもそうだ。何を苛立ってんだ？」

「それは焦ります。失踪して、もう五日目ですから」

「焦ってる？　それだけか？」

「それだけです。すんません、おかしなことを言って」

居心地の悪い視線を避けるため、俺は軽薄に話を変えた。

「それにしても、熊井班長、ライバル心バチバチですね」

「ライバル心？」

「一課長の椅子です」

刑事部の他の課長職と違って、どこの県警本部でも捜査第一課長だけはノンキャリアが務める。俺たちノンキャリアの刑事警察官が目指す、最も栄誉ある地位だ。熊井班長はいずれその地位に就くだろうと言われている。が、ライバルがいるとしたらそれは宮地班長だろうというのも衆目の一致するところだ。

「つまんねえこと言ってないで、働け」

「つす」

2

失踪事件に携わる捜査員は独特の心理状態を経る。最初に事件を知ったとき、大方の捜査員は、楽観的な予想を抱く。事件ではないだろう。道に迷ったか、気の迷いか、そのうちひょっこりと出てくるだろう。そう思っている。が、五日経ち、六日経ちとなってくると、その思いは急激にしぼみ、逆に最悪の想像が膨らんでくる。

生きているなら出てくるはずだ。少なくともどこかで何かの反応があるはずだ。それがないというのなら……もう生きていないのではないか。

失踪から七日目。今の捜査本部が、まさにその状態だった。

午後五時十八分からの三百メートル。手がかりはそこで途絶えた。

たぐる糸を見失った捜査本部は、軽い混乱状態に陥っていた。

現場を取り仕切る長島管理官も、今回は捜査本部に頻繁に顔を見せている菅野一課長も、刻々と険しい表情になっていく。

人の記憶は鮮度こそが命だ。時間が経てば経つほど歪んでいく。なかった目撃情報が生まれ、あった目撃情報が消えていく。

当初は報道でも大きく扱われていたが、このごろでは扱いが小さくなっていた。仕方がない。

伝えようにも新しい情報が何もないのだ。署に詰めかけているメディア関係者の雰囲気も、取材態度も、徐々に変わり始めていた。次に何が起こるのか、その変化の瞬間を、一人、また一人と息をひそめて待ち始めたように感じられる。

熊井班を中心とした捜査員たちは必死に奔走したが、横断歩道での目撃談を最後に、聖司くんの足跡は消えた。

宮地班を中心とした捜査員たちも関係者への聞き取りを続けた。

俺も矢部さんとともに、一、二年時に聖司くんのクラスを担当した先生が、今、赴任している学校へと向かった。

捜査車両はほとんど熊井班が使っていて、俺たちが使える余裕はない。移動は電車とバスになった。連日、泊まり込みでの捜査が体に堪《こた》えているのだろう。バスに乗り、空いた席に座ると、矢部さんはすぐに眠ってしまった。俺も眠りたかったが、神経が高ぶって眠れない。

バスには様々な人が乗っている。背広にノーネクタイの中年男性。ひどく季節外れの厚めのカーディガンを羽織った女。片方だけイヤホンをしている若い男。働いているように見えない五十がらみの男女の二人連れ。フードをかぶり、大きなサングラスをしているせいで、年齢どころか性別も判別できない人。

この人たちが何者であるのか、俺は知らない。この中の誰かが、聖司くんに危害を加えたのだとしても、俺にはわからない。この人たちが今から向かうその先に、傷ついた聖司くんが横たわっているのかもしれない。

根拠のない想像に疲れて、視線を窓の外に飛ばせば、今度は行き交う車に目を奪われる。隣を走るワンボックスの後部座席に、すれ違ったセダンのトランクに、道路脇に停車しているトラックの荷台に、手足の自由を奪われた聖司くんが転がっているのかもしれない。

誰が犯人であってもおかしくない。

街は不審者でできている。


失踪から八日目。毎朝の捜査会議は日を追うごとに勢いをなくしていた。今日も捜査員を力づけるような進展は報告されない。

「誰か意見のあるもの。遠慮せずに言ってくれ」

熊井班長同様、激しく檄を飛ばし続けてきた長島管理官の声は、がらがらに潰れている。

幹部席から臆面もなく発せられた言葉に、俺は驚いて顔を上げた。幹部席の誰もその言葉をとがめる様子はない。

上から下へ命令が、下から上へ報告が流れるのが警察という組織だ。捜査会議上、上が下に根本的な捜査方針についておおっぴらに意見を求めることなど、そうあることではない。

声は上がらなかった。

意見があるなら、とうにぶつけているか、ぶつける前に実行している。

連日、情報を求めて街をかけずり回っている捜査員からすれば、そんな思いもあるだろう。

「美春署、地域課の石田《いしだ》です」

沈黙を破って、四十がらみの男性が立ち上がった。熊井班の捜査に組み入れられ、聞き込みに回っていた一人だ。疲れ切って、いかにも体が重そうだ。最後に家に帰ったのはいつか。スーツもくたびれて見える。

「単純に家出というセンは、本当にないんでしょうか？　親から捨てられたような境遇です。報告を聞く限りでは、学校の先生も聖司くんにいい印象を持っていない。不意に自暴自棄になって、どこかへ行きたくなるのは、むしろ自然だと思うんですが」

ここまで時間が経っても出てこない。出てこられないのではなくて、自分の意思で出てこないのだ。そう願いたくなる気持ちはわかった。左手の薬指にリングがある。自身にも子供がいるのかもしれない。

熊井班長が応じた。

「いつも通り、公園から家のすぐ近くまで戻った。が、そこでなぜか突然、家出したくなった。そういうことか？」

責めるわけではない。その可能性を本気で吟味するようにゆっくりと問い返す。

「子供ですから。ないことはないかと」

ふっと会議の空気が弛緩する。

子供ですからって言っちゃえばなあ、と誰かが苦笑とともに呟いた。

「聖司くんの所持金は？」

熊井班長の質問に別の捜査員が立ち上がる。熊井班の若手捜査員だ。目が充血しているが、声にはまだ力がある。

「確定できていませんが、二週間前、母親が渡したのが二万円。失踪前日、スーパーで買い物をした際、聖司くんは五千円札を出して、三千八百二十六円のお釣りを受け取っています。そこからすると、所持金は四、五千円と考えるのが妥当かと思われます。そのお金が入っているはずの財布は、いつも聖司くんが所持していました。現在も見つかっていません」
四、五千円。
野宿が可能なこの季節であれば、子供一人が八日間生き延びるには何とか足りる額かもしれない。けれど……。

「全額、ないんだろ？」

俺が抱いたのと同じ疑問を熊井班長が発した。

「家出するなら、置いていかないか？　妹の分を。やんちゃで気まぐれだが、妹思いの兄貴。そう見ているんだが、違うか？」

「しかし……」と言いかけた石田さんより前に、誰かが言った。

「子供ですから」

誰も笑わなかったし、言った人も冗談で言ったつもりはなさそうだった。

あり得る可能性を考え始めれば、もう何でもありになってしまっている。

「やっちまったかもな」

俺のすぐ隣にいた喜多さんが小さく呟いた。

同感だった。

どの時点かはわからない。が、この捜査本部は致命的に何かを間違えた。どこかで『やっちまった』。

石田さんが着席する。講堂はさっきよりも重苦しい沈黙に覆われた。

これは長期戦になるかもしれない。いや、長期戦でも解決すればまだいい。『長期未解決事件』。そんな文字も頭にちらつき出す。

「他に意見は？」

仮にあったとしたところで、軽々しく立ち上がれる雰囲気ではない。互いの様子をうかがう気配すらない。みんなじっと動けずにいる。

重苦しい停滞感を軽快に叩き壊したのは、所轄の若い捜査員だった。

「間中《まなか》署、刑事課の玉田《たまだ》です」

まだ二十代の前半だろう。溌剌《はつらつ》とした声だった。ゆで卵みたいにつるんとした肌をしている。講堂にいる多くの捜査員と違って、くたびれた様子がない。

「自分は市民の方々から寄せられた目撃情報を整理していました」

公開捜査に踏み切って以降、美春署には様々な情報が寄せられていた。玉石混淆《こんこう》、というよりは、ほとんどが石だ。

報道されていたのは、さっきうちの近所の道ばたでしゃがみ込んでいた男の子ではないだろうか。顔？　顔はしゃがんでいたから見てない。服装？　服装は覚えてない。

そんな調子だ。それでも万に一つの可能性がある限り、窓口を閉ざすわけにはいかない。電話の受け付け自体は周辺所轄署から集められた行政職員が担当したが、寄せられた情報の分析と確認作業は、周辺所轄からきた捜査員が受け持っていた。

「その中の一つです。一昨日、電話で寄せられた情報です」

玉田くんに向けられた視線の大半は白けていた。会議が停滞したのをいいことに、所轄の若い刑事が幹部の前で目立とうとしている。電話で寄せられた目撃情報にさほど重要なものがあるとも思えない。しかも一昨日の情報だ。重要なものなら、すでに会議に上がっているはずだ。

「場所もちょっと距離はあるんです。最後に目撃された地点から、横断歩道を渡り、自宅アパートがある路地に入らないで、そのまま直進します。堤前《つつみまえ》交差点を左折して、一キロ弱の地点にあるコンビニです」

「聖司くんらしき子供がきたのか？」

わずかに苛立って、熊井班長が声を上げる。そんなわけねえよな、と言外に匂わせている。コンビニにきたなら映像が残っているはずだし、それを確認すれば聖司くんか否かは容易にわかるはずだ。

「あ、いえ。子供じゃないです。車です」

「車？」

「コンビニの駐車場に一時間以上停められていたミニバンがあります。長かったので、店員が記憶していました」

「駐車場代わりに使われたんだろ」

「とは思いましたが、一応、防犯カメラ映像を確認しました。確かに一時間十五分にわたって、車が停められていました」

「それだけか？」

会議を本筋に戻したかったのだろう。長島管理官が、もうわかった、というように声を上げた。

「いえ、違います」

空気が読めない人なのか、玉田くんは気にすることなく話を続けた。

「不自然なことに、その車、誰も乗り降りしていないんです」

「何？」ともううんざりした口調を隠しもせず、熊井班長が問い返す。

「コンビニの駐車場にやってきて、誰も乗り降りせずに、一時間十五分後に車は出ていっていきます」

「昼寝でもしてたんだろ」

「そうかもしれませんが、それなら、普通、ちょっと買い物くらいしませんか？　申し訳に飲み物一本くらい買いませんか？」

「買うかもしれないが、買わないやつもいるよな？」

熊井班長がついに強い口調で言った。顔を上げ、きょろきょろと周囲を見て、そこで場の空気に気づいたようだ。

「ああ、そうですよね」とうなずきながら、玉田くんが腰を下ろした。「すみません。時間がどんぴしゃだったんで気になってしまって」

「待て。時間が、何だって？」

「ああ。ちょうどその時間なんです。信号待ちが五時十八分でしたよね。そのミニバンが駐車場を出たのが、五時三十三分なんです。子供ですが、割と元気な男の子のようなので、一キロほどの道のりを十五分と考えれば、ちょうどその時間だな、と。そう考えると、そのミニバンは通りすぎた聖司くんを追いかけるように出ていったのかもって、すみません、勝手に妙な推理しちゃって」

「報告の順番がおかしいだろ、馬鹿野郎」

すぐにコンビニから映像を取り寄せ、車のナンバーから持ち主を割り出した。

井桁将信。

住所は県中心部のマンション。駐車したコンビニまでは、車で小一時間はかかる距離だ。わざわざそんな遠くのコンビニにきた理由は何だったのか。自宅から離れた場所で、獲物を狙っていた。そういうことなのか。

この時点で、井桁に対する捜査本部の熱量はさほどのものではなかった。何せ、根拠が弱い。その時間に聖司くんがその道を通ったの『かも』しれない。車は聖司くんを追いかけたの『かも』しれない。二つの仮定を重ねた話だ。誰もいないから、浮かび上がって見えた。その程度の感触だった。

聖司くんは、横断歩道を渡ったあと、本当に家に向かう路地には入らずに直進し、交差点を曲がってコンビニに向かったのか。

新しく人員は回せない。電話情報の確認作業に当たっていた捜査員をそのルートの防犯カメラ探しと目撃者捜しにあてた。保育園と不動産屋と二軒の個人宅に防犯カメラが備えられていたが、いずれも録画範囲が狭く、前の道を通る人のすべてまでは捉え切れていなかった。コンビニの映像も同様で、駐車場までしか入っていない。聖司くんのアパートに続く路地に比べれば、車通りも人通りもある道だったが、目撃者を見つけることもできなかった。けれど間もなく、捜査本部は井桁に関する決定的な情報を入手する。

井桁の名前が会議で挙がった翌日の昼のことだ。捜査員に対して、捜査本部に戻るよう指示が出た。

学校で得られた不審者情報について捜査していた俺も、矢部さんとともに捜査本部に戻った。

「何かあったんですか？」

喜多さんと仲上さんの姿を見つけ、その隣に座りながら、俺は聞いた。講堂には多くの捜査員たちが戻っていた。幹部席にはまだ誰もいない。

「井桁の名前が前歴者リストにあったらしい」

皮肉な調子で喜多さんが言った。

「まさか」と俺は言った。「だって、今更ですか？」

「照会済みだと、みんなが勝手に思っていたらしいぞ」

「初歩の初歩でしょうに」と仲上さんが呆れて言った。

「でも、前歴者リストには当たったって言ってましたよ」

「それは井桁の名前が挙がる前の、未成年者略取とか、未成年者への性犯罪とかの前歴だろ」と喜多さんは言った。「井桁のはただの暴行だ。ただし……」

言いかけたときに、幹部たちが講堂に入ってきた。どの顔も険しい。

「もう聞き知っているかもしれないが」

不要な儀礼を省いて捜査員を着席させると長島管理官が言った。

「井桁に暴行の前歴があった。先ほど照会をかけてわかった」

前歴者リストは総務部情報管理課の照会センターに問い合わせればすぐに結果を得られる。先ほどが何時かは知らないが、その簡単な手続きが少なくとも丸一日放置されていたということだ。

美春署の制服巡査が資料を配ってくれる。井桁の逮捕容疑は暴行罪。その対象は……。

うっと声が出そうになった。

実際、驚きの声が講堂のあちこちで上がった。

十一歳の児童に対する暴行。

長島管理官に代わって、熊井班長が立ち上がる。

「資料にある通り、井桁は二年前、道ですれ違った十一歳の小学生を突き飛ばして、打撲させている。親が被害届を出して、井桁は逮捕されたが、被害者と示談が成立したのもあって、結局、不起訴になっている」

突き飛ばした理由について、小学生がすれ違いざまに悪口を言ったからだと、井桁は供述している。

仕事で寝不足だったり、ストレスが溜まっていたこともあって、ついかっとなってしまった。被害者には怖い思いをさせてしまい、申し訳なく思っている。

小学生の供述はこうだ。

道を歩いていたら、すれ違った人が突然引き返してきて、後ろから髪をつかまれた。そして『偉そうに歩いてるんじゃねえよ、貧乏人が』という怒鳴り声とともに、強く突き飛ばされた。体が転がり、起き上がったときには、男はさっさと歩き去っていた。いったい何なのか、わけがわからなかった。

供述の具体性から考えれば、被害者の言い分のほうが信憑性は高い。

「こいつ、これだけじゃないいな」

仲上さんが呟いた。

それは捜査員の多くが感じたはずだ。

突発的に感情を抑えられなくなる。そのはけ口を弱いものに向ける。こういうタイプは、他にも必ず同じようなことをしている。

「井桁の行動確認を始める。それと、他にも被害者がいないかを調べろ」

捜査本部が息を吹き返した。

人員割りが組み直された。井桁は二十四時間、常に熊井班を中心にした捜査員の監視下に置かれることになった。

井桁に関する情報も即座に集められた。

出身は新潟。大学進学を機に上京。専攻は経済学。学生時代にオンラインサロンの運営で資金を得た。その後の株価の値上がりを受けて資産を増やした。今も資産運用で生計を立てている。県中心部に新しく建てられたマンションの一室を購入し、三年前、都内からこちらに引っ越してきた。独身。黒いミニバンを保有。

井桁が越してきたここ三年に絞り、周辺の所轄に似たような犯行態様の被害届や被害相談がなかったか照会された。二十件余りの暴行事案が見つかった。宮地班は所轄の捜査員たちとともに、被害者のもとを回った。井桁の写真を見せると、一人が暴行したのはこの男だったと断言し、三人が似ていると証言した。宮地班としては、少なくともこの四件については井桁の犯行だという感触があった。人相が似ていたというだけでなく、捨て台詞《ぜりふ》までよく似ていた。『貧乏人』、『底辺』、『ゴミ』、『お荷物』。

夜の捜査会議が始まる前、俺たちは講堂でそれぞれの聴取の結果を突き合わせた。

「四人全員が小学校高学年というのは、何のこだわりなんでしょう。気味が悪いですね」と早川さんが言った。

被害者のすべてが高学年の小学生で、すべてが男の子だった。

「征服欲を満たすのにちょうどいい背格好だったんだろ」と都倉さんが言った。「大きい相手だと返り討ちに遭う可能性があるからな」

「みんな、一人でいるところを狙われてますね」

俺の言葉に仲上さんがうなずいた。

「微笑ましいほどわかりやすいクズだな」

その日は夜にも捜査会議が行われた。そこで、さらに熊井班の捜査員が仕入れた別のネタも報告された。半年前、井桁は暮らしているマンション近くのコンビニでトラブルを起こしていた。レジ操作に手間取った店員に井桁が文句を言った。相当ひどい言葉を投げつけたようだ。聞き咎めた店長が井桁に言い放った。

『うちの店には、二度ときていただかなくて結構です』

その場は井桁が引き下がった。が、店員がアルバイトを終えた帰り道、誰かに背後から突き飛ばされた。『ふざけるな、ゴミが』という怒声とともに。

「高校生なんですが、線が細くて、背も小さい子なんです。一方で店長のほうは学生時代に柔道をやっていた大男です」

「その件は、どうなった？」と熊井班長が聞く。

「さすがにバレると思ったのでしょう。翌日、弁護士が店を訪ねてきて、店長とバイトの高校生に謝罪を申し入れたそうです」

「示談か」

「ええ。店長のアドバイスもあって、高校生はその示談を受け入れています」

『胸くそ悪いが、あんなのに付き合うくらいなら、金をもらって二度と顔を見ないようにしたほうが、彼のためにもいいと思って』

被害届も出されなかった。

「そのとき通報しといてくれりゃな」と誰かが呟いた。

二度目の暴行だ。逮捕しておけば、不起訴にはならなかっただろう。実刑にはならないにしても、その後の井桁に対する何らかの抑止力にはなった可能性が高い。


車両に対する捜査も進んでいた。

井桁が住むマンションの駐車場には、出入り口に防犯カメラが設置されている。聖司くんが失踪した日、井桁のミニバンは午後三時すぎにマンションを出て、その日は戻ることはなかった。帰ってきたのは翌日の昼だ。Nシステムに照会をかけたが、その日に井桁のミニバンのナンバーと一致する情報はなかった。ならば近場を移動したのだろう。主要道路のNシステムをすべて避けて遠出することは不可能ではないが現実的には難しい。

井桁が犯人ならば、聖司くんを拉致し、どこか近くに監禁したということになる。車で連れ回したあと、今はマンションの室内にいる、という可能性もなくはないが、地下駐車場から防犯カメラを避けて室内に聖司くんを運び込むことは難しそうだった。

マンション駐車場の防犯カメラによれば、聖司くん失踪から四日目と八日目にも井桁は車でどこかへ出かけている。これに関してもNシステムに情報はなく、どこへ行ったのかわからない。失踪した日から数えて九日目に監視がついて以降、井桁はマンションからほとんど出ていない。室内のパソコンで仕事をしているのだろう。たまに外に出るときは、食べ物の買い出しだ。が、自炊をしているらしく、弁当ではなく食材を買って帰る。食材の量から、一人分か二人分かを推測するのは難しかった。


俺は矢部さんとともに、井桁と思しき男に突き飛ばされた男の子への聴取を続けていた。講堂で、その報告を宮地班長にしていたときだ。俺たちのほうへ熊井班長がふらりと近づいてきた。

捜査員は出払っていて、講堂に人は少ない。そう言いたそうな顔はした。が、熊井班長は「外せ」とは言わなかった。

「最悪の想定は今はなしだ」と熊井班長が前置きなく宮地班長に切り出した。「聖司くんは生きている。それが大前提だ」

宮地班長が黙ってうなずく。

「聖司くんはどこかに監禁されている。どこだ？　自室もあるか？」

「可能性は消せませんが」と宮地班長が考えながら答えた。「マンションの防犯カメラは避けられたとしても、拉致した少年を手元に置いておくでしょうか？　それほど度胸のある男だとは思えません」

「じゃあ、どうなる？」

「Nの情報がなかったことから考えて、手近な場所に監禁したということになるのでしょう」

「水や食料は？」

「ある程度、手に届くようにしてあるのか、そうでなければ、運んでいるんでしょう」

「車で動いた日が、それか？」

「可能性はあると思います」

「監禁するとなると、防音設備の整ったマンション。綾野《あやの》音大近くならありそうだな。鹿多《しかだ》芸大もあるか。他には？」

「音を出す、たとえばカラオケスナックやライブハウスが入っていたような空き店舗。あとは独立性の高い貸倉庫のような場所でしょうか」

「近隣の不動産屋を当たらせる」と熊井班長がうなずいた。「共犯者はいると思うか？」

「これまでの犯行態様から性格を考えたとき、共犯者を作るタイプだとは思えません。可能性は低いでしょう」

「そうだな。俺もそう思う」

井桁の行動確認を始めて三日目。自室に監禁していないとするなら、少なくとも、この間は、井桁は聖司くんと接触していない。監視している中で、聖司くんに接触してくれれば、逮捕と救出を一緒にできる。そう願いながら監視を続けたが、井桁は一向に動く気配がなかった。このまま監視を続けていていいのか、熊井班長は不安になっているのだろう。共犯者がいないなら、水や食料を運ばなければ、聖司くんは死んでしまう。

近隣の不動産屋に網をかけたが、人を監禁できるような物件に、最近不審な契約があったという情報は入ってこなかった。

捜査本部にまた焦りの色が見えてきた。

監視は五日目に入った。井桁は同じような日常をこなしている。監視開始から数えても五日間。車を動かした日から起算するなら、プラスもう一日。井桁は聖司くんに接触していない。聖司くんは水や食料を得られているのか。もし水が得られていないなら、聖司くんの命はもう絶望的だ。水だけでも得られる環境なら、人は三週間ほどは生存できると言われる。が、十歳だ。怪我をしていないとも限らない。それほど保《も》つとは思えなかった。

「何で動かねえんだ」

捜査本部でも、怨嗟《えんさ》のような声が聞こえた。

動かないということは、やはり聖司くんは死んでいるのか。死んでいないなら、なぜ接触しないのか。このまま聖司くんを放置して、死に至らせる。そういうつもりなのか。

捜査員の苛立ちばかりが募っていく。

聖司くんに絡んだ逮捕はできない。証拠がないどころか、何の容疑かも確定できない。

一方、半年前の暴行事件ならば逮捕はできる。当事者間で示談が済んでいようが、暴行罪は親告罪ではない。が、逮捕したとしても、その先が問題だ。すぐに落とせればいい。落とせずに勾留が長引いてしまった場合は最悪だ。いずれ監禁している聖司くんのもとに、井桁は水や食料を運ぶつもりなのかもしれない。その井桁を動けなくしてしまうことになる。逮捕したが故に、聖司くんが死んでしまうという可能性が出てくるのだ。

井桁が動くことを祈りながら、その甲斐もなく一日が終わろうとしていた、夜の会議でのことだ。

会議の最中、突然、大きな声が上がった。

「何だって？」

国吉《くによし》さんという熊井班の捜査員だった。声と態度が大きいので本部では有名だ。

みんなが注目する中、国吉さんが立ち上がった。隣に座っていた男を促し、立ち上がらせる。

「この人、見られたかもしれないと言っています」

顔を真っ青にして立っているのは、美春署の石田さんだった。以前、捜査会議で、聖司くんは家出ではないのかと問いかけた捜査員だ。今は熊井班と一緒に、井桁の張り込みに当たっていた。

「報告しろ」

熊井班長の厳しい声が飛んだが、石田さんは唇を震わせ、喋ることができない。代わって国吉さんが報告を始める。

「一昨日です。一昨日の昼です。自分と彼はマンションの裏口で車で張り込みをしていました。十二時十分くらいに彼がトイレに行くために車を出ました。トイレは少し離れた公園のものを使うことになっていたんですが」

「すみません」と悲鳴のように石田さんが言った。「腹の調子がおかしくて、つい。もっと近くのコンビニに。でも、マンションからそんなに近いわけではなかったので、まさかくるとは」

「ああ」と別の場所から声が上がった。「一昨日、井桁が入った、あのコンビニか？」

マンションから一番近くのコンビニは、半年前にトラブルを起こしている。以来、井桁がきたことはないという。そのせいか、近くの他のコンビニは、井桁はどこと決めることなくあちこちを使っている。買うのは専らスイーツだ。

「一応、念のためと思って、俺が彼の携帯に電話したのが、裏目に出ました」

『井桁が外に出ました。コンビニに向かったらしいので気をつけるよう』

『コンビニにですか？』

　オウム返しに石田さんが言ったその目線の先に、井桁がいた。

「『コンビニにですか』。言ったのはそれだけなんだな？」

「はい」

「お前が警察官だと気がついたのか？」

「自分はすぐに顔を伏せたので、井桁がどんな顔をしていたかはわかりません。ただ、目は合いました」

「そのとき、ついてたのは？」

「私と能見《のうみ》です」と先ほど声を上げた熊井班の別の捜査員が立ち上がった。「けれど我々はコンビニ店内には入っていないので、彼を見た井桁の反応を確認していません。コンビニから出たあとの井桁にさほど変わった様子はなかったのですが、ただ」

「何だ」

「言われてみれば、という程度なのですが、出てきてからの足取りが速かったです」

「監視に気づいて、焦ったということか？」

「その可能性はあります」

監視に気づいたのなら、井桁が聖司くんと接触することはない。たとえ水と食料が尽きようと、決して聖司くんのもとには行かないだろう。一昨日から、その状態が続いているのだとしたら、聖司くんは与えられていたはずの水と食料を得られなかった可能性がある。

菅野捜査第一課長と長島管理官とが顔を寄せて話し合う。熊井班長と宮地班長も近くに呼ばれ、席を立つ。四人が話し合うのを俺たちは固唾を呑んで見守っていた。

考えられるのは三つ。

井桁が監視に気づいたという可能性を無視して、このまま監視を続ける。

井桁が監視に気づいたと仮定して、井桁にわかるように監視を解く。

どちらも無責任だ。井桁は監視に気づいたのかもしれないし、井桁は監視を解いたことに気づかないかもしれない。

残りは一つしかない。

短い話し合いが終わった。菅野一課長が席を立ち、捜査員を見渡す。

「井桁を暴行罪で逮捕する」

そしてすぐに井桁を落とす。それしかない。

菅野一課長の人選により、井桁の取り調べには都倉さんが当たることになった。熊井班長は不満そうだったが、実績から考えれば、他に人はいない。

都倉さんが立ち上がり、幹部席に一礼する。

「わかりました。では、補助はうちの和泉でお願いします」

こんなものに正しい作法などないだろうが、都倉さんが立っているのだ。座っているわけにもいかず、俺も立ち上がる。

「ああ。頼んだぞ」

菅野一課長が都倉さんに言い、都倉さんがもう一度礼をする。俺も頭を下げた。

斜め後ろの席から視線を感じる。

早川さんは復帰したばかりだ。自分だろうと思ってはいたが、こうもあっさり指名されると、早川さんの顔を見られない。

3

翌早朝、捜査員が井桁のマンションに向かい、井桁を暴行罪で逮捕した。

微かな望みではあったが、マンションの室内に聖司くんの姿はなかった。室内と車内に聖司くんの毛髪や指紋がないか、鑑識作業が始まった。使用していたスマホも解析に回される。

逮捕された井桁は、すぐに弁護士を要求した。

「接見前には何も喋りませんから」

「ああ、そうですか」と都倉さんは軽くいなした。「では、そうしてください。接見も、黙秘も、井桁さんの権利ですから」

そのまま世間話を始める。

井桁は沈黙を守る。横を向き、ことさらに無視する姿勢を示す姿は、子供っぽく感じる。その程度の覚悟で、都倉さんをかわせるはずもない。弁護士と連絡がついたという知らせも、気を緩ませたのだろう。取り調べ開始から二時間もすると、井桁はぽつぽつと返事を返すようになっていた。

「それじゃドライブなんかもお好きなんですね」

趣味の話からつないで、都倉さんは言った。

「最近、どこかにドライブとか行きましたか？」

井桁が動揺するのがわかった。

「先々週とか、お天気よかったじゃないですか。ふらっと出かけたりしませんでした？」

井桁の目に浮かぶのは、猜疑《さいぎ》と恐怖だ。何を知られているのか。すべて知られているのか。

ここまで動揺する人間が白のはずがない。

「どうです？」

またぷいと横を向く。

いつもならば、俺は腹の中で笑っただろう。

こんな被疑者、いずれ落ちる。

だが今回は笑っていられない。

聖司くんが姿を消して十四日目。心身ともにぼろぼろだろう。井桁を監視下に置いて六日目。もし井桁が車を動かしたのが聖司くんと接触するためならば、そこからは七日目。聖司くんが水と食料を与えられた可能性がある最後の日から、それだけが経っているのだ。

とにかく時間がない。

取調室のドアがノックされ、扉が薄く開いた。顔を覗かせたのは早川さんだった。俺に向けて、小さく頭を振ってみせる。

都倉さんと目線を交わしてから、俺は席を立って、取調室を出た。

「何か、出ましたか？」

取調室のドアから少し離れて、早川さんに聞く。早川さんの表情が硬い。一瞬、取り調べの補助に俺が指名されたせいかと思ったが、違った。

「井桁が使っていたパソコンのディスクに妙なフォルダがあった。調べてみたら映像だった。これの中身がなかなかエグい」

「何です？」

「人殺しの映像だ」

思わず声が大きくなる。

「本物ですか？」

「本物だが、海外の、ネット界隈《かいわい》では有名なものらしい。殺人事件のものや戦争や暴動のときのものだ。他に暴行の映像も多数。これもほとんどが明らかに海外の映像だ。が、一つだけ異質なものがあった」

「何です？」

「日本のものだ。いや、日本のものだと思う。薄暗い不鮮明な映像だから、よくわからない。子供が殴られている映像だ。ただ延々と子供が殴られている。五分くらいの映像だ」

うっと言葉に詰まる。

「聖司くんですか？」

吐き出すように尋ねる。

暴力映像が好きだった井桁は、自分で撮ってみたくなった。そういうことか。そのために獲物を物色していた。その網に聖司くんがかかってしまった。

「わからん。ひどいことになっていて、もとの顔がわからないんだ。服も着ていない。撮られた場所も含めて、今、分析してもらっている」

「見られますか?」

「取調室に戻るなら、見ないほうがいい。吐き気がするような映像だ。まともに井桁に向き合えなくなる」

「殴っているのが、井桁ですか?」

「それもわからん。殴っているほうは手しか映っていない。音声もたまに笑い声が入るだけだ。が、笑い声は明らかに男だ。若い男だと思う」

思わず取調室のドアを見た。

仮にそれが井桁だとしたとき、都倉さんはその罪も自分のものとして向き合うことができるのだろうか。

『自分だってその立場だったら、同じことをしていた』

そこまで自分をおとしめることができるのだろうか。

いや、と俺は思った。

できるできないじゃない。やるのだろう。都倉さんなら。

「そうですか」

「今、上はひどいことになってる」

早川さんが天井を指さす。講堂の捜査本部のことだ。

「今から取調室に戻って井桁を殺したら、お前、英雄だぞ」

軽く笑った早川さんが俺の顔を覗き込んだ。

「冗談だからな？」

「スマホの解析は？」

「まだだ。そっちは時間がかかるらしい」

「戻ります」

メモ帳を取り出す。

パソコンフォルダ。子供を殴る映像。身元不明。井桁、聖司くんの可能性あり。他に海外の暴行、殺人映像データ多数。

書き留めたページを破り、取調室に戻る。

「都倉さん」

書き留めたメモを渡す。メモを見た都倉さんは表情を変えずにうなずいて、俺にメモを戻した。俺はメモを握りつぶして、スーツのポケットにしまった。

俺たちのやり取りを井桁は怯えた目で見ている。何なのか聞きたい。が、聞くのが怖い。聞いたら罠《わな》にはまる気もする。そんなところだろう。

俺は席に戻った。

都倉さんは井桁を揺さぶり続けた。が、肝心な部分になると、井桁は口を閉ざす。その顔は完全に青ざめている。

このまま一気に落とせるかと思ったが、そうはいかなかった。

「ちょっともう疲れたんで、寝ますね。おやすみなさーい」

引きつった顔をしながらもふざけた口調で言って、井桁が机に突っ伏した。口を挟む間もない、一瞬のことだった。

追い詰められた井桁がぎりぎりで探り当てた逃げ道だ。子供じみている。が、効く。髪をつかんで引き上げたいが、手を触れることはできない。机を叩くことも、蹴飛ばすことも許されない。この状態では、都倉さんの力も半減してしまう。

その後も都倉さんは語りかけ続けたが、井桁は頑《かたく》なに突っ伏したままだった。顔を上げれば、勝ち目はない。格が違う。それくらい、井桁にもわかっているのだろう。

正午すぎに再び取調室のドアが開いた。顔を覗かせた早川さんにうなずき返し、また取調室の外に出る。

「取りあえずタイムオーバーだ。弁護士がきた。接見を要求している。朝から飯も食わせずに取り調べをしているとなったら、面倒なことになる」

やるせない苛立ちがこみ上げる。

「弁護士、早くないですか？」

逮捕は今日の今日だ。昼間には法廷もある。要請された弁護士が初回の接見にくるのは、通常、早くても当日の夕方以降だ。

「例の、コンビニに示談に行ったのと同じやつらしい。おそらく井桁の顧問刑事弁護士だろ」

皮肉たっぷりに早川さんが言った。

別件逮捕で、しかも朝から取り調べを続けている。強くは出られない。

『弁護士、接見要求』

取調室に戻り、都倉さんに書き留めたメモを見せる。都倉さんはあっさりと取り調べを終えた。

美春署の刑事が井桁を留置場に戻す。

被疑者には弁護人、または弁護人になろうとする人との秘密交通権がある。ざっくり言えば、被疑者と弁護士との接見現場に警察官は立ち会えない。だから、接見した弁護士と井桁が何を話したのか、俺たちにはわからない。ただ午後の井桁は午前中より落ち着いていた。

顔色はまだ悪い。が、薄ら笑いを取り戻すくらいの余裕はある。

「弁護士から言われたんで。黙秘しまーす」

昼食と接見を終えたあと、午後の取り調べで、井桁はそう言った。軽い口調だが、身構えているのがわかる。都倉さんは相手にしない。

「やっぱり午後は眠くなりますね」

大きな欠伸《あくび》とともに伸びをする。

「で、黙秘ですか」

にじんだ涙を拭うような仕草をして、まだ眠そうに都倉さんは言った。

「そりゃ、まあ、いいですけど。でも、弁護士は弁護士ですからね」

小さく笑って、都倉さんは口をつぐむ。

それがどういう意味なのか。知りたいが聞けない。聞かないが教えてくれないか。井桁の視線が落ち着きなく自分の手元と都倉さんの顔とを往復する。都倉さんは気に留めない。ゆっくり頭を回しながら自分の首筋を揉んでいる。

「……どういう意味です」

ついに井桁が口を開く。

「え？　ああ。弁護士は仕事でやってますからね。結果を出さなきゃいけない。それもわかりやすい結果を。身柄拘束を解いたり、起訴猶予にしたり、執行猶予をつけたり、罪名を落としたり。でも、井桁さんの場合は、全部無理ですよね。勾留は続くし、起訴はされるし、余罪もあるから執行猶予はつかないし、罪名は落ちない。どころか、たぶん、傷害罪に上がります。じゃあ、弁護士はどうする？　一発逆転を狙って、取りあえず、黙っとけってなるんですよ。自白さえ取られなければ、無罪判決が出るかもしれないって。そんなわけないでしょうにね。日本での起訴後の有罪率って、知ってますよね？　結構、有名ですもんね。九十九パーセント超えですよ。それでも、弁護士はいいんですよ。一パー以下の一発逆転狙いで。どうせ有罪で、どうせ実刑なんだから。検察や裁判所の心証を悪くして、刑が重くなったって、弁護士先生には関係ないですから。そんなもの、どうせ井桁さん一人が背負うんですから」

お前に味方なんていない。

都倉さんはそう言っていた。

何か言おうとしたのか。井桁の唇がモゴモゴと動く。が、言葉にはならない。

「考えどころだと思いますけどね。どうせ有罪なら、なるべく刑は軽いほうがいいでしょ？　心証って、結構、大事なんですよ。きっちり反省を示して、そこからだったら、私ら、同じ方向を向けると思いますよ。力になります。力にならせてくれませんか？」

本当にお前の味方になれるのは、弁護士じゃなく俺だ。

都倉さんはそう囁いている。

井桁がちらちらと都倉さんを見る。

追い詰められている。が、追い詰めすぎると、午前の取り調べのようになる。何もかもを放り出して、突っ伏してしまう。容量が小さいのだ。追い詰めすぎず、自分から出てくるだけの隙間は残しておかなければならない。

「まあ、適当に世間話でもして。話す気になったら、話してくださいよ。時間はたっぷりあるんだから。だって、もうあれでしょ？　今からじゃ、井桁さんの罪、変わらないでしょ？　変わるなら、急いだほうがいいですけど、変わらないなら、ねえ？　ゆっくりやりましょう」

どうせ聖司くんはもう死んでいるんだろう？

そう問いかけてどう反応するのか、今、都倉さんは試したのだとわかった。というより、それまでのすべてが、この質問をするための煙幕だ。

井桁は顔を伏せている。都倉さんの肩越しに見ているだけの俺には判別できない。が、向き合っている都倉さんなら、何らかの手応えを感じたはずだ。

その日、井桁は落ちなかった。が、明らかに揺れていた。

明日には落ちる。

俺にはそう見えた。

手続きから考えても、四十八時間以内に検察に送致しなくてはならない。そうなれば、また取り調べの流れが変わってしまう。落とすなら、明日中だ。

「聖司くん、どうなんでしょう？　さっきの井桁の反応、どう見ました？」

取り調べを終え、死んだようにぐったりした井桁を留置場に戻したあと、俺は都倉さんに聞いた。都倉さんは不機嫌な顔のまま答えない。

「まさか、もう……」

「わからん」

「え？」

「わからなかった」

そう言って、都倉さんは俺から離れていった。

その日、いつも通りに俺も都倉さんも美春署に泊まり込んだ。もう何日目になるか。捜査本部が立ってから、俺は家に戻っていない。署の風呂場のシャワーで汗だけは流す。地下の道場はくたびれきった捜査員たちのいびきが響いていた。こんなところで寝られるものかと、刑事になって最初のころは思ったものだ。が、すぐに慣れた。

この捜査本部では、女性捜査員の宿泊用に別の一部屋が押さえられていた。瀬良はそちらにいるのだろう。姿が見えない。

翌朝、軽く身支度を整えてから、都倉さんとともに捜査本部に向かうと、矢部さんが近づいてきた。捜査本部は、今、井桁の知人への聴取を急ぎ進めていた。矢部さんも携わっているはずだ。

「接見の話、聞いてますか？」

俺と都倉さんを見比べるようにしながら矢部さんが言った。

「何です？」と俺は聞いた。

「昨夜、弁護士が接見したらしいよ」

署内の情報なら、美春署署員である矢部さんのほうが早く入る。

「またですか？」

「しかも一時間以上。それに今朝も。さっきまで接見していたようです」

俺は言葉に詰まり、さしもの都倉さんも顔をしかめる。

弁護人の接見に回数制限はない。時間制限もなく、時刻制限もない。基本的には二十四時間、好きなときに好きなだけ接見することができる。

「回復してやがるな」と都倉さんが忌々しそうに呟いた。

「大丈夫ですよ。昨日の取り調べは効いてます」と俺は言った。

「あれは、すぐ染まる。こっちが締め上げれば、こっちの色に染まる。あっちが励ませば、あっちの色に染まる。朝から強気にくるぞ」

都倉さんの言った通りとなった。強気とまでは思わないが、昨日の青ざめた顔色からは回復していた。不安を感じているのは明らかだが、憎まれ口を叩く程度の余裕はある。

その井桁をまた都倉さんが根気よく手なずけていく。

昨日は趣味の話。今日は仕事の話だ。井桁の資産運用術に感心し、褒めそやす。口元を緩ませ、名前を呼ばせて、都倉さんはまた井桁を自分のペースに引き込んでいく。けれど、失踪時のアリバイに触れる話題になると、井桁は途端に首を引っ込める。

取調室で昨日と同じ時間が繰り返されていく。堂々巡りだ。その間に、聖司くんの命が一滴、また一滴とこぼれ落ちていく。

思いは焦りとなって、外に漏れた。

都倉さんが怒ったのももっともだ。俺以上に都倉さんのほうが怒りに震えていただろう。それを堪えて、井桁を自分の手の中に収め直した。なのに俺が殺気を発していたのでは、調べが進まない。取調室を追い出されたのも無理はない。


さっき壁に押しつけられた肩と肩甲骨がまだ痛む。

軽く肩を回し、頰を両手で叩いてから、俺は屋上を出た。

軽く昼食を取ってから、捜査本部になっている講堂へと戻る。都倉さんと早川さんの姿はすでになかった。

「取り調べ、もう始めたんですか?」

仲上さんの姿を見つけて、俺は聞いた。

「ああ」とうなずいた仲上さんも連日の捜査でだいぶやつれている。目の下のクマもひどい。

「午後はいつなら接見できるか。朝、弁護士が問い合わせて帰ったらしい。一度、接見室に入られたら、また回復されちまうからな。弁護士がくる前に取り調べを始めた」

大方は捜査に出かけていたが、まだ残っている捜査員もちらほらといた。捜査資料を読んでいるもの。捜査した内容について意見を戦わせているもの。次の捜査について打ち合わせをしているもの。捜査に疲れて英気を養っているもの。様々だったが、彼らの顔つきは一様に、昨日の朝とは変わっている。その目にあるのは憤怒と嫌悪だ。

「仲上さんは、見たんですか？」

「例の映像か。ああ、見た」

「どうでした？」

「人生で消したい記憶ナンバーワンが入れ替わったよ」

「そんなにグロかったですか」

仲上さんは少し答えに迷った。

「グロかった……いや、違うな。程度の問題じゃない。超えてんだよ、一線を」

「一線？」

「人間としての一線。あれをできるやつを俺は人間と呼ばない。無力にうずくまる子供を、本当に楽しみながらなぶっているんだ。ためらいがない。なぶることにじゃない。楽しんでいることにためらいがないんだ。腹の底からの笑い声だ。今も耳に残っているよ。あれだって人間なんだと言われると、もう何が人間なのか、俺にはわからなくなる。映像を見た記憶と一緒に、あれをやった人間を消してほしい。そうしなきゃ」

そこで言葉を切り、仲上さんは苦しそうな顔で言った。

「世界は正しく戻らない」

それほどまでにその映像は仲上さんの世界を歪めたのか。

「あれをやったのが井桁だというなら、なあ、和泉。俺は割と冷静に、井桁を殺せると思うよ」

最後は冗談めかして、仲上さんは言った。

「どこで見られますか？」

「やめとけ。お前は見るな」

「甘やかさないでください。お仕事です。捜査のためです」

「捜査のためにだよ。捜査本部で一人くらい、あれを見ていない人がいたほうがいい。そんな気がするんだ」

「都倉さんは？」

「早川さんが止めたんだけどな。今、取り調べに入る前に、見ていったよ」

もちろん都倉さんならそうするだろう。井桁という人間を理解しようとする。理解し、自分の中に宿らせる。

「和泉」

呼ばれた声に振り向くと、講堂のドアの近くで宮地班長が手招きをしていた。傍らには瀬良がいる。そちらに向かって歩きかけてから、俺は仲上さんに聞いた。

「その前は何だったんです？」

「その前？」

「消したい記憶ナンバーワン」

「はっ」と短く仲上さんは笑った。「言えるかよ」

その表情からするなら、そんなに悪い記憶ではないのかもしれない。

宮地班長の側に行く。都倉さんから補助を外されたことについて何か言われるかと思ったが、宮地班長はそれについては何も言わなかった。

「瀬良と一緒に藤堂芽依を聴取しろ。どこかで井桁と関係がなかったか。念のために確認しておけ」

瀬良と組んでいた山崎くんは、人員割りの改編で別の担当になっていた。

「呼び出しはいつです？」と俺は瀬良に聞いた。

「一時、です。けど、遅れます。いつも」

さすがに連日の呼び出しはなくなったが、父親の哲生と母親の芽依は、捜査本部にとって失踪者の家族であるとともに、気軽に呼びつけられる参考人だ。毎度の遅刻はだらしない性格のせいではなく、気軽に呼び出す警察への当てつけかもしれない。

聴取に使う小会議室へ移動し、準備をした。一つだけデスクを残し、他を端へ寄せる。二つ並べたパイプ椅子に座り、芽依がくるのを待ち受ける。が、一時を十分すぎても、芽依は姿を現さなかった。

瀬良の前にファイルがある。俺は手を伸ばして、中を確認した。

今日の聴取に使う写真が入った封筒。それと、これまで芽依を聴取した記録。報告書になる前のメモ書きだ。ざっと目を通す。

多くは失踪前後についてのものだった。恋人である佐久間との生活についての聞き取りが多い。それにしても……。

「誰の字です？」

右上がりの鋭角の字体だった。かなり癖が強い。というより、単純に下手くそな字だ。思わずにやりとしてしまう。

聞きはしたが、芽依の聴取に当たったのは二人だけだ。山崎くんのものだろう。

と、顔を伏せたままの瀬良が、縮こまる気配がした。

俺はもう一度、メモ書きに目を落とした。

男性的な字体に見えたが、もちろん字体に性別などない。

悪いことを聞いた。

俺はメモ書きをファイルに戻した。

さらに五分すぎても、芽依はこなかった。

「瀬良さんは、見ましたか？　子供が殴られてるという映像」

向かいの誰もいないパイプ椅子を眺めながら、俺は聞いた。瀬良がうなずく。

「……捜査本部で」

流したのだろう。

「どうでした？」

瀬良が首をねじって、俺の胸の辺りを見る。

質問の意味がわからないのだとわかる。仕方がない。意味のない質問だ。意味などない質問だとわかってもらえるようやり直す。

「瀬良さんは、どう感じましたか？　それを見て」

瀬良が前に向き直った。しばらく宙に言葉を探す。

「怖かった、です」

「そうですか。そうですよね」

「……変わり、ました」

何が、と聞く前にドアが開いて、藤堂芽依が入ってきた。遅れたことを謝るでもなく、並んで座る俺と瀬良を眺めてにやにや笑う。感じの悪い笑い方だ。

「どうぞ」

立ち上がって迎える気にもなれない。俺は座ったまま向かいのパイプ椅子を手で示した。

ラフなトレーナーにだぼっとしたシルエットのパンツをはいている。背負っていたデイパックを床に落として、芽依が椅子に腰を下ろした。俺と瀬良をわざとらしいほどしげしげと見比べる。

「作りかけのひな人形みたいだねえ」

意味は問い返すまでもない。ひな人形のように見えるのは瀬良のせい。作りかけに見えるのは俺のせい。目鼻立ちが描かれていないと言いたいのだろう。

「すみませんね。何度もきていただいて」と俺は朗らかに言った。「和泉と言います。瀬良は、わかりますね」

「おひなちゃんね。会うのは、何度目だっけ？　何回見ても飽きないのは、本物の美人の証拠だよ。威張っていい。今日はバッタくんじゃないんだね」

バッタ？

察して、膝を打ちたくなった。確かに触角を描き足せば山崎くんの顔はトノサマバッタの正面顔に似ている。

「それで君が、あー」としばらく俺の顔を眺め、芽依は首を振った。「そこまでシンプルな顔だと、あだ名をつけるのも難しい。和泉くんね」

『モブモブ』について教えてやろうかとも思ったが、やめておいた。会話が弾まなければ困る聴取でもない。

「聖司はまだ見つかんないの？」

先制パンチのつもりなのだろう。それは警察の落ち度だろうと。

「通報が遅かったこともあって、苦労してます」

親がちゃんと見ていれば、こんなことになってない。そう言いたくて言い返す。

「そうだよね。学校もちゃんとしてくれなきゃ困るよね」

責任転嫁だ。話にならない。

「今日は、ちょっと見ていただきたい写真があります」

俺はファイルの封筒を手にした。その中の写真を取り出してデスクに並べる。どれも正面からの男女の顔写真だ。

「この中で、見覚えのある人はいますか？」

写真は七枚。男が五人に女が二人。そのうちの一枚が二年前の逮捕時に撮影された井桁の写真で、あとはダミーだ。

「さあ。わかんない。このうちの誰かが聖司を殺したの？」

ぎょっとするようなことを平気で聞き返してくる。

「聖司くん、殺されてるんですか？」

芽依が俺を見て、はは一ん、というような声を上げた。

「前のバッタくんなら、デスク叩いて怒鳴り散らしただろうけどね。何てこと言うんだ。聖司くんは生きている。馬鹿なこと言うんじゃないよ」

オーバーな仕草でデスクを軽めに叩きながら、甲高い声を上げる。山崎くんの真似らしい。

「つまらんのは顔だけじゃないのか。もう少しリアクション芸を磨きなよ」

「今度、山崎に習っておきます」

「山崎?」

「バッタです。写真、本当に見覚えはないんですね?」

「ないよ。人の顔は覚えるほうだから信用してくれていい」

「わかりました」

俺は写真をしまった。

「まだ何の手がかりもないの?」

質問のトーンが、先ほどとは少し変わっている。

「まだ何も。ご心配ですよね?」

封筒をファイルに挟んで、俺は応じた。

井桁の件はまだマスコミには伏せているし、芽依に話すつもりもない。

「そうだね。聖司がいなくなったら、璃美の面倒を見てくれる人がいなくなる。それを心配している」

「そうですか」

「これが本音」

「そうですか」

「そりゃ、まったく心配しないわけじゃないよ。自分で産んだ子だし、結構、お世話もしたし、十年も一緒に暮らしてるんだし。でも、聖司がいなくなって嫌だな、っていう自分の気持ちをじっと見つめてみたら、そういうことだった。璃美の面倒を誰も見なくなるから、困るなって。私、おかしい？」

親が子供の育児を放棄する。その理由は様々で、一様にはくくれない。が、連鎖した可能性が高いのも事実だ。芽依はいったいどんな子供時代をすごしたのか。

「さあ。子供もいないですし、自分には何とも」と俺は言った。

またにやっと感じの悪い笑い方をした芽依は何かを言いかけ、どうやらやめたらしい。

「今はどこで暮らしているんですか？」と俺は聞いた。

「男のところ。言わなかった？」

「聞いてますけど、まだそっちにいるんですか。さすがにもう自宅に帰ったのかと」

「子供がいても帰らなかったのに、子供がいなくなったら帰る？　そのほうがおかしくない？」

芽依に言われると妙な感じだが、確かに道理ではある。

「いなくなってしばらくは、家にいたよ。あんたらにもそうするよう言われたし。でも、もう帰ってこないでしょ。私がどこにいても、関係ないよ。関係ない」

やけに疲れたような口調で芽依が言った。

反応に困っていると、ノックの音がした。こちらの返事を待たず、ドアが開く。

仲上さんが強ばった顔を覗かせた。

「和泉、こい」

俺が抜けたら、ここは瀬良だけになる。まともな聴取などできるはずがない。そう言いかけたが、仲上さんの表情はただ事ではない。

「ここ、お願いします」

瀬良に言い捨てて席を立った。

「こっちだ」

小会議室を出ると仲上さんが先に立って歩き出す。

「何事ですか？」

「取調室でトラブった」

「トラブった？」

「ああ、早川さんが都倉さんを売った」

「売ったって、どういうことです？」

連れてこられたのは、捜査本部とも、刑事課とも違うフロアの会議室だった。仲上さんがノックをして、中に入る。

中規模の会議室だ。デスクが口の字に並べられているが、誰も席にはついていない。窓の向きが悪い上に、明かりがついていないので、昼なのに室内はほの暗い。都倉さんと早川さん、二人に向き合うように長島管理官と熊井班長と宮地班長がいた。

いったい何事なのか、俺に質問する暇はなかった。

「和泉。お前が補助のときはどうだった？　都倉は何かまずいことをしたか？」

デスクに浅く尻を預けた長島管理官がいきなり聞いてくる。

「まずいこと？　いえ。何もないと思いますが、何のことです？」

長島管理官の表情からわずかに強ばりが解ける。ほっとしたようだ。

「和泉のときは知りません。が、さっきあったことは事実です」

早川さんが無表情に告げる。

「デスクに突っ伏した井桁の頭を上から押しつけて、下からデスクを蹴り上げた？」

「そうです」

『起きろよ、ほら』

そう言って、頭を上から押した。

『そろそろ終わりにしようや』

そう言って、デスクを下から膝で蹴り上げた。

井桁は悲鳴とともに顔を上げたという。

「いや、まさか」と俺は言った。「都倉さんがそんなこと、するわけないじゃないですか」

井桁は暴行罪で逮捕されている。裁判員が関わる罪状ではなく、取り調べの録画、録音はされていない。否定を求めて都倉さんに目を向ける。都倉さんは脇に目をそらしたまま、誰のことも見ていない。

「俺だって信じられなかった。だが、事実だ」と早川さんは俺に言い、長島管理官に向き直った。

「そのときに限らず、井桁に対する取り調べは終始威圧的でした。取り調べです。きれいごとで済まないのは、私もわかっています。けれど、あれは許される範囲を超えていました」

「ああ、そう。わかった。都倉がやっちゃいけないことをやったんだな？　わかったよ。でも、早川。だったら何でそれを先に宮地や俺に報告しないんだ？　何でいきなり警務部なんだ？」

ぎょっとして早川さんを見る。

「取り調べ監督室は警務部ですから」

だん、と長島管理官が平手でデスクを叩いた。

「そんなことは聞いてねえだろ」

じろりと早川さんがそちらを見る。その視線に長島管理官がたじろいだ。長島管理官が言うのも正論で、早川さんが言うのも正論だ。が、長島管理官の正論は組織内の正論で、表に出せる正論は早川さんのほうだ。

「もういい。行け」と長島管理官が言った。

「失礼します」

早川さんは長島管理官と宮地班長にそれぞれ頭を下げると、会議室を出ていった。都倉さんとは一度も目を合わせなかった。

「早川さん、大げさに言っているだけですよね？」と俺は都倉さんに言った。「休職が長かったんで、取り調べの感覚、忘れちゃったんですかね。きっと、あれですね、試合勘が戻ってないってやつですね。まあ、そのうちに……」

「うるせえよ」

熊井班長が不機嫌に俺を睨みつけた。

「宮地、お前の班はどうなってんだよ。ぼろぼろじゃねえか」

「すみません」と宮地班長が頭を下げる。

「お喋りな無能はまだ許せるが、警務部に仲間を売る刑事は許せねえ。あいつ、何なんだよ」

「すみません」ともう一度宮地班長が頭を下げる。

「プライベートでもめ事でも抱えてんのか？　お前、あいつの奥さん寝取ったか？」

矛先を都倉さんに変えて、熊井班長ががなり立てる。

「あいつは、早川は独身です。半年以上前に離婚してます」

「そうかよ。って、聞いてねえよ」

「私までそうならないようにと願ったんだと思います」

「あ？　何だ、それ？」

「それに、どうせ接見で弁護士に伝わります。誰が言うかの問題でしかないです」

「そんじゃ、やったんだな？」

「私の人選ミスです。すみません」

都倉さんが熊井班長に頭を下げた。

「謝るの、そっちかよ」と熊井班長が吐き捨てる。

なぜ、という疑問だけが頭を巡る。

落ちそうで落ちない、接見のたびに回復して戻ってくる被疑者に業を煮やした。しかも、今回は子供の命がかかっている。それはそうだろうが、だからと言って威嚇や暴力に訴えるのでは、時代錯誤の二流刑事と変わらない。

考えられるとしたら映像だ。俺が見ていないそのおぞましい映像を都倉さんも見た。そして井桁を自らの中に宿して、井桁と対峙した。だから……。

ノックもなくドアが開き、菅野捜査第一課長が部屋に入ってきた。

部屋の中の面々を見渡し、都倉さんを見据え、やがて長島管理官に視線を移した。

「取調室を替える。一号取調室だ。井桁の取り調べは、一号以外ではやるな。監督官がベタ付になると思え。当然、取り調べ予定はすべて事前に届け出ろ。例外はなしだ。警務部とはそれで話がついた」

ベタ付は現実的ではないが、取り調べ中、透視鏡越しに頻繁な視認が行われるのだろう。

「わかりました」と長島管理官がうなずく。

「弁護士が何かを言ってきたら、こちらで処理しろと。警務部や検察にクレームが入ったら、そのときは厳正に調査するとのことだ」

「ダボが」と吐き捨てて、熊井班長は宮地班長に言った。「この先、井桁の取り調べは、うちが引き取るぞ」

「ああ、そりゃダメです」

答えたのは都倉さんだった。

「はあ？」と熊井班長が目をむく。「ダメって何だよ。お前、今、何か言える立場か？」

「言える立場ではないですが、私がやります」

「馬鹿言うな。これで収まっただけでありがたく思え」

熊井班長が長身の都倉さんを見上げるようにして吠える。都倉さんが半歩踏み出し、ただでさえ近い距離をさらに縮めた。

「俺しかいないでしょう？」

気圧され、熊井班長が少し退く。

「井桁は確かに下らない小悪党です。が、相場師です。あの手の男は場を読みますよ。今、押している俺を代えたら、あいつは風向きが変わったことを敏感に察します。そこから、誰が落とせます？　能見ですか？　国吉？　冗談でしょう？　俺しかいないんですよ」

「お前、そんなこと言って、責任はいったい」

「取れるわけないだろが」と宮地班長がぼそりと言った。

「何だと？」と熊井班長が振り向く。

「十歳の子供の命。そんなものの責任、誰が取れるよ。それとも、熊井さん、あんた、今、違う責任の話してんですか？」

言葉に詰まった熊井班長が長島管理官を見て、長島管理官は菅野一課長に目を向けた。みんなの視線が菅野一課長のもとに集まる。

刑事捜査のヒエラルキーにおける、ノンキャリアの頂点。班長や管理官とも比べものにならない。想像を絶する激務だ。通常、二年で退任する。それ以上は心身が保たない。今はじっと目を閉じている。静けさの似合う人だ。その静かな思考から発する言葉には独特の重みがある。

菅野一課長が目を開け、都倉さんを見た。

「かばえるのには限度がある。そのラインはわきまえろ」

「わかりました」

菅野一課長の表情が緩む。

「あっさりと嘘つくなよ。嫌なやつだな」

表情を引き締めてから、菅野一課長は命じた。

「補助官はつけろ」

ちらりと都倉さんが俺を見た。

「勝手に選んでも？」

「好きにしろ」

都倉さんが誰にともなく一礼して、会議室を出た。俺は慌ててあとを追う。都倉さんは廊下を進み、階段を上がっていく。

「都倉さん、あの……」

「お前じゃない」

六階まで上がり、捜査本部となっている講堂に向かう。ドアを開け、講堂を見渡した都倉さんは、やがて相手を見つけて、すたすたと歩いていく。

「お前、取り調べの経験は？」

「ああ、取り調べ。取り調べですか？」

つるんとした顔を都倉さんに向けた。捜査会議で井桁の車の情報を報告した若い捜査員だ。確か玉田くんといったか。

「まあまあ得意なほうだと思います。ご覧の通り、聞き上手なんで」

「このあと取り調べに入る。お前、補助につけ」

「あ、え？　補助官ですか？　井桁の取り調べの？　すごいな」

「手柄、取らせてやるよ」

「はい。頑張ります」

「まだ弁護人と接見中だ。接見が終わったら、すぐに始めるぞ」

「わかりました」

玉田くんの肩をぽんと叩いて、都倉さんは歩き出した。講堂をあとにする。

「ついてくんなよ。お前は別の捜査をしろ」

木偶《でく》のようにただついて回っていた俺に都倉さんが言った。

「別の？」

都倉さんが足を止めた。

「そうだ。別の捜査だ」

手を上げて、俺の肩を叩きかけた。が、何もせずにそのまま下ろして、都倉さんが歩き去った。

俺はうちひしがれたような気分でその背中を見送った。

前の小会議室に戻った。瀬良はいた。隅に寄せたデスクを元の位置に戻していたらしい。藤堂芽依の姿はなかった。

「帰しましたか」

瀬良がうなずく。わずかに首をひねったのは、まずかったかと聞いているのだろう。

「ああ、いいんです。大丈夫です。もう井桁については聞きましたし」

瀬良がまたうなずく。

大方は元の位置に戻されていた。戻されていないのは、さっき使っていたデスクと椅子だ。片付けようと歩み寄り、不意に疲れを感じて、芽依が座っていたパイプ椅子に腰を下ろした。

瀬良がやってきて、少し迷ってから、向かいに腰を下ろした。

久しぶりに瀬良と向かい合った気がした。

特に何をするわけでもない。目を合わせることもない。瀬良はただ、聞いてますよ、の気配を発する。

「都倉さん、取り調べで無茶したようです」

瀬良がうなずく。

「この先も、また無茶をしそうです」

また瀬良がうなずく。

「その補助に選ばれたのは、所轄の若い刑事でした。お前は別の捜査をしろと言われちゃいました」

「……なら、しましょう。別の、捜査」

「え？」

「別の捜査って」と俺は笑った。

目が合った。瀬良がガラス玉の目で俺を見ていた。

「もし、井桁じゃ、なかったら……」

「そんな、まさか」と反射的に言ってから、後追いで脳が瀬良の言葉を理解した。

もし井桁が犯人ではなかったら……。

その恐ろしさに震えた。

「だって、もし井桁じゃなかったら、絶望的じゃないですか」

自分の声は悲鳴のようだった。

唯一の被疑者がいなくなる。

自分の中に犯人を棲《す》まわせている人がいる。ただすれ違ったというだけで、ただ声が耳についたというだけで、ただ後ろ姿が目に留まったというだけで、その人の中の犯人は動き出す。誰の中に犯人が棲んでいるのか、それは外からはわからない。たった一粒。砂漠の中から見つけ出したのが井桁なのだ。井桁じゃないというなら、もう誰かわからない。街にいるすべての人が容疑者だ。

「井桁しかいないです。だって、その映像、見たんでしょ？　車であの場にいたことに、他にどんな理由があり得ます？　それに、あれだけの刑事が、井桁が犯人だと睨んでいます。だったら……」

「私の、父は……ケイムカン、でした」

突然、話が変わって、呆気にとられた。

ケイムカンが刑務官だと、しばらくしてわかった。刑務所で働く職員。法務省に所属する国家公務員だ。

「お父さんが。ああ。そうですか」

「拘置所の……刑務官、でした」

刑務所だけでない。拘置所で働くのも刑務官だ。

「死刑の、執行に……立ち会った、そうです」

刑場があるのは、刑務所ではなく拘置所だ。確定死刑囚は刑務所ではなく拘置所に入る。

「そうですか」

いつの話か。どの事件の、誰に対する執行なのか。立ち会ったというのは具体的に何をしたのか。

聞きたいことは溢れてきたが、何より気になったのは言葉の時制だ。

刑務官、でした。

「今、お父さんは？」

「死にました」

「……どう、して？」

瀬良が一息に答えた。

俺のほうが口ごもって尋ねる。

「体を壊して、刑務官を、辞めて、そのまま」

「そう。病気ですか」

「お酒、です」

「ああ」と俺はうなずいた。「そうでしたか」

「その、酒は、うまかった、のか」

「え？」

「お酒を、飲む、たび、言って、ました。……うめく、ように」

「何のことです？」

「死刑の、執行を、知った、刑事は……逮捕に、携わった、刑事たちは……その日……集まって、祝杯を、あげた、そうです」

その祝杯はうまかったのか。

そう呟きながら、死刑執行に立ち会った刑務官は、一人、苦い酒をあおり続けた。

『そういうことに……傷つく人も、います』

いつかの瀬良の言葉を思い出した。

だから、警察官は愚直に真実と正義を追求しなければならないのだと。

祝杯をあげた刑事たちは、事件を前にして、彼らなりの真実と正義を追い求めたのだと思う。

そして犯人を逮捕した。

刑務官は人としてその死刑囚と向き合った。その営みを見つめ、ときには言葉も交わしただろう。

誰も間違ってなどいない。

それでも刑務官は考えた。

その祝杯はうまかったのかと。

かつて娘に『朝陽』と名付けた刑務官は、やがて酒に溺れるように死んでいった。

「……私も、人が、怖いです」

「そうですか」

「今の、捜査本部も、とても」

視線を感じた。

瀬良と目が合った。

本当に目が合ったのは、たぶん、これが初めてだったのだろう。

ガラス玉の目の奥には、震えながら歯を食いしばっている瀬良がいた。

「あの、映像。見てから、変わり、ました。みんな。……聖司くんを、助けたい、から、井桁を、こらしめたい、に」

『世界は正しく戻らない』

今、捜査本部の世界は歪んでいる。

「私……たちは、別の、捜査を」

4

児童相談所の建物を回り込んだその奥に、二階建ての立方体の建物があった。一時保護所というから、もう少し温かみのある建物を想像していたのだが、外見はそっけない、いかにもお役所といったたたずまいだ。

入り口で対応してくれた中年の女性職員に名乗り、約束があることを告げる。

「県警の方ですね。聞いてます。どうぞ」

出されたスリッパに履き替えて、生活感がない白いタイルの廊下を進む。愛想のない扉を開けると、がらんとしたスペースが広がっていた。食堂なのだろう。長い机が二列あり、それぞれに向かい合わせて椅子が並んでいる。その椅子の一つに、少女が座っていた。隣にいた中年の女性が立ち上がり、俺たちを迎える。

「県警の……」

「ええ、ご案内しました」

待ち受けていた女性に案内してくれた女性が言い、「それでは、私はここで」と頭を下げて、食堂から出ていった。

「県警本部の和泉と瀬良です。お世話になります」

机を挟んで、女性に頭を下げる。

女性は俺と瀬良に名刺を差し出した。

児童福祉司。有村俊子《ありむらとしこ》。

「どうぞ」

向かいに座るよう勧められて、俺と瀬良は腰を下ろした。子供用に作られているのか、窮屈な椅子だった。女性は少女の隣に座り直す。そこで思いついたように俺に聞いた。

「あ、同席はさせていただけますね？」

「もちろんです」

俺はうなずき、少女に目をやる。

「こんにちは」と俺は言った。

藤堂璃美ちゃんは瘦せた小さな女の子だった。肩にかかるくらいの髪を後ろで一つに結っている。青白い顔とは対照的に、力のある大きな目をしていた。

その大きな目が俺と瀬良を素早く観察して、すぐに伏せられる。

「和泉と瀬良です。二人とも、お巡りさんです。聖司くんを、お兄ちゃんを捜しています。今日は璃美ちゃんとお話がしたくて、きました」

小学三年生の成熟度がよくわからない。璃美ちゃんは目を伏せたまま反応を示さず、この話しかけ方でいいのか、判断がつかない。

「ここの暮らしはどう？　少しは落ち着いたかな？」

璃美ちゃんは答えなかった。

「今は学校には通っていないんだよね。ここのご飯はどうかな？　給食よりおいしい？」

ちょっとうなずいたように見えたが、確かではない。

話を聞き出すためには、どんな役を演じればいいのか。

考えて、すぐに放棄した。

この少女にはきっと、どんな役も通じない。ただ誠実な刑事であるしかない。

「最初に教えてほしいことがあるんだ」

俺はメモ帳とペンを取り出した。

「璃美ちゃんのおうちから、ここの通りに出て、左に曲がって、交差点を左に曲がると、この辺にコンビニがあるんだけど、知ってるかな？　璃美ちゃんが歩くと、たぶん二十分くらいかかるところ」

説明しながら線を引いて、アパートとコンビニの位置関係を簡単な地図に描いていく。

璃美ちゃんがちょっとだけ首をひねったように見えた。

「行ったこと、ない？」

今度はもう少しはっきりうなずく。

コンビニがあるかどうか、はっきりとはわからない。あったような気もするが、少なくとも行ったことはない。そういうことだろう。

「その先に行ったことはあるかな？」

またちょっと首をひねる。

「お兄ちゃんが、その先に行ったとしたら、どこに行ったと思う？　こっちのほうに誰か知り合いが住んでたりするかな？」

今度は首を横に振る。何度も。

「その先に、お兄ちゃんは行かない。行ったとしても、璃美ちゃんは知らない。そういうことだね？」

それまで顔を伏せていた璃美ちゃんが、視線だけを上げた。俺を見て、瀬良を見る。

何でそんなことを聞くの？

そう問いかけている視線であることはわかる。が、それだけではない。その奥にあるものが、俺にはわからない。

「……叱ら、ないです」と瀬良が言った。「教えて、ください」

璃美ちゃんの目が見開かれた。

「……苦し、そう。とても」

そう言う瀬良の顔が苦しげに歪んでいる。その顔を見て、ついに璃美ちゃんが言葉を発した。

「……けんかした」

「お兄ちゃんと？」と俺は聞いた。「いつ？」

「朝。髪を結んでくれなかった」

失踪当日の朝ということだろう。

俺は璃美ちゃんの髪を見た。頭の後ろにゴムで一つに結んである。

「いつも、三つ編み、二つにしてくれる。三つ編みにして、先っぽをクマさんので留める。でも、今日は遅いからダメだって。遅刻しちゃうからダメだって。遅くなったのは、璃美が悪いって。私、悪くないのに」

少し寝坊したのか、朝の用意が遅れたのか。遅刻ぎりぎりの時間になってしまった。いつものように三つ編みに結っている時間がない。お前が悪いんだから仕方がないだろう、と言い聞かせるために、聖司くんはそういう言い方をした。璃美ちゃんはそれに反発した。

「帰ってきたら、結んでやるって。早く帰って、やってやるって。でも、そんなの、いらない」

「だから、けんかになっちゃったのね？」と有村さんが脇から言った。「そう。じゃあ、お兄ちゃんと会ったとき謝ろうね」

けんか別れになったまま、聖司くんは消えてしまった。それは苦しいだろう。

璃美ちゃんが嗚咽《おえつ》していた。手を膝に置いたまま、肩をふるわせている。涙がぽとぽとこぼれ落ちる。

「もういいでしょうか」

璃美ちゃんの肩を抱くようにして、有村さんが言った。

「こんな聴取にあまり意味があるとも思えませんし」

言葉は穏やかだったが、目線には十分非難がこもっている。こんなもののためだったら、聴取を許可するのではなかった。そう言いたそうだ。

「最後、まで」と瀬良が言った。「言った、ほうが」

しゃくり上げながら、璃美ちゃんが瀬良を見た。

「最後までって何です?」と有村さんが聞く。

璃美ちゃんの嗚咽が大きくなる。

「ごめんなさい」

泣きながら璃美ちゃんが言った。

「意地悪した。お兄ちゃんに」

「意地悪? え?」と有村さんが聞き返す。

泣きじゃくる璃美ちゃんはもう言葉にできない。

ああ、だからか。

不意に俺は納得した。

五時十八分からの三百メートル。捜査員の時間とエネルギーはそこに集中した。それが間違いだった。

「帰ってきたんだね?」と俺は璃美ちゃんに言った。「あの日、お兄ちゃんは家に帰ってきたんだ。でも、璃美ちゃんは……」

「押し入れ……隠れた」

泣きじゃくる合間に璃美ちゃんが言った。

「会いたくなくて。だって、早く帰ってもこなかった。お兄ちゃん、私がいないから、捜して、でも、私、出ていかなくて、それで、お兄ちゃん、出てって……それで……帰ってこなくて」

聖司くんがいなくなってから、璃美ちゃんは押し入れから出た。お兄ちゃんはそれきり帰ってこない。夜がきた。ご飯も食べないまま、寝入ってしまったか。朝になって、学校に行く。お兄ちゃんは学校にくるかもしれないとはかない希望をもって。が、お兄ちゃんはこない。代わりに先生に聞かれる。お兄ちゃんはどうしたのかと。だから素直に答えた。昨日から帰ってこないと。お父さんとお母さんのことを聞かれた。だから答えた。ずっと前からお父さんはいなくて、長い間、お母さんも帰ってこないと。それを聞いた大人たちが騒ぎ出す。大事なことを言う前に、どんどん事が大げさになっていく。警察が一度だけ話を聞きにきたが、そのときは混乱していて何も話せなかった。落ち着いてきたころには、事態は手に負えないほど大きなものになっている。警察が動いている。テレビが報じている。もう本当のことなど言えない。そもそも誰も聞きにこない。

「そう。それは怖かったね」と俺は言った。

璃美ちゃんは泣きじゃくり続ける。

瀬良を促し、俺は椅子から立ち上がった。

「ありがとうございました。これで失礼します」

璃美ちゃんのことはお願いします。

その思いで有村さんに深く頭を下げる。

「あの、この先は……」

「璃美ちゃんにはまた聴取が必要になると思いますが、ダメなときはダメと言ってください。璃美ちゃんの気持ちを最優先で。有村さんの判断を最大限、尊重するよう、上に伝えておきます」

「お兄ちゃんは……見つかる？」

璃美ちゃんは泣きはらした目を俺に向けた。その視線に胸が詰まる。想像する通りなら、聖司くんが生きている可能性はほとんどない。十五日間は長すぎる。

「必ず見つけるよ」とだけ俺は言った。


目的の駅で降りたのは夕方の六時前だった。マンションに特段のセキュリティはなく、目的の玄関ドアまで進むことができた。二階の真ん中辺りの部屋。インターホンを押すが、反応はない。念のために、二、三度、玄関ドアを叩いてみる。

「警察のものですが。どなたか中にいませんか？」

返事はない。物音もしない。

振り返って周囲を見渡すと、道路を挟んだ向かいのビルの窓にドーナッツショップのカウンター席が見えた。マンションを出て、道路を渡り、瀬良と店に入ってコーヒーと水を頼む。

「水でしたら、そちらからご自由にどうぞ」

ファンシーな制服が似合っていない、気だるげなおばさんの店員が俺たちの背後を示した。

「コーヒーを」と瀬良が小さく言った。「私も」

「飲むんですか？」と少し驚いて、俺は聞いた。

瀬良がこく、こくとうなずく。

「じゃ、コーヒーを二つで」

トレイにコーヒーが入ったカップを二つ載せて、カウンター席につく。ポーションのミルクとシュガースティックを三本、持って、瀬良が俺の隣に座った。

「飲まないんじゃなかったんですか？」

「飲め、ます……頑張れば」

前のときは頑張らなかったのに、今、頑張るのはなぜなのか。

瀬良がポーションのミルクを入れ、まとめて口を切ったシュガースティック三本分の砂糖をカップに入れる。そうしていれば、何かまったく別のものに変わるかのようにしつこくスプーンでかき混ぜる。何か神聖な実験でもしているような真剣な目だった。そのままの表情で瀬良が言った。

「聞いて、いい、ですか？」

瀬良から話しかけられることはそうはない。

少し緊張して聞き返す。

「何をですか？」

「……警察官に、なる、前のこと」

「ああ」と俺はうなずいた。「そうですよね」

警察官になる前のこと。警察官になる自分につながるもの。瀬良は父親のことを話してくれた。俺が何も話さないのも何となく不公平だ。

「たいした話じゃないんです。小学六年生のときです」

瀬良がスプーンを抜いて、紙ナプキンの上に置いた。両手をお腹の辺りで重ねる。聞いてますよ、の気配が伝わってくる。

「普通にしててください」と俺は笑った。「かしこまって聞かれると話しにくいです」

俺はコーヒーに口をつけた。うなずいて、瀬良もカップを手にする。

「小学六年生のときです。担任が逮捕されました。夜、生徒の自宅に入り込んで、生徒に乱暴したんです」

瀬良がこくりと喉を鳴らした。

「男の若い先生だったんですが、逮捕後、警察で犯行は和泉という生徒のせいだと供述したそうです。友達の親がその日、帰らないことを喋ったからだと」

『まるで私に秘密を教えるみたいに、誘惑するみたいに』

「ずっと隠して生きていたそうです。小中学生くらいの男の子が好きなことを。その先生、結婚もしていましたし子供もいました」

朗らかで優しい、いい先生だった。生徒から、とても人気があった。被害に遭った俺の友達は、とても綺麗な顔立ちをしていた。先生は、一目見たときから彼に惹《ひ》かれていたという。

「本当にそんな話をしたのか。警察に聞かれました」

確かに、話した。放課後の昇降口だ。そこに先生がいたことも覚えていた。

『何だ、宮野《みやの》。今日は一人で留守番なのか？』

友達にそう聞いた先生はいつもの優しい顔をしていた。声はいつも通りに朗らかだった。あの瞬間に先生が犯罪者に変わっていたというのなら……。

「人が怖くなりました」

人の心の中は見えない。

「それに、自分が取り返しのつかないことをしたことも」

何の取り柄もない俺なんかが、先生の人生を狂わせてしまったことが信じられなかった。そんなことは、起きてはいけないことだと思った。

「またいつかやるんじゃないかと怖くなったんです」

俺が不用意なことを言わなければ、先生は犯罪者にならなかった。明るい場所で、明るく生きていられた。

「和泉、さんは、悪くは……」

「ええ。ないです。悪いのはその先生です。俺はまったく悪くない。警察にもそう言われましたし、そのときも、今も、そう思っています。それでも俺は怖いんです」

「その、先生は……」

「五年の実刑になりました。出所後、どうしたのかは知りません」

「だから、この、事件……」

「ああ、それ、班長にも言われました。男の子が消えたって聞いて、何か変なスイッチが入ったかもしれません。捜査中、あの先生の笑顔が、いつもこの辺りに」

俺は頭の少し上で手を回した。

「それが気持ち悪くて」

「そう、ですか」

「とても気持ち悪かったんです」

「……はい」

瀬良がうなずいた。

それだけだった。その反応が心地よかった。

俺たちは黙ってコーヒーを飲んだ。六時半を回り、七時近くになった。そろそろ戻るはずだ。

わずかに苛立ちを感じたころ、スマホに着信があった。相手は都倉さんだった。

「井桁が落ちたよ」

「そうですか」と俺はうなずいた。「さすがです」

「まあ、かなり無茶したけどな」

「井桁は白ですね？」

「ああ。聖司くんにはまったく関わっていない。顔を見たこともないだろう」

「井桁は何をあんなに頑張ってたんです？」

「あの日、井桁は出会い系で知り合った女と金を払って性行為をしている。女はどうやら未成年らしい」

「ああ、そっちですか」

「コンビニが待ち合わせ場所だった。一時間も車を停めていたのは、女に振り回されたからのようだ。今から行く。もうすぐ着く。もうちょっと待ってて。結局、別のコンビニに場所を替えて、そこで女をピックアップして近くのホテルへ行ったそうだ」

「人騒がせな」

「勝手に狙いを定めたこっちが悪い」

「子供が殴られている映像は？」

「あれの出所はまだわからん。愛好家が集まる闇サイトがあるそうだ。そこで入手したものらしい。これの真偽もわからんがな」

「呆れたやつですね」

「ああ。呆れた弁護士だよ」

「え？」

「入手したのは、井桁の弁護士だ。二人は、二年前、井桁が暴行事件で逮捕されたときからの付き合いだ。弁護士は井桁が自分と同じ趣味をもっていると気がついた。それ以後、自分が手に入れた映像を井桁に高値で売っていたらしい。あの映像にどこまで関わっているかはわからないし、立件できるかどうかもわからん。が、弁護士が暴力映像や殺人映像を顧客に高値で売っているのがバレたら、弁護士会の懲戒委員会にかけられるくらいのことにはなるだろう。そりゃ、隠そうと必死になるよな。今は井桁の隣の部屋で事情を聞かせていただいているよ」

　ただの暴行事件にしては妙な逮捕だと弁護士は気づいたのだろう。未成年に対する買春事件にしても何かおかしい。今、話題の児童失踪事件に絡んだ逮捕だとは、夢にも思わなかったのだろう。警察の狙いがまったくわからなかった。だから、とにかく黙らせた。ひたすらに口をつぐめとだけ厳命した。

「ちなみにそいつが取調室で最初に発した言葉は弁護士を呼べだった」

「そうですか」と俺は笑った。

「そっちの別の捜査は進んでいるか？」

「進んでいます。今、待機中です。合流しますか？」

「悪いが、できそうにないな」

「え？」

「かなり無茶したからな。処分が決まるまで、自主的に休暇を取れと言われた」

おそらく今日の午前中の取り調べのときだ。都倉さんは井桁がこの失踪事件には無関係だと確信した。なのに、捜査本部のエネルギーはほとんど井桁に向けられてしまっている。その状況を変えなければならなかった。一刻も早く。だから、俺を取り調べから外した。早川さんとなら、あうんの呼吸で、ある程度の無茶を通せると踏んだのだろう。が、早川さんは以前とは変わってしまっていた。たぶん本気で都倉さんの身を案じたのだと思う。そこまで自分を刑事に染めてはいけないと。

「何で玉田くんでした？」

「妬《や》いてんのか？」

「そりゃもう。狂おしいほどに」

「あいつは刑事に向いてないよ。勘が悪すぎる。刑事捜査でペケがついても、他の使い道があるだろ。それになかなか打たれ強そうだったしな」

都倉さんは、俺を捜査現場に残そうとしてくれた。

俺はここまでの別の捜査について都倉さんに報告した。

「それ、班長に知らせたのか？」

「出るときに、二人の聴取に向かうって言ってあるので、まあ、事前に許可を取っているって言えば取っていいます」

「最初から読めてたのか？」

「まさか。井桁以外の可能性を探すなら、まだ十分に話を聞いてない二人に話を聞くしかない。順に回ろうとしたら、こうなっただけです」

「班長に知らせろよ。応援、いるだろ？」

「今の段階ではまだ推測の域ですから。取りあえずはニンドウで」

「応じるか？」

「わかりません。話してみます」

「なあ、聖司くんは、もう……」

「ええ。おそらく」

「そうか」

そのとき窓の向こう、見張っていたマンションの部屋の玄関に人が入っていく姿が見えた。

「ああ、藤堂瞳が帰ってきました。行ってきます」

「頼んだぞ」

「つす」


聖司くんの捜索について、報告したいことがある。インターホンにそう告げると、藤堂瞳は玄関ドアを開けた。

今、仕事から戻ったばかりだ。まだよそ行きの顔をしている。メイクのせいもあるのか、署内で見かけた兄の藤堂哲生とはあまり似ている感じがしない。丸顔で細い目をしている。女性にしてはやや大柄だ。ベージュのシンプルなワンピースを着ていた。

「聖司くん、見つかったの？」

「中で話をさせていただいても？」

周囲をはばかる風にして、俺は聞いた。

一瞬、瞳が背後を気にするような仕草をしたことに、希望を持った。が、瞳の次の言葉ですぐに消える。

「どうぞ。あ、スリッパ、ないですけど」

玄関の先、右手にドアが二つ。造りからして、トイレとバスルームだろう。廊下はすぐにドアにぶつかる。その先が広めのリビングダイニングキッチン。居室はこれだけのようだ。部屋の中に聖司くんの気配はない。

「今、ちょうど帰ってきたところで、散らかっていて」

脱ぎ捨てたままになっていた部屋着らしきものを丸めて、いったん瞳が姿を消す。バスルームの洗濯機に放り込んできたのか。すぐに戻ってきて、テーブルの椅子を勧めた。

四人用のダイニングテーブルに椅子が三つ。

一年前まで、瞳は聖司くん、璃美ちゃん兄妹と頻繁に交流があった。ここにも何度も遊びにきていただろう。椅子が三つなのは、たぶんそのせいだ。

部屋の隅にはベッドがあり、その奥にクローゼットがあったが、折戸の扉は開いていた。

「いきなりですみません。トイレ、お借りしても？」

「トイレ？　はあ。奥のドアです」

きた廊下を戻り、手前のドアを開ける。脱衣場。奥がバスルーム。人の気配はない。奥のトイレも確認したが、無人だった。

俺は居室に戻り、瞳に言った。

「署でお話を聞けませんか？　ああ、それと、どうぞお構いなく」

「え？」

壁側についたキッチンに立った瞳は、俺を振り返った。

「中で話をするって、言いませんでした？　お茶を入れようかと」

急須と蓋を手にしている。

「聖司くんがいないなら、もうこの部屋に用事はないです。ああ、いえ。あとで鑑識が入るでしょうけど、捜査員ができることはないです」

急須の蓋が落ちた。床に落ちて、小さな欠片《かけら》が飛ぶ。

「聖司くんは、電車に乗って、ここにきましたよね？　失踪したその日のことです」

あの日、聖司くんは友達と別れて、アパートに帰った。が、いるはずの璃美ちゃんがいない。部屋を捜したが、見つからない。どこに行ったのか、聖司くんは考える。朝、けんかをしてしまった。璃美ちゃんはすねていた。だから、当てつけに家に帰らなかったんだろう。けれど、璃美ちゃんに友達はいない。行ける先は一つしかない。だから聖司くんは駅に向かった。そこに違いないと確信して、電車に乗り、叔母のマンションを訪ねた。

その通りかどうかはわからない。が、聖司くんが頼れる相手は、どの道、一人しかいない。親は論外。先生からは疎んじられ、警察は味方になってくれなかった。手を差し伸べてくれる唯一の大人が、叔母の瞳だった。

瞳が屈んだ。膝をついて、急須の蓋を拾い、さらに欠けた破片を探すように手で床を撫《な》でる。表情に怒りも戸惑いもない。

「このマンション周辺の防犯カメラをチェックすれば、当日、聖司くんがここにきたことはわかると思います」

「電車じゃないよ」

よいしょ、と立ち上がって、瞳は言った。

「あの子、歩いてきた。璃美ちゃんはお金を持ってなかったから、ここにくるなら歩いてきたはずだ。途中で泣いてるかもしれないと思って、璃美ちゃんを捜しながら、歩いてきた」

急須と欠けた蓋をシンクの脇に置いた。シンクの中になぜかフライパンが一つ、置いてあるのが見えた。

「歩いて？」と俺は聞き返した。

「そう。線路からなるべく離れない道を選んで。道がわからない璃美ちゃんは、きっとそうしたはずだから」

その道行きを思い浮かべた。その区間、電車はほぼ川沿いをなぞるように走っている。線路と川の間に土手のような道があるにはあるが、舗装もされておらず、街灯もほとんどない。車は通行不可で、自転車も通りにくい。人通りも多くない。日が暮れていく中、あの道を聖司くんは歩いたのか。十キロ近い距離だ。大人の足でも二時間はかかる。

「会社から戻って、ご飯を食べて、お風呂に入ろうとしていたときだった。聖司くんの話を聞いて、びっくりして。とにかく疲れきっている聖司くんをここに置いて、電車であのアパートに行った。そうしたら、璃美ちゃんが部屋で寝てた。もうほっとしたっていうか、脱力したっていうか。璃美ちゃんの寝顔を見ていたら、腹が立ってきた。クソ兄とクソ嫁に。これで終わらせちゃいけないと思った。だから、璃美ちゃんを起こさずに家に帰った。聖司くんを説得したの」

おばさんは、お父さんとお母さんに、ちゃんとしてもらいたい。だから、聖司くんは家には戻らないで、しばらくおばさんの家にいよう。お父さんとお母さんがちゃんとしてないことをみんなに知ってもらおう。みんなに叱ってもらえば、お父さんもお母さんもきっとちゃんとする。

「璃美ちゃんもそれがいいって言ってくれたから。そう嘘をついたら、聖司くんも納得してくれた」

その日、聖司くんは家に戻らず、やがて失踪騒ぎが始まる。

「クソ兄からも、クソ嫁からも、電話があった。警察がきたって。でも、二人とも、まだ全然堪えてなかった。あいつ、どこに行ったんだって、聖司くんに怒ってた」

「あなた自身も事情聴取を受けてますよね」

「実際はがたがたに震えてたんだけどね。怒りのあまりそうなっているってふりをしたら、疑われなかった」

復帰間もない早川さんだったから見極められなかった、ということではないのだろう。あの時点で、藤堂瞳を疑う理由はなかった。そしてあの時点で、藤堂瞳は警察の失態を叫ばれたら困る親族でもあった。誰がやっていても、あの時点では突っ込んで調べるべき参考人ではなかった。

「騒ぎは十分に広まったはずです。警察沙汰になり、ニュースにだってなった。何で聖司くんを隠し続けたんですか?」

「あんたたち、捕まえなかったじゃない。あの二人を。クソ兄もクソ嫁も」

「両親の逮捕があなたの目的だった?」

「逮捕でなくてもいい。二人があの両親のもとに戻らないでいいっていう保証があるなら」

「そんな保証……」と言いかけて、俺は首を振った。

今更、何を言っても仕方がない。

「聖司くんを殺したのは、いつですか?」

これだって、聞いても意味がない質問だった。が、知っておきたかった。いつ気づいていれば、俺たちは聖司くんを救えたのか。

「最初のころは楽しそうに暮らしてた。ご飯もおいしい、おいしいって、いっぱい食べてくれて、高かったけど、ゲームも買ってあげた。私が会社に行っている間は、一人でそれをしてたみたい。友達が持ってて、ずっとやってみたかったんだって」

テレビの側には真新しい家庭用ゲーム機があった。

「休みの日には、二人で配信のお笑いを見て、一緒に笑い転げて。一週間くらいはすごく楽しくやってたんだよ。でも、聖司くん、だんだんふさぎ込むようになっていった。たまに璃美ちゃんに会いたいなんて言うもんだから、一生懸命説得した。璃美ちゃんは児童相談所に保護されているから大丈夫。だいたい、お父さんとお母さんが全然反省してないんだから、今、聖司くんが出ていったら、やったこと全部が無駄になる。聖司くん、嘘をついたって警察に捕まっちゃうよって。そうしたら璃美ちゃんにも会えなくなっちゃうよって」

　そうして聖司くんをこの部屋に閉じ込めた。

「一応、納得したみたいだったけど、心配だから聖司くんがきて十日目からは会社も休んだ。甥《おい》っ子《こ》がいなくなって、心労が重なって参ってるって理由で。ずっとこの部屋で一緒にいた。ゲームをしたり、テレビを見たり。でも、一昨日の夜、寝てたときだった」

　一昨日の夜。その言葉に打ちのめされる。失踪して、二日目、三日目なら、自分を許せたかもしれない。が、一昨日の夜まで、聖司くんは生きていた。俺たちが、俺が、間抜けでなければ、聖司くんを生きて連れ帰ることができた。

「聖司くんはそのベッドで寝て、私は下でお布団を敷いて寝てて。夜中にふっと目を覚ましたの。聖司くんが起きてて、身支度してた。どうしたのって聞いたら、お腹が空《す》いたからコンビニに行こうと思ってたって。だから、私も起きた。ご飯残ってたし、チャーハンを作ってあげるよって。明かりをつけて、カーディガンを羽織って、冷蔵庫から食材を出して、フライパンを手にしたとき、聖司くんが部屋から出ていったの。フライパンを手にしたまま、追いかけた」

『え？　何？　どうしたの？』

　聖司くんは玄関口に座って、スニーカーを履こうとしていた。

『もう遅いよ。ねえ、ご飯、作ってあげるよ。コンビニなんかより、叔母さんのチャーハンのほうがおいしいんだから』

　スニーカーを履いて、聖司くんは立ち上がった。

『俺、叔母さんのペットじゃない』

「聖司くん、そう言った。びっくりしたな。何、言ってんだろうって。前にもこんなこと、誰かに言われたなあって考えて、思い出した。あなたたちのお仲間。クソ嫁が一一〇番して呼んだクソ警察官。聖司くんと璃美ちゃんを連れ出した私をすごい悪者みたいに言ったやつ。帰り際に言ったんだ」

『そんなに子供がほしいなら、作っておけばよかったじゃないですか』

言葉の選び方はともかく、二人とも藤堂瞳の芯を確かに捉えている。

ほしかったんだろ？

そう言っている。

藤堂瞳を動かしているのは親切心でも正義感でもなく、肉親としての情愛ですらない。もっと単純な欲望だ。

「気づいたら、聖司くんが足下に倒れていた。頭から血が出てた。がたんって音がした。足下にフライパンが落ちた」

俺はシンクのフライパンに目をやり、それから瞳に視線を戻した。

それは母親の芽依に感じたものと同じだった。怒りというより虚《むな》しさだ。この人に怒っても仕方がない。そんな感覚だ。

児童虐待は連鎖することが多い。母親ばかりに焦点が当たるが、父親だって同じことだ。

『話していて、父親としての情愛を、私は感じませんでした』

都倉さんは哲生のことをそう評した。

『哲生は聖司くんに対して何のこだわりもないので、邪魔になりようがないです』

都倉さんにそこまで言わせた哲生は、子供のころ、いったいどんな家庭環境で育ったのか。そして哲生の妹である瞳も。

ひどい両親のもとでも、しっかりと妹を守って育ててくれるお兄ちゃん。

瞳は聖司くんがほしかったのだ。

だからかくまった。だから出さなかった。だから逃げられるなんて、我慢できなかった。

聖司くんは最後に何を思っただろう。両親はまともに育ててくれなかった。学校の先生からは目の敵にされる。警察も助けてくれなかった。唯一の頼りだった叔母さんは今、真っ黒い目をして、フライパンを振り上げている。

世界を呪っただろう。

そして、絶望とともに死の底に落ちていった。

やり切れなかった。

瞳に聞きたいことは、もう一つしか残っていなかった。

「聖司くんをどこに捨てましたか？」

「川に」

「川？　鴨井田川ですか？」

瞳がうなずく。

「ここじゃ駅に近くて嫌だから、もう少し下ったところ。人目のないとこ」

あり得ない。この辺りでは子供の死体を遠くまで押し流すほどの水量はない。沈んで見つからないほどの深さもない。今でも続いている捜索活動は、十キロ離れたこの辺りにまでも及んでいる。川を下ったところというなら、聖司くんのアパートのほう。捜索の中心部にはむしろ近づいている。

一昨日の夜だから、捜索のあとだったか。

そうも考えたが、川の周辺は、緑地もあり、背の高い草地もある。今だって重点的に捜索が行われているはずだ。川に死体を捨てれば、必ず見つかっている。

「嘘です。それなら、見つけています」

この期に及んで、聖司くんを返さないつもりか。そう気づいて、声に怒りがこもる。

「今更、嘘ついてどうなるの。嘘じゃないよ。あんたらの捜索が杜撰《ずさん》なんでしょ」

瀬良を見る。瞳をじっと見ていた瀬良が俺に向けて小さく首を振る。嘘はついていない。確かに俺にもそう見える。

「動かなくなった聖司くんをスーツケースに入れて、土手の道を引いていった。夜中の三時に。がらがらがらがらって。人目のないところまで引いていって、流れが近いところを探して、スーツケースごと土手の道から落とした。川に届いたはず。水音だって聞いた。間違いない」

インターホンが鳴った。びくりとして、そちらを見た。インターホンの画面に仲上さんの顔が映っていた。

俺は玄関に向かった。玄関ドアを開けると、仲上さんと喜多さんが二人の捜査員を従えて立っていた。

「都倉さんからここにくるように言われたんだが」

「瞳が中にいます」

靴を履く。気づくと、瀬良がすぐ後ろにいた。

「聖司くんの殺害と死体遺棄を自供しました。任意同行、応じると思います」

「思いますって、お前は、どこ行くんだ？」

仲上さんを招き入れる代わりに、俺は玄関の外に出た。パンプスを履いた瀬良がついてくる。

「すみません。ここ、お願いします」

そこにいた喜多さんに言い、二人の所轄署員にも頭を下げて、俺は走り出した。階段を駆け下り、マンションの建物を出る。瀬良が背後からついてくるのがわかる。意外と足が速いようだ。

そうだった。

最初から璃美ちゃんは言っていた。

今はその言葉にすがりたかった。

駅前なのに、タクシーが見つからない。苛立ちながら、通りに沿って走り出す。道行く車を停め、捜査協力と称して徴用しようか。そんな乱暴な考えまで浮かんだときだ。反対車線にタクシーがやってくるのが見えた。

手を大きく振りながら車道を横切った。タクシーを停めて、乗り込む。瀬良も俺を押すようにして乗り込んできた。行き先を告げて、運転手をせかす。

「急いでください。ここ、Uターンで」

タクシーが走り出す。図ったようにいちいち足止めしてくる信号が腹立たしくなる。それに従って停車する運転手にまで腹が立ってくる。

関節が鳴って、自分が親指を強く握り込んでいたことに気づいた。

俺と同様、瀬良も一心に前を見つめている。

瞳は聖司くんを捨てた。必ず見つかるはずの場所に。閉じたスーツケースが見つかれば、当然、中はチェックされたはずだ。なのに、聖司くんは見つかっていない。

やがてフロントガラスの向こうに、目指す建物が見えてきた。

あらかじめ財布から札を出し、タクシーが停まるのと同時に、「釣り、いいです」と言い捨てて降車する。

先に降りた瀬良が外階段を駆け上がる。やはり思ったより速い。俺もその背中を追いかける。

瀬良がドアノブに飛びつき、ドアを引き開けた。つまり鍵がかかってなかったということだ。

だったら……。

わずかな希望とともに部屋に飛び込む。

やっぱりだ。

やっぱり璃美ちゃんは正しかった。

『お兄ちゃんは帰ってくるよ』

たたきのすぐ向こう。瀬良が倒れている男の子をかき抱いた。

親の、先生の、警察の、叔母の、すべての無関心と悪意に叩きのめされても、聖司くんには帰らなければいけない場所があった。

俺は上着を脱いで聖司くんにかぶせた。冷たい。死体のように冷たい。拳を握っている右手を取り、脈を探す。か弱い。が、脈がある。

ふと右手が握っているものに目が行った。クマだった。フェルト生地のクマだ。それがついた髪ゴムをぎゅっと握っているのだとわかった。

「準備はいいですか？」

俺は瀬良に聞いた。

瀬良が首をひねる。

準備とは何のことか、と言いたいのだろう。

「気持ちとか」

さらに首をひねる。

今更、気持ちの準備とはどういうことか。

「いや、何でもないです」

俺たちは、美春署の取調室にいた。今日から藤堂瞳の取り調べをすることになっていた。

都倉さんが処分を待っている段階だ。取り調べは当然、熊井班の誰かがやるものだと思っていた。実際、当初の取り調べは熊井班の主任がやっていた。けれど……。

「都倉が最後に頼んでいった。まだ巡査部長だが、藤堂瞳の取り調べはお前にやらせろって」

宮地班長からそう聞いた。

あのとき、捜査本部全体が井桁への憎しみで歪んでいた。まるで悪い呪いにかかったかのように。その呪いを解くために、都倉さんは無理をして井桁を落とした。今ではみんな、それを理解していた。その都倉さんの頼みとあっては、熊井班長も断りにくかったのだろう。

「都倉さんはどうなりますか？」

都倉さんはあらゆる手段を使った。井桁を恫喝《どうかつ》し、直接的な暴力にも及んだ。弁護士との何らかの関係を確信すると、今度は接見にきた弁護士を取調室に連れ込み、井桁がすべて話したと嘘をついた。同時に井桁にも、弁護士がすべて話したと圧力をかけた。玉田くんをうまく使いこなしたらしい。井桁と弁護士は、ほぼ同時に落ちたと聞いた。

「被害者は一命を取り留めて、被疑者は無事逮捕した。ご祝儀が出ていい。懲戒免職にまではしないだろうし、させないよ」

宮地班長は俺にそう請け合った。

が、もう捜一にはいられない。刑事部からも出され、戻ることは二度とないだろう。いつか都倉班で働いてみたかったが、それも叶うことはない。

俺はスマホを取り出して時間を確認した。間もなく予定の時間だ。藤堂瞳は美春署の人が連れてきてくれることになっていた。

俺は手元のファイルに挟んでいた資料を確認した。

藤堂瞳の供述によれば、聖司くんをスーツケースに詰め込んだとき、まだ息があることはわかっていたという。

「だったら、なぜ捨てた」

そう聞いた取調官に対して、藤堂瞳は不思議そうに答えた。

「だから、捨てたんだよ」

死ぬところなんて見たくない。だから、捨てるしかなかったのだ、と。

「川に捨てれば、あとは勝手に死ぬでしょ？」

スーツケースは、瞳が捨てたと供述した場所よりずっと川下で、不法投棄ゴミとして自治体に回収されていたことがわかった。鑑識によれば、開口部のファスナーには施錠されていた様子はなかったという。

「鍵もかけずに、歩ける距離に遺棄したんだから、ずいぶん雑だよな」

鑑識の係員が呆れたように言っていた。

確かに、そこには犯行を隠蔽しようとする必死さがない。瞳は、本当に、ただ見たくないものを見えないようにして捨てただけだったのだろう。おかげで聖司くんはファスナーをこじ開けて、這い出すことができた。重しをなくしたスーツケースは川下へと流れていった。

『土手の道を引いていった。夜中の三時に。がらがらがらがらって』

俺はその姿を思い浮かべる。

街灯もまばらな土手の道、瞳が音を立ててスーツケースを引いていく。中にはまだ息のある聖司くんがいる。瞳はわずかに顔を上げ、真っ暗な空に月を探している。

そのとき、瞳はどんな顔をしていただろう。

「まともそうに見えて、ありゃ、ぶっ壊れてるな」

取り調べをした熊井班の主任は藤堂瞳の印象をそう語った。

身上調書はすでに取っていた。兄の哲生とともに、相当、過酷な子供時代をすごしたらしい。

「そう考えれば、藤堂瞳だって被害者なのかもしれねえな」

幼いころ虐待された体験が影響して、今回の事件を起こした。

わかりやすいストーリーだ。

そのわかりやすさの中には、多分に都合が含まれている。そう理解したほうが都合がいいから、そういうストーリーになる。

もちろん、刑事手続きだ。不要なものはそぎ落とされ、必要なものはわかりやすいものに改変されていく。そうするしかないし、それでいいのだとも思う。

けれど……。

ドアが開いた。被疑者が入ってくる。俺の前に座る。腰縄が椅子につながれ、手錠が外される。

俺は視線を上げた。

被疑者はそこに座っている。

薄暗い取調室の中、その姿は素描の人物画のように見える。色はない。形と影だけがある。

これからも俺は人を怖がり続けるだろう。

そんな確信とともに、俺は被疑者にかける最初の言葉を探した。

初　出

イージー・ケース
「小説すばる」2024年5月号

ノー・リプライ
「小説すばる」2024年6月号

ホワイト・ポートレイト
書き下ろし

単行本化にあたり、「色彩のない肖像に」を改題。
また、加筆・修正を行いました。

作家生活30周年記念作品

本多 孝好 （ほんだ・たかよし）

1971年東京都生まれ。慶應義塾大学法学部卒業。

1994年「眠りの海」で第16回小説推理新人賞を受賞。1999年同作を収録した『MISSING』で単行本デビュー。

「このミステリーがすごい！2000年版」でトップ10入りするなどの高い評価を得て一躍脚光を浴びる。

著書に『MOMENT』『WILL』『MEMORY』『FINE DAYS』『真夜中の五分前』

『正義のミカタ I'm a loser』『チェーン・ポイズン』『at Home』『ストレイヤーズ・クロニクル』

『Good old boys』『dele』『アフター・サイレンス』などがある。

こぼれ落《お》ちる欠片《かけら》のために

2024年11月10日　第1刷発行

著者 ——— 本多《ほんだ》 孝好《たかよし》

発行者 ——— 樋口尚也

発行所 ——— 株式会社集英社

〒101-8050　東京都千代田区一ツ橋2-5-10

電話 ——— 03-3230-6100（編集部）

03-3230-6080（読者係）

03-3230-6393（販売部）書店専用

印刷所 ——— TOPPAN株式会社

製本所 ——— 加藤製本株式会社

ISBN978-4-08-771884-3　C0093

本多孝好の本

正義のミカタ　I'm a loser

高校までいじめられっ子だった亮太は、大学入学を機に変身を図っていた。しかし、晴れてキャンパスライフを満喫できるはずが、いじめの主犯まで入学していた。亮太はひょんなことから「正義の味方研究部」に入部するが、果たして彼は変われるのか。すべての人に贈るコミカルタッチの傑作青春小説。

Good old boys

市内屈指の弱さを誇るサッカーチーム「牧原スワンズ」の4年生チームは、今年最後の公式戦となる市大会に挑もうとしている。しかし、チームの活動を手伝う父親たちは、それぞれに悩みを抱えていた。8組の家族のありようと成長を描き、頑張るお父さんと子どもたちへあたたかなエールを贈る物語。

アフター・サイレンス

警察専門のカウンセラー高階の仕事は、事件被害者やその家族のケアをすることだ。夫を殺されたのに自分こそ罰を受けるべきだと言う妻。心の傷から快復したはずなのに、姉を殺した加害者に復讐した少年……。絶望の淵で、人は誰を想い何を願うのか。沈黙の後に訪れる確かな希望が、心揺さぶる物語。

PRAYING FOR THE SPILLED PIECES

HONDA TAKAYOSHI